"데일이 맛있다고
해 주면 좋겠다."
조미료를 넣고 맛을 확인했다.
끄덕, 고개를 한 번 움직였다.

매일 성장하고 있다.
다정한 사람들의 보살핌 속에
순수하고 똑똑한 마족 소녀.
데일이 숲에서 데려온
라티나
요리를 잘한다.
상냥하고 너그러우며
데일의 모친.
마그다
전사이기도 하다.
강인한 몸을 가진
당주 대리를 맡고 있다.
데일의 부친으로
랜돌프

등장인물 소개
데일 레키
라티나에 관해서는 완전히 딸바보.
실력 있는 모험가지만
라티나의 보호자가 된 청년.
요르크
머지않아 결혼식을 올릴 예정.
데일의 남동생으로 일족의 차기 당주.
벤델가르드
벤 할멈이라는 애칭으로 불리고 있다.
일족의 당주이며 데일의 조모.

"우~?
아띠아?"
"안녕, 마야.
라티나라고 해."
"귀엽지(우리 딸)?"
마야
"귀엽다아(우리 딸)."
라티나

우리 딸을 위해서라면, 나는 마왕도 쓰러뜨릴 수 있을지 몰라. 2

For my daughter, I might defeat even the archenemy.

저자 CHIROLU
일러스트 Kei
옮긴이 송재희

For my daughter,
I might defeat even the archenemy.

Contents

1. 어린 소녀, 고용과 금전 이야기.

라티나가 『노랑의 신(아스파르)』의 학교에 다니기 시작한 지 1년하고 반년이 지났을 무렵. 『춤추는 범고양이』에서는 점주 부부가 애타게 기다리던 일이 화제의 중심이 되어 있었다.

리타가 임신한 것이다.

데일이 축하와 함께 꺼낸 말은 이러했다.

"아이가 태어난다면…… 나랑 라티나는 슬슬 여기서 나가는 편이 좋으려나?"

집주인의 가족이 늘어나는 것을 배려하여 나온 대사였다. 그러나 이에 대한 집주인 부부의 대답은 똑같았다.

"아. 네가 나가는 건 괜찮지만 라티나는 두고 가."

"맞아. 라티나는 남아줬으면 좋겠어. 당신은 딱히 상관없지만."

이런 식이었다.

"뭐어?"

"하지만, 그치?"

"그래. 리타가 앞으로 임신과 육아 때문에 가게에 나오기 힘들어진다면 더욱 그렇지. 라티나가 없으면 가게가 돌아가지 않아. 선대한테도 도와달라고 할 생각이긴 하지만."

아주 당연한 소리를 한다는 얼굴로 케니스는 데일에게 말했다.

"……너희, 그렇게 라티나를 혹사하고 있는 거야?"

"누가 들으면 오해하겠네. 제대로 급료도 주고 있어."

"뭐?"

처음 듣는 소리였다. 놀라서 대답도 못 하는 데일의 모습을 보고 케니스는 「그러고 보니 말 안 했군.」이라며 작게 중얼거렸다.

"라티나는 정식으로 고용된 『춤추는 범고양이(우리)』 종업원이야. 아직 어려서 심야 시간 일은 면제하고 있으니 그만큼 급료는 빠지지만, 금액은 적정하게 설정했어."

그렇게 말하고 가슴을 쭉 폈다.

"뭐? 하지만 나, 라티나가 그런 여분의 돈을 가지고 있는 모습 따위 못 봤는데?"

살짝 동요하면서 데일이 말했다. 그러자.

"저금하고 있으니까."

케니스는 태연하게 그리 대답했다.

—그 일의 시작은 반년 이상 전으로 거슬러 올라간다.

평소처럼 종종걸음으로 케니스에게 다가온 라티나는 살짝 난처해 보이는 얼굴이었다.

"왜 그래? 무슨 일 있어?"

그렇게 케니스가 묻자 라티나는 말하기 곤란해 망설이는 표정을 지으면서 이런 말을 꺼냈다.

"있지, 있지…… 라티나, 부탁이 있어. 안 될까?"

"……될지 안 될지는 들어봐야 알 것 같은데."

케니스도 곤혹스러워하며 이야기를 재촉했다.

"저기…… 라티나, 돈이 필요해."

"돈? 뭐 갖고 싶은 거라도 있어? 왜 데일한테 말 안 하고?"

그런 케니스의 물음에 라티나는 또다시 곤란한 표정을 지었다.

"데일은 있지, 라티나한테 이것저것 잔뜩 줘. 부탁하면 물건도 잔뜩 사줘. ……돈도 필요하다고 하면 아마 잔뜩 줄 거야. ……하지만 뭐에 쓸 거냐고 물어볼 거야."

데일이 자신에게 매우 무르다는 것을 확실히 자각하고 있는 라티나의 발언에 내심 혀를 내두르면서 케니스는 다시 물어보았다.

"뭐, 그렇겠지…… 필요한 물건은 충분하잖아? 무슨 일이야?"

"라티나, 내 돈이 필요해."

살짝 난처해 하며 대답을 되풀이하는 라티나는 『부탁하는 일』이 어색해 보였다. 이 아이는 떼쓰는 일도 투정 부리는 일도 거의 없었다.

케니스도 그런 라티나의 부탁은 웬만하면 들어주고 싶었다. 하지만 금전과 관련된 일을 『보호자』의 동의 없이 결정해도 좋을까 싶어서 주저하는 마음도 있었다.

그래서 당장 알겠다고 말할 수 없었다.

"데일, 항상 라티나에게 잔뜩 선물해주지만…… 라티나, 답례 못하는걸……."

그녀는 그렇게 이유를 말했다.

"음…… 아아. 그러고 보니 조금 있으면 데일 녀석의 생일인가?"

"응. 라티나, 선물 준비하고 싶어."

쑥스러워하며 작게 미소 짓고 라티나는 케니스를 올려다보았다.

'……변함없이 이 아이는…….'

이건 너무한 일이었다.

이렇게 착한 말을 하면서 게다가 이런 얼굴이라니 반칙이었다.

그리고 이런 이유라면 당사자(데일)에게 물어보는 눈치 없는 짓을 할 수 있을 리가 없었다.

"데일한테는 비밀로……인가."

"비밀로 하면 데일, 깜짝 놀라서 기뻐해줄까? 그렇게 되면 라티나도 기쁠 거야. 안 돼?"

갸웃, 고개를 기울이는 동작은 그녀의 버릇인데 어쨌든 사랑스러웠다.

그 『딸바보』 정도는 아니지만, 자신도 그런대로 이 소녀에게 약하다는 것을 자각하고 있는 케니스는 한동안 묵고했다.

"……라티나, 지금 나한테 요리 배우면서 일을 도와주고 있지?"

"응."

"그걸 『돕는』 게 아니라 『일』로써 노력할 생각이 있다면 급료를 줄 수도 있어. 어때?"

"……라티나, 아직 어린데? 괜찮아?"

케니스의 제안에 라티나는 다시 한 번 고개를 갸웃했다. 곧장 그런 의문을 품는다는 것 자체가, 그녀가 똑똑하다는 말을 듣는 이유였다.

"확실히 아직 좀 이르긴 한데. 학교에서 기초 학습을 끝낸 뒤에는 수습으로 허드렛일을 시작하는 게 관례야. 우수한 녀석은 고등 학술 기관으로 진학하기도 하지만 말이지."

"수습이라면 일할 수 있는 거야?"

라티나는 이해한 얼굴로 고개를 두어 번 끄덕였다.

"아니면 라티나는 고등학교에 진학하고 싶어?"

케니스는 데일의 『라티나 자랑(딸 자랑)』으로 그녀가 우수하다는 이야기를 수없이 반복해서 들었다. 라티나 본인을 보아도 알 수 있는 일이었다. 그녀의 학업 성취는 매우 우수하여 고등학교로 진학해도 전혀 이상하지 않았다.

"있지…… 라티나, 『마인족』이야."

"그렇지."

"공부도 즐거우니까, 어른이 된 뒤에도 하고 싶은 마음이 남아 있다면, 그때 잔뜩 하고 싶어."

그 말을 통해 그녀가 자기 나름대로 자신의 『긴 수명』과 타협했다는 것을 엿볼 수 있었다.

"라티나, 지금은 케니스한테 잔뜩 배우고 싶어. 케니스의 밥처럼 맛있는 요리를 만들 수 있게 되는 게 목표야."

"그건…… 나도 열심히 해야겠네."

"응? 케니스도?"

"그래. 계속 라티나의 목표로 있으려면 나도 노력할 필요가 있으니까."

잠시 케니스의 말뜻을 생각하더니 라티나는 작게 볼을 부풀렸다.

"케니스 노력하면, 라티나 쫓아가는 거 엄청 큰일이야."

그래도 「포기하겠다.」 「무리다.」라고는 말하지 않는 작은 『제자』를 보고 케니스는 씨익 밝게 웃었다.

—그때를 떠올리면서 케니스는 말했다.

"그 후, 라티나가 너한테 생일 선물 줬잖아. 당연히 그걸로 알아챘을 줄 알았다만."

"……라티나, 손수 파우치를 만들어줬었지. 듣고 보니 재료도, 자수에 들어간 실도, 저렴하지 않은 좋은 물건이었지만."

살짝 서투르긴 해도 한 땀 한 땀 정성스레 바느질한 작은 주머니. 장식으로 들어간 선명한 자수는 강도를 더함과 동시에 수호의 기원을 담은 의장이었다.

"감동해서 그런 걸 생각할 겨를이 없었어."

"그러냐. 하긴 『너』니까."

"무슨 뜻이야."

무슨 뜻이라고 할 것도 없이 말 그대로였다. 그 현장에 있지는 않았지만, 『그때』 라티나는 질식하지 않을까 싶을 기세로 데일에게 끌어안겨 두세 바퀴 빙글빙글 돌고 마구 칭찬받았을 것이다. 쉽게 상상이 갔다.

빈번히 여행을 떠나며 위험한 일을 하는 데일의 무사를 기원한 파우치의 의장일 텐데, 제대로 사용하고 있을까. 사용 중이라고 쳐도, 마수의 발톱에 찢기기라도 하면 이 녀석은 어떻게 반응할까. 상상이 될 것 같았지만 오히려 상상하고 싶지 않았다.

“참고로 지금 내가 쓰고 있는 앞치마도 라티나의 작품이야.”

“뭔가 묘하게 귀여운 걸 쓴다 싶더니…….”

앞치마는 검은 바탕이지만 구석에 범무늬 고양이 자수가 들어가 있었다. 가게 이름에서 따왔으리라. 저런 형태까지 수놓을 수 있는 것을 보니 역시 라티나는 상당히 손재주가 있는 모양이었다.

케니스는 잠시 숨을 돌리고 말을 이었다.

“그래서, 그 뒤로 라티나에게는 급료를 주고 있어. 어떻게 할 거냐고 물어봤더니 『필요한 건 전부 있으니까 돈은 모을 거야.』라고 하길래 『파랑의(아즈락) 신』의 신전으로 데려갔어.”

“그럼 라티나, 벌써 『금고』를 가지고 있는 거야?”

“그래.”

『파랑의 신』은 상업과 화폐를 수호하는 신이다.

그 신전에서는 각국의 통화 환전과 예금·대출 — 즉 은행 업무 — 을 맡고 있었다.

『파랑의 신』의 『가호』에는 『본인을 분간하는 능력』이 많았다. 그래서 제삼자가 금고 주인 행세를 하며 다른 사람의 예금을 가로채는 것은 어려웠다.

『파랑의 신』의 신전에는 『금고』라고 불리는, 개인 자산을 관리하는 장치가 있다. 그 안에 고가 귀금속을 맡기거나 숫자상의 관리로 금전을 맡겼다. 요컨대 대여 금고와 계좌를 겸한 시스템이었다. 그렇기에 근처에 『신전』이 없는 어지간한 시골 지역이 아닌 이상, 전 재산을 집에 두는 일은 일단 없었다. 모험가들처럼 여행이 계속되는 생활을 하는 사람이라면 더욱 그러했다. 물건을 찾는 것은 맡긴 마을의 『신전』에서만 가능하지만, 금전뿐이라면 어느 신전에서나 찾을 수 있는 이 시설의 역할은 컸다.

『파랑의 신』의 신전은 그 업무 내용상, 무도파인 『빨강(아흐마르)의 신』의 신전 다음으로 강력한 사병을 고용하고 있다는 것으로도 유명했다. 웬만한 지방 성채보다도 견고하다는 말은 자주 쓰이는 야유였다. 꼭 틀린 말도 아니었다.

"역시 라티나는 똑똑하더라. 나한테 『왜 신전에 돈을 맡겨도 괜찮은가.』 물어보디라고."

"그러고 보니 라티나한테 『신전』 이야기는 제대로 한 적이 없었네."

데일이 이해했다는 듯이 고개를 끄덕이자 케니스도 동의했다.

"그런 것 같길래 설명해줬어. 『가호』를 지닌 자는 『자신의 직무에 관해서는 부정을 저지를 수 없다』고."

"부정을 저질러도 상관은 없어. 다만 발각되어 고발당하면 『재정』을 받아야 하는 거지. 그러면 한 방에 『가호』가 사라지고 추방될 뿐이야."

『신전』이 공공성 높은 사업을 맡고 있는 가장 큰 이유는 『신은 자신의 영역을 엄중히 수호하기 때문』이었다.

서민들도 『신전에서 일하는 자』가 모두 선량하다고는 전혀 생각하지 않았다.

그러나 신의 『권능』은 믿고 있었다.

『신』은 자신의 『영역 안』에 있는 자를 수호하는 반면 거역하는 자를 용서하지 않는다.

『신』은 연약한 존재인 사람에게 『가호』라 불리는, 마법을 뛰어넘는 기적의 힘을 부여한다. 그 힘의 내용은 그 신이 관장하는 것과 깊이 연관되어 있었다. 『파랑의 신』이 주는 『가호』의 일종인 『본인을 분간하는 능력』 역시도, 생물을 구성하는 요소 대부분이 수분이라는 것과 상통했다.

『직무를 어기면』 그 기적의 힘은 사라진다.

『파랑의 신』을 예로 들면 『파랑의 신』은 자신의 사도가 살인이나 강간 등 『죄에 해당하는』 행위를 하더라도 아무런 판정을 내리지 않는다. 그러나 횡령이나 절도 등 『타인의 재산을 더럽히는』 행위는 용서하지 않았다.

그것을 신에게 규탄하면 결과적으로 『가호』는 소실된다.

거기에 자비는 없었다.

사람처럼 정상 참작의 여지를 고려하는 일 따위 일어나지 않는다.

『신관』은 『가호』를 지닌 자만이 할 수 있는 직업이었다. 즉, 『가호를 잃는다』는 것은 『신전에서의 추방』을 의미했다.

반대로 말하자면 『그 직무와 관련된 일』에 한해서라면 『가호를 지닌 신관』은 다른 자들보다 신뢰할 수 있는 존재라는 뜻이다.

예전에 데일이 『노랑의 신(아스파르)』의 신전에서 청구했던 『재정』이야말로 고위 신관에게만 인정된 권한인 『신에게 그 신임을 규탄하는』 행위였다.

『노랑의 신』이 자신의 사도에게 요구하는 것은 『탐구자를 이끄는 일』, 그리고 『삶의 길에서 방황하는 자를 이끄는 일』이었다.

성실하게 배움에 임하는 어린 소녀를 매도하고 부정하는 족속을 『노랑의 신』은 용서하지 않는다.

그것을 다른 신의 사도라고는 해도, 고위 신관의 자격을 지닌 데일은 충분히 알고 있었다.

"……그래서 케니스. 라티나는…… 지금 얼마나 저금했어?"

"아직 반년밖에 안 됐으니까. 하지만 그 애니까 이대로 간다면 스스로 자기 지참금 정도는 마련하지 않을까?"

"예시라고 해도 그런 말 하지 마! 라티나(우리 딸)를 시집보내는 일 따위 없을 테니까!"

그렇게 외친 데일은 진심이었다.

살짝 울상이었다.

2. 여행을 떠나다. 어린 소녀,

리타의 임신이 밝혀지고 한 달 정도가 지나서, 시간은 봄의 초입으로 이동한다.

"으음…… 이제 와 평범한 갑옷을 입기도 힘든데……."

데일은 자신의 단벌옷인 가죽 코트를 앞에 두고서 혼자 그렇게 중얼거렸다.

'키도 아직 더 크고 있는 걸까…….'

스스로 그다지 자각은 할 수 없지만 아마도 그럴 것이다. 우수한 방어구이기도 한 그의 코트가 살짝 몸에 끼게 되었으니 말이다.

코트는 여유 있는 구조로 만들어져서 여기저기 달린 벨트로 조정도 할 수 있었다. 그렇기에 몇 년 동안 애용했으나 아무래도 그것도 한계인 모양이었다.

아직 움직임에 지장이 갈 정도는 아니지만 그의 직업 특성상 동작이 둔해지는 사태는 피하고 싶었다.

"한참 돌아가지 않았고…… 새로운 거 만들러 갈까……."

그 결단이 일이 일어난 시작이었다.

"사실은 라티나가 학교를 졸업한 뒤에 가려고 했지만 말이지. 리타가 아직 움직일 수 있을 때가 좋을 테니 예정을 앞당기기로 했어."

데일은 그렇게 말을 꺼내면서 라티나에게 선택지를 주었다.

"어떻게 할래? 살짝 긴 여행이 될 텐데 같이 갈래? 아니면 집에 있을래?"

"라티나, 같이 가도 돼?"

놀란 얼굴이 된 라티나를 보고 데일은 장난에 성공한 어린아이처럼 히죽 웃었다.

"이번에는 업무가 아니니까. 위험한 일도 있기야 할 테니…… 라티나가 싫다면 억지로 가자고는 안 해. 집에 있어줘."

"라티나, 가고 싶어. 데일이랑 같이 가는 게 좋아."

활짝 웃으며 그녀는 즉답했다. 그리고 폴짝 뛰어올라 데일에게 안겼다.

"데일 말 잘 들어서 위험하지 않도록 할게!"

야무진 표정으로 라티나는 그렇게 말했다.

주의 사항을 말하기도 전에 선수를 빼앗긴 데일은 쓰게 웃을 수밖에 없었다.

†

데일은 한 번 왕도에 다녀와야 한다며 크로이츠를 떠났다.

평소라면 라티나는 데일이 없는 동안 시무룩해 있는 일이 많지만, 지금 그녀에게서는 그런 모습을 찾아볼 수 없었다. 어쨌든 이번에 데일이 집을 비운 것은 앞으로 함께 여행을 떠나기 위한 준비의 일환이었다. 벌써 마음은 여행을 떠나 있었다. 풀 죽어 있을 시간 따위 없었다.

평상시에 데일은 도보로 이동하지만 그는 이번 여행을 위해 소형종 말도 조달했다. 여행에 익숙지 않은 라티나가 지쳤을 때 태울 수 있도록 한 배려였고 짐을 운반하기 위해서이기도 했다.

그렇다고 많은 짐을 가져가도 된다는 말은 아니었다.

라티나는 데일이 없는 동안 매일같이 짐을 꾸렸다가 다시 그것을 푸는 행동을 되풀이하고 있었다.

오늘도 라티나는 펼친 짐 앞에서 끙끙대고 있다가, 무언가 깨달았는지 퍼뜩 정신이 든 모습으로 계단을 뛰어 내려갔다.

"케니스. 라티나, 칼 가져가도 돼?"

"응? 요리용 칼 말이야?"

"응."

주방에 있던 케니스의 얼굴을 보자마자 라티나는 이야기를 꺼냈다.

라티나가 상담하는 사람은 언제나 케니스였다.

데일은 너무 좋아하는 상대이기 때문에 그녀 나름대로 조심스러운 모양이었다. 그런 점에서 케니스는 믿음직스러운 연장자이며 『스승』이기도 했다. 라티나도 상담하기 편하다고 느끼는 것 같았다.

"여행 준비라면 데일 녀석, 이번에 왕도에 가서 뭔가 사 올 것 같다만……."

"라티나, 칼은 쓰기 편한 게 좋아."

"그러네…… 그럼 사 오는 게 어때? 장인에게 부탁하면 손잡이 정도는 조절해줄 거야. 지금부터 쓰면서 출발하기 전까지 익숙해지면 돼."

"돈, 써도 돼?"

"라티나, 네 급료(돈)잖아. 네 마음대로 쓰면 돼."

케니스는 그렇게 대답한 뒤 자신의 일터를 둘러보았다. 밤이 되기 전까지 해야 할 작업은 대충 정리가 된 상태였다. 잠시 자리를 비워도 괜찮을 것이다.

가게 안을 들여다보고 항상 같은 위치에서 일하고 있는 아내에게 얼굴을 돌렸다.

"리타, 라티나랑 잠시 동구에 다녀올게."

"어머, 그래? 다녀와."

"리타도 조심해."

"무슨 병에 걸린 것도 아닌데, 걱정이 과해."

부부끼리 그런 대화를 나누고서 케니스는 앞치마를 벗었다. 그리고 포셰트를 비스듬히 멘 모습으로 다락방에서 돌아온 라티나와 함께 『춤추는 범고양이』를 나섰다.

몸집이 큰 케니스와 자그마한 라티나는 보폭에서도 차이가 났다. 케니스로서는 상당히 천천히 걷는 것이었지만 그래도 때때로 거리가 벌어져서 라티나는 뛰다시피 뒤를 쫓고 있었다.

타박타박, 탁, 탁, 탁. 타박타박, 탁, 탁, 탁. 그렇게 아기 새처럼 케니스 뒤를 졸졸 쫓아가는 모습은 어렸을 때와 별반 다르지 않았다.

동구의 장인 거리까지 오자 라티나는 갑자기 뭔가 떠오른 모습으로 케니스를 올려다보았다.

"케니스, 있지. 루디네 아빠, 대장장이래."

"그 빨간 머리 꼬마? 그러고 보니 슈미트네 셋째였던가. ……뭐, 실력이 그렇게 나쁘진 않았지. 보러 갈래?"

"라티나, 대장간에는 가본 적 없어. 칼, 팔고 있을까?"

"공방에 따라서 만드는 종류가 다르긴 하지만."

스쳐 지나가는 아이들이 라티나의 얼굴을 보고 인사하거나 손을 흔들었다. 몸집 큰 케니스가 옆에 있어서 주눅이 들었는지 가까이 오는 아이는 없었다. 그래도 라티나 역시 손을 흔들며 대답하는 모습을 보고 케니스도 슬며시 웃었다.

그녀의 친구는 남구보다도 동구 쪽에 많은 모양이었다.

"여기야."

그렇게 말하고 케니스가 들어간 곳은 좋게 말하자면 노포(老鋪)의 멋이 있었고 나쁘게 말하자면 오래돼 보이는 그런 대장간이었다.

입구로 들어가 바로 보이는 공간에는 전시해두었다고 하기엔 상당히 어수선한 모습으로 각종 검이 늘어서 있었다.

가장 눈에 잘 띄는 곳에 있으며 다른 물건과는 확연하게 격이 다른 전시품도 역시 검이었다.

이 가게가 주로 취급하는 물건이 무엇인지 여실히 보여주고 있었다.

"우와아아아…… 검, 잔뜩."

"슈미트네는 검을 벼리는 공방이니까."

신기한지 두리번거리는 라티나와, 오랜 습관으로 자연스럽게 무기를 음미하기 시작하는 케니스. 그가 현역 시절에 애용했던 무기는 전투 도끼였으나 검을 쓰지 못하는 것은 아니었다.

역시 기억하던 대로 명공이라고 할 정도는 아니지만 실력이 그렇게 나쁘지는 않아 보였다.

"……여긴 어린애를 데리고 올 만한 곳이 아니야."

두 사람의 기척을 알아챘는지 안쪽에서 느릿하게 모습을 나타낸 장년 남자는 훌륭한 빨간 머리였다.

친구의 머리색이 누구로부터 물려받은 것인지 똑똑히 확인이라도 하는 모습으로 라티나가 눈을 동그랗게 떴다.

그다지 접객업과 맞지 않아 보이는 가게 주인은 두 사람을 향해 그런 한마디만 남기고서 다시 안쪽 공방으로 돌아가려 했다.

라티나가 퍼뜩 정신이 든 얼굴로 허둥지둥 점주 곁으로 갔다.

"안녕하세요. 저기, 라티나, 루디의 친구야."

그 목소리에 발을 멈춘 점주는 라티나를 보고 놀란 기색이었다.

"루돌프의?"

"응. 처음 뵙겠습니다."

라티나는 생긋 웃은 뒤 정중하게 인사했다.

마치 가격을 매기는 듯한 점주의 노골적인 시선에도 라티나는 동요하지 않았다.

"루돌프랑 놀러 온 건가?"

"아니. 라티나, 칼 필요해. 라티나가 쓸 수 있는 크기의 칼, 있나요?"

"어린애가 쓰는 장난감 같은 날붙이는 우리 가게에 없어."

점주가 살짝 떨떠름한 얼굴로 반응하자 라티나는 도움을 구하듯이 난처한 표정으로 케니스를 돌아보았다.

케니스는 그녀의 머리를 가볍게 쓰다듬고 대신 교섭을 시작했다.

"이 아이는 잠시 여행을 떠나게 됐는데, 여행 중에 잡다한 일을 소화할 수 있는 칼이 필요해. 주로 요리에 쓰고 싶은 모양이지만 말이지."

"당신 딸인가?"

"아니. 나는 대리로 따라온 거야."

점주는 한동안 생각하다가 공방을 가리켰다.

"바깥에는 내놓지 않았지만 안쪽에도 물건이 몇 개 있어. 보고 가든지."

점주의 뒤를 따라 들어간 공방도 역시나 쌓인 시간이 느껴지는 장소였다.

호기심 왕성한 라티나에게 공방은 구석구석까지 신경 쓰이는 공간이었다. 지금까지 이상으로 두리번거리고 있었다. 신기한 것은 처음 보는 공방과 도구뿐만이 아니었다. 가공 중인 금속 덩어리 하나도 그녀의 관심을 끌기에는 충분했다. 발밑에 대한 주의가 눈에 띄게 소홀해져 있었다.

"라티나. 위험하니까 제대로 앞을 봐."

케니스의 말을 듣고 라티나는 허둥지둥 그의 옆으로 왔다.

공방 한쪽에 놓인 두꺼운 원목으로 만들어진 받침대 위에는 가게 입구 이상으로 난잡하게 검과 단도가 쌓여 있었다.

"……케니스, 어느 걸 고르면 좋을까?"

"그러네……."

손끝으로 칼 손잡이를 콕콕 찌르며 고개를 갸웃거린 라티나는 옆에 있는 케니스에게 도움을 청했다. 칼을 감정할 능력이 없는 그녀는 어느 것을 고르면 좋을지 기준을 알 수 없었다.

케니스는 산을 이루고 있는 칼 중에서 적당한 크기의 물건을 몇 자루 빼내 차분히 칼날을 비교하기 시작했다. 그리고 머지않아 라티나 앞에 칼 두 자루를 놓았다.

"라티나가 쥐어보고 고르면 돼."

"응."

케니스의 말에 라티나가 진지한 얼굴로 칼 손잡이를 잡았다 놓았다 되풀이하고 있자 공방 뒤쪽에서 요란한 목소리가 들려왔다.

그쪽으로 시선을 돌리자 소년 둘과 소녀 한 명, 총 세 명이 싸움이라도 하는 것처럼 말을 주고받으면서 이쪽으로 오고 있었다.

"루디, 쓸데없는 소리 하지 말고 도우라고!"

"내가 왜? 오늘 당번은 형이잖아!"

"오빠는 다른 일이 있단 말이야!"

"나는 너처럼 한가하지 않으니까."

"아직 아빠랑 맞메질도 못 하는 주제에!"

아무튼 시끄러웠다.

모두 훌륭할 정도로 빨간 머리라서 혈연관계임을 한눈에 알 수 있었다.

"루돌프, 네 친구 와 있다."

"루디."

점주의 뒤를 이어 라티나의 높은 목소리가 생각보다 크게 공방 안에 울렸다.

삼인조는 이야기를 뚝 멈추더니 똑 닮은 동작으로 동시에 고개를 돌렸다.

라티나는 힘차게 손을 흔들고 있었다. 그런 라티나의 모습을 보고 루디는 확연하게 당황한 태도를 취했고, 형과 누나는 놀란 얼굴로 멍하니 입을 벌렸다.

'……뭐, 라티나 같은 미소녀는 서민 동네엔 없으니까…….'

케니스는 한 발자국 뒤에서 아이들의 모습

을 보며 그렇게 생각했다.

늘 보아서 익숙한 케니스도 이 소녀의 『사랑스러움』에는 가끔 놀랄 때가 있었다.

또래 아이들보다 몸집이 작긴 하지만 라티나는 2년간 상당히 성장했다.

백금색 머리카락은 세세한 곳까지 잘 관리되어 반짝반짝 빛났다. 오늘은 일부를 땋고 나머지를 등 뒤로 푼 모습이었다.

통통하고 부드러워 보이는 볼도, 긴 속눈썹 아래 자리한 회색 눈동자도, 분홍빛 입술도, 어느 것이나 그녀의 사랑스러운 인상을 강조했다.

크로이츠에 왔을 무렵의 빼빼 마른 작은 소녀는 어디에도 없었다.

보기에도 애처로운 모습이었던 작은 소녀는, 애정을 듬뿍 받고 있다는 것이 눈에 보일 정도로 행복하게 미소 짓는 소녀가 되어 있었다.

"왜…… 왜 라티나가 여기 있는 거야!"

허둥대며 달려온 루디를 보고 라티나는 갸웃, 고개를 기울였다.

"물건 사러 왔어. 라티나, 칼 필요하니까."

"우리 집 물건같이 거친 걸 라티나가 쓸 수 있을 리 없잖아!"

루디의 그 말에 라티나는 불만스러워하며 볼을 부풀려 보였다.

"라티나, 괜찮단 말이야. 평소 요리할 때 쓰는 것보다 크지만, 필요하니까 쓸 수 있게 될 거다 뭐."

"왜 필요한데?"

"라티나, 여행 떠나."

그 말을 듣고 루디는 뚜렷하게 경악한 표정이 되었다.

"여행이라니…… 라티나, 어디 가버리는 거야? 왜?! 왜 이렇게 갑자기?!"

난데없이 어깨를 붙잡고 루디가 큰 목소리로 소리치자 라티나는 놀란 모습이었다.

"왜 그래? 루디."

이상하다는 얼굴로 눈을 깜빡이고 있는 라티나보다 먼저, 한 발자국 뒤에 있던 케니스가 두 사람의 어긋난 인식을 눈치챘다.

"라티나, 너 친구한테 여행 간다고 얘기했어?"

"……아니. 안 했어."

"라티나도 갑자기 친구가 없어지면 걱정하잖아. 확실하게 말해둬야지."

케니스의 말을 듣고 상황을 이해한 라티나는 앞에 있는 루디와 똑바로 눈을 맞췄다.

"있지, 루디. 라티나, 데일이랑 같이 데일네 고향에 다녀와. 조금 멀지만 여름이 끝나기 전에는 돌아올 거야."

그 한마디에 루디는 다소 안정을 되찾았다.

그리고 라티나의 커다란 눈동자가 자신을 가만히 보고 있다는 것을 깨닫고 황급히 거리를 벌렸다.

"뭐, 뭐야…… 돌아오는 건가."

"응. 라티나, 크로이츠로 돌아올 거야."

어색한지 시선을 돌리는 루디를 향해 라티나는 생긋 웃었다.

"라티나, 여행이 기대돼서 이것저것 잊어버렸나 봐."

반성한 것처럼 중얼거리면서 케니스를 올려다보았다.

"물건 산 다음에 클로에네 들러도 돼?"

"상관없어. 어두워지기 전에 돌아와야 한다."

라티나는 대화를 나눈 뒤, 일련의 소동을 히죽히죽 웃으면서 보고 있던 점주에게 고른 칼을 가지고 갔다. 그리고 소중하게 양손으로 들고 있던 그것을 내밀었다.

"이 칼로 할게요. 얼마인가요?"

"……한 자루 정도라면 그냥 줄 수도 있다만."

점주의 말을 듣고 조금 곤란해 하는 얼굴로 라티나는 생각에 잠겼다.

"있지…… 라티나, 오늘은 내 돈으로 사고 싶어. 항상 받기만 하니까, 내 물건이 필요해."

여전히 라티나의 어조는 살짝 떠듬떠듬했으나 점주는 「그러냐.」라며 고개를 끄덕이고 요금을 말했다.

케니스는 그것이 상당히 깎아준 가격이라는 것을 알았지만 희미하게 미소 지을 뿐이었다.

라티나는 빨간 포셰트 안에서 꽃 자수가 눈길을 끄는 잘 만들어진 지갑을 꺼내 진지한 얼굴로 신중히 은화를 셌다.

그리고 힘껏 손바닥을 펼쳐 그것을 늘어놓고 점주에게 내밀었다.

"손이 작군…… 이 녀석은 쓰기에 크지 않겠어?"

"라티나는 쪼끄마니까."

"라티나, 금방 자랄 거다 뭐."

걱정스러워하는 점주의 목소리에 루디가 놀리는 말을 덧붙이자 라티나는 불만스럽게 볼을 부풀렸다. 점주는 막내아들의 머리에 문답 무용으로 주먹을 쥐어박은 뒤, 대금을 받으면서 라티나의 작은 손을 잡았다.

"출발까지 시간은 있어? 2, 3일 정도면 손잡이를 살짝 조절할 수도 있는데."

"아아. 그 정도라면 괜찮아. 오히려 이쪽에서 부탁할 생각이었어.

라티나도 괜찮겠어?"

라티나는 두 어른의 말을 잠시 생각하더니 고개를 꾸벅 숙였다.

"부탁할 수 있을까요? 잘 부탁드립니다."

사랑스러운 외모에다 예의까지 바른 라티나를 보고 살짝 떨어진 곳에서 모습을 살피던 루디의 형과 누나가 얼굴을 마주 보았다.

"예의 바르네……."

"바보 루디의 친구라고는 여겨지지 않아……."

"그건 그렇고 저 녀석은……."

"크크…… 그건 입 다물고 있어주자고. 일단 지금은 말이야."

그렇게 말하며 두 사람은 조용히 웃음을 주고받았으나, 그 직후 라티나가 종종걸음으로 다가와 인사를 하자 동생을 비웃을 수 없을 정도로 허둥거려 아버지를 한숨짓게 했다.

루디의 집에서 케니스와 헤어진 라티나는 클로에네 집으로 향했다.

예전에 미아가 된 적도 있었던 동구의 장인 거리지만 친구들의 집을 다니면서 완전히 길을 외우게 되었다. 오히려 치안상의 이유로 보호자들에 의해 행동을 제한받고 있는 남구보다도 지리 면에서는 자세할지도 몰랐다.

"다른 애들한테는 학교에서 말할 거지만. 데일이 돌아오고 『신전』에 사정을 설명한 다음에 간대. 데일이랑 다른 사람들, 라티나의 공부는 걱정하지 않는다고 했어."

"흐응. 여행이라. 마을 밖에는 도적이라든가 마수 같은 게 있어서 위험하다고 하던데 괜찮겠어?"

"데일이랑 같이 가니까 괜찮아."

갑자기 찾아온 라티나를 보고 클로에는 깜짝 놀란 것 같았지만 얼추 이야기를 듣더니 먼저 라티나의 안전을 걱정했다. 그런 친한 친구의 모습에 라티나는 생긋 웃으며 대답했다.

"가게에 오는 손님들도 데일은 굉장히 강하대. 그치만 데일한테는 그런 말 안 해준대."

우후후, 하고 즐겁게 이야기하는 라티나를 보며 클로에도 괜한 걱정은 그만두기로 했다. 걱정스러운 것은 역시 걱정스러웠지만 그 이상으로 라티나가 즐겁게 다녀왔으면 싶었다.

혼자 남겨져 집을 볼 때마다 라티나가 얼마나 쓸쓸해 했는지 클로에는 잘 알고 있었다.

"조심히 다녀와, 라티나. 여행 얘기 잔뜩 들을 날을 기대하고 있을 테니까."

"편지 쓸게! 라티나는 이동하니까 답장 못 받을 수도 있지만, 클로에한테 잔뜩 보낼게."

좋은 생각을 떠올렸다는 것처럼 웃는 라티나를 보고 클로에도 따라서 미소 지었다.

†

한편 데일이 왕도 아오스브리크에 간 것은 에르디슈테트 공작에게 정식으로 귀향 허가를 받기 위해서였다.

데일은 공작과 계약을 맺은 관계이기에 보통은 거점으로 삼고 있는 크로이츠에서 무단으로 떠날 수 없었다. 며칠 정도라면 문제는 되지 않지만 그의 고향은 라반드국 변방에 있었다. 가는 데만 여유롭게 몇 주일은 걸리는 그런 지역이었다. 왕복으로는 한 달 이상의 여정이 되어버린다.

행선지도 알리지 않고 여행을 떠나면 엉뚱한 의심을 살 것이다.

이 나라에서도 손꼽히는 권력자 상대로 그런 사태는 역시 사양하고 싶었다.

그렇다고 해도 이미 서간으로 공작과 이야기는 얼추 끝낸 상태였다. 거절당하는 일은 일단 없었다. 그러나 직접 만나서 허가를 받는 것도 계약상 필요한 일이었다.

데일은 내심 귀찮다고 생각했지만 불평한다고 면제되는 것도 아니었다. 어쩔 수 없이 왕도로 가는 여정을 짰다.

이번 왕도행은 그의 사적인 용건이었기에 공작이 비룡을 준비해주지는 않았다. 이동에는 크로이츠에서 빌린 말을 사용했다. 데일은 승마 기술도 그런대로 가지고 있었다.

크로이츠에서 왕도까지는 기마로 최단 사흘, 마차로는 일주일 정도 걸리는 거리이지만 데일은 약 이틀 만에 왕도에 도착했다.

데일은 체력 회복에 높은 효력을 지닌 땅 속성 마법 사용자였다. 그는 기마 상태에서 말에게 정기적으로 회복 마법을 사용했다. 우수한 마법사이기에 가능한 방법이었으며 효율적이기는 했지만, 말의 처지에서 보자면 상당히 너무한 방법이었다.

미리 연락을 넣었다고는 해도 공작은 매우 바빠 곧장 접견 허락이 떨어지지는 않았다. 데일은 왕도에 체재할 때면 언제나 공작가의 방 하나를 빌려 썼으나 이번에는 스스로 숙소를 잡고 마을로 나왔다.

'라티나의 여행 준비도 필요하겠지…….'

어슬렁어슬렁 걸으면서 그런 생각을 했다.

'외투도 여자애다운 게 좋겠고. 라티나, 분홍색이나 빨간색 등을 좋아하니까. 너무 밋밋한 것도 불쌍하잖아. 오랫동안 입을 테니, 모처럼 마련할 거라면 라티나가 좋아할 만한 귀여운 걸로 사자. ……그럼 마도구 방어구로 할까? 마력이 걸려 있으면 방어력 면에서도 좋고, 잘 더러워지지도 않아서 실용적이고. ……응, 역시 라티나의 방어구에 돈을 쓰는 건 나쁘지 않겠어! 오히려 옳은 일이야!'

마음속으로 그런 결론을 내리고 가게를 돌아다녔다. 역시 대국 라반드의 왕도. 크로이츠보다도 훨씬 다양한 물품이 모여 있었다. 대충 가게를 훑어보기만 했는데도 그것을 잘 알 수 있었다.

그만큼 값나가는 물건도 많지만 값어치는 충분히 할 것이다.

"배낭이랑…… 일단 자기 몸을 지킬 수 있도록 지팡이(로드)도 있는 편이 좋겠지…… 다음은……."

무의식중에 소리 내서 중얼거리고 있을 때였다.

"어머, 데일이잖아. 일 때문에 온 거야?"

귀에 익은 여자 목소리가 그를 불러 세웠다. 아니나 다를까, 돌아보니 그곳에는 아는 얼굴이 서 있었다.

풍성한 금발을 땋아 올려 늘씬한 목덜미를 드러낸 것은 자신의 매력을 숙지하고 있기 때문이리라. 말끔한 복장도 어딘가 선정적이었다. 노출이 적은데도 그런 느낌을 주는 것은 그 옷이 몸매에 자신이 없으면 입을 수 없는 디자인이기 때문이라는 사실을 여성이라면 알아챌지도 모른다.

데일에게 말을 건 사람은 푸른 눈동자를 가진 미녀라 불러도 좋을 인물이었다.

"헤르미네인가."

"네가 불려 올 만한 일에 관한 소문은 못 들었는데? 괜찮은 얘기라도 있어?"

"……그냥 물건을 좀 사러 왔을 뿐이야."

노골적으로 얼굴을 찌푸리지는 않았지만 내심 땀이 났다.

데일은 이 상대가 약간 불편했다.

헤르미네는 자신의 무기 중 하나로 『여자인 것』을 주저 없이 이용하는 인물이었다. 데일도 예전에 한 번 데인 적이 있었다. 잊어버리고 싶은 과거였다.

능력 있는 마법사인지라 자주 함께 일하는 사이이긴 했으나 그렇다고 편한 상대인 것은 아니었다.

"물건을 사러 왔다고?"

고혹적으로 미소 짓는 헤르미네를 앞에 두고 데일은 한 가지 결심을 했다.

예쁘디예쁜 라티나를 위해 가능한 한 가장 좋은 것을 준비하고 싶었다.

그러나 자신은 마법을 쓸 수는 있어도 주로 사용하는 것은 무기를 다루는 물리 공격이었다. 무기나 방어구를 보는 눈은 육체파 전사를 위한 물건에 한정되어 있었다.

라티나를 위해 준비해야 할 『마법사』의 물건에 관해서는 그다지 자신이 없었다.

여기서 우수한 마법사와 만난 이상, 그 조언을 구하는 것은 최선의 행동이 되리라.

모든 것은 라티나를 위해서였다. 예쁜 라티나를 위한 일이었다.

데일은 헤르미네를 향해 미소 지었다.

"여기서 헤르미네랑 만나다니 행운이네. 시간 있으면 같이 어울려주지 않을래?"

"어머, 네가 먼저 권유해 오다니 웬일이래."

"웬일까지는 아니잖아."

"그럼 그렇다고 해둘까."

헤르미네는 방울이 울리는 것처럼 맑은 목소리로 웃었지만 데일의 귀에는 늙은 여우가 캥캥거리는 소리로 들렸다.

어쨌든 데일은 『예쁜 라티나(우리 딸)』의 미소를 머릿속에 떠올리며 마음을 굳게 먹었다.

라반드국의 주신은 『빨강의 신(아흐마르)』, 전쟁의 신이다.

그래서 군사 국가 정도는 아니지만 무예와 마법을 매우 장려했다. 풍족한 국력까지 합쳐져서 왕이나 제후가 갖춘 군비도 상당했다.

그런 나라의 왕도이기에 무기와 방어구, 그리고 마도구 등도 최고의 물건이 모였다. 줄지어 늘어선 상점은 적당한 가격대의 물건을 취급하는 가게서부터 서민에게는 평생 연이 없는 특수한 고가 물품을 다루는 가게까지 가지각색이었다.

데일은 헤르미네와 함께 그런 가게 중 한 곳에 와 있었다.

로브 등의 의류를 중심적으로 취급하는 이 가게는 아오스브리크 안에서도 헤르미네가 가장 추천하는 곳이라는 모양이었다.

확실히 마법사 장비에 그다지 정통하지 않은 데일도 이 가게의 상품이 꽤 공들여 만들어진 디자인이라는 것을 알 수 있었다.

무거운 방어구로 몸을 지킬 만한 체력이나 근력이 없는 마법사들은 그만큼 마력을 부가하여 방어력이나 회피력을 높인 『마법 로브』를 즐겨 입었다.

아직 어린 여자아이인 라티나에게도 최적의 방어구일 것이다.

"데일? 상당히 작은 사이즈를 보네?"

"……지인의 아이가 입을 물건을 사 와 달라고 부탁받았으니까. 아까 말했잖아?"

"응, 말했지. 하지만 **그런 것치고는** 아주 열심이니까."

해맑게 웃는 헤르미네를 보며 데일은 뻣뻣하게 미소 지었다.

케니스나 친구(그레고르) 등에게 들은 말인데, 아무래도 최근 자신은 라티나를 생각하고 있을 때 표정이 완전히 헤벌쭉해지는 모양이었다.

라티나는 지금 자신의 가장 큰 『약점』이었다. 이런 불여우에게 알려지지 않고 지나갈 수 있다면 온 힘을 다해 그렇게 하고 싶었다.

'하지만! 이쪽 로브도 나쁘지 않지만 라티나에게는 이런 케이프가 더 귀엽겠다는 생각하는 건 어쩔 수 없잖아!'

라티나를 위해 고르고 있는 물건이었다. 머릿속에 떠오르는 그녀에게 옷을 대보며 상상하는 것은 어쩔 수 없는 행동이었다.

그렇다. 이것은 어쩔 수 없는 상상이었다. 응, 라티나는 예쁘니까 어느 물건이나 다 잘 어울리네. 그렇게 데일은 또다시 얼굴이 풀렸다.

'직접 실물을 보니, 가게에 오기 전까지 생각했던 거랑은 역시 다르구나…… 이쪽이 훨씬 좋아 보이고 움직이기 편할 것 같아…… 으음…….'

"그것도 나쁘지는 않지만 아동용이라면 이쪽을 추천해. 가격은 조금 비싼 만큼 좋은 물건이고, 무엇보다 겉만 봐서는 『마도구』라는 걸 알기 어렵게 만들어졌거든."

자신의 생각 속에 빠져 있던 데일은 헤르미네의 목소리를 듣고 정신을 차렸다. 헤르미네 쪽을 보니 그녀는 데일이 들고 있는 것보다도 심플한 케이프를 내밀고 있었다.

받아서 살펴보자 수호 술식은 안감에 새겨져 있는 것 같았다.

겉감은 외투로써 부자연스러운 색감은 아니었으나 다소 수수한 인상을 주었다. 하지만 그만큼 안감은 밝은 색으로 되어 있어서 여

자아이도 좋아할 만한 디자인이었다.

“『마법 로브』 같은 걸 입고 있는 아이는 유괴해달라고 말하는 거나 마찬가지야. 그만큼 유복하다는 뜻인걸. 그러니까 이렇게 얼핏 보기엔 알 수 없게 만들어.”

“확실히…….”

“반대로, 척 봐도 『마법 로브』 같은 물건도 있지만. 그런 물건은 돈 많은 귀족 자제들 용이야. 주위에 선전하기 위해서지. 『아직 어린데도 이 아이에게는 마법 재능이 있답니다.』『우리 집은 이 정도 되는 물건을 아이에게 입힐 수 있답니다.』 이런 식으로.”

고상한 웃음소리를 섞어 농담처럼 말하고는 있지만 그 속에 담긴 가시가 그녀의 성격을 대변하고 있었다.

“너는 여자애에게 줄 물건을 사러 온 거구나.”

“……갑자기 뭐야?”

뜬금없는 말에 가슴이 철렁했으나 얼굴에는 드러나지 않도록 힘껏 신경 쓰며 되물었다. 하지만 데일의 그런 노력은 아랑곳도 하지 않고 헤르미네는 재밌어하며 미소 지었다.

“방금 내가 건네준 걸 순순히 받았잖아. 남자애한테 줄 물건이라면 이렇게 귀여운 안감이 들어간 건 피할 거 아니야?”

그렇게 말하며 헤르미네는 데일을 떠본 것이었다는 사실을 시원스레 자백했다.

데일의 등 뒤로 식은땀이 주르륵 흘렀다.

『마법사용 지팡이』를 샀을 때쯤에는 라티나라는 이름을 제외한 정보 대부분이 헤르미네에게 완전히 유출되어버린 상태였다.

헤르미네 자신은 그렇다고 말하지 않았고 데일도 추궁하지는 않았다. 하지만 그렇게 생각할 수밖에 없었다.

구매한 『지팡이』에 관해서 데일은 살짝 불만이었다.

마법사들이 자주 들고 다니는 『지팡이』는 『마법 그 자체』는 아니지만, 그와 관련하여 조작할 필요가 있는 현상 — 마법의 근원인 마력 그 자체의 컨트롤이나 마법의 효과가 나타나는 범위 등 — 의 제어를 보조하는 매체였다.

효율 높은 연비로 효과적인 범위에만 작용을 좁히는 것이 의미가 있다는 것은 마법에서도 불변의 진리였다.

값비싼 『지팡이』나 『반지』 등의 마법 보조구는 헤르미네 같은 직업 마법사에게도 중요한 『무기』였다.

그러나 어린아이가 다룰 수 있을 만한 크기의 『지팡이』는 이른바 『연습용』 물건밖에 없다고 한다. 본업 마법사를 위한 물건과 비교하면 제어 보정 능력은 상당히 떨어졌다. 그게 싫다면 따로 주문할 필요가 있었다. 하지만 이번에는 그럴 시간적 여유가 없었다.

라티나에게 가장 좋은 물건을 사주고 싶었던 데일은 매우 떨떠름하게 『연습용』 중에서 가장 비싸고 귀여운 디자인의 지팡이를 사는 것으로 타협했다.

그런 식으로 쇼핑을 끝냈을 때 헤르미네는 이렇게 말했다.

“그럼 데일. 다음에 볼 때는 네 혼을 쏙 빼놓은 그 귀여운 마법사 씨를 소개해줘. 그렇게 작은 여자애인데 마법을 구사하다니 같은 마법사로서 흥미롭거든.”

팔랑팔랑 손을 흔든 뒤 「그럼 안녕.」이라고 웃으며 돌아선 헤르미네의 뒷모습을 보면서 데일은 자문했다.

확실히 자신 혼자였다면 고르지 못했을 좋은 물건을 샀다고는 생각한다.

하지만 이것이 최선의 행동이었다고 단언할 수 없는 것은 왜일까.

—그리고 뭐라 말할 수 없는 패배감을 느끼는 것이었다.

무사히 공작에게 귀향 허가를 받아낸 뒤 데일은 다시 말에 올라타 크로이츠로 돌아왔다. 무리를 시킨 만큼, 말을 빌려준 주인에게는 사례금을 듬뿍 주었다.

여행에 데려가기 위해 준비한 말은 『춤추는 범고양이』 뒤편에서 풀을 뜯고 있었다. 라티나는 동물도 좋아하는 모양이라 데일이 없는 동안 말을 돌봐 준 것 같았다. 소형종을 고른 것은 이 정도면 짐 운반에는 충분했고, 말을 타는 것에 익숙지 않은 라티나가 만에 하나 낙마했을 때 크게 다치지 않도록 한 배려였다.

출발하는 날 아침, 라티나는 『춤추는 범고양이』 안에서 빙글빙글 즐겁게 돌며 여행 복장을 선보이고 있었다.

캐러멜색 케이프는 수호 마력이 걸린 고급품이었다. 데일이 사 온 물건을 본 케니스가 한숨 섞인 목소리로 신출내기 모험가가 보면 피눈물을 흘릴 것이라는 감상을 말할 정도였다.

데일은 불만스러워했던 지팡이(로드)였으나 라티나에게 시험 삼아 써 보게 하자 문제가 없다는 것을 알 수 있었다.

라티나는 원래 마력 제어에 탁월한 기량을 갖추고 있었다. 굳이 보조구가 없어도 충분한 그녀에게는 연습용의 낮은 보정 능력도 만족스럽게 기능했다. 본격적인 전투를 시킬 것도 아니고, 어디까지나 호신용 무기라는 범주에서 보자면 다루기 쉬운 어린이용이야말로 적합한 물건이었다.

발밑을 단단히 다지는 가죽 부츠는 여행을 떠나는 것이 결정되고 바로 맞추어서 줄곧 신고 있었기에 완전히 길이 든 상태였다.

최소한의 필수품을 넣은 배낭을 메고, 허리 뒤에는 빨간 가죽 칼집에 넣은 칼을 찼다. 작은 돌이 반짝이는 마법 지팡이(로드)를 든 라티나는 만반의 준비를 끝냈다는 얼굴로 가슴을 쭉 펴고 있었다.

그녀가 직접 산 칼의 칼집은 루디의 아버지가 서비스로 준 것이었다. 빨간 가죽을 하얀 실로 바느질한 귀여운 외관이었다. 여자아이인 라티나를 신경 써준 모양이었다.

활동성을 중시한 반바지 모습은 그녀로서는 드문 차림이었다. 그러나 사랑스러움은 전혀 줄어들지 않았다.

라티나는 케니스를 올려다보고 상기된 얼굴로 보고했다.

"짐에는 있지. 데일, 『마도구』도 넣어줬어. 물통에 붙어 있다? 『발화』 마도구도 있어."

"……너, 얼마나 쓴 거야."

"딱히 상관없잖아! 『물』과 『불』 마도구는 여행의 필수품이라고 해도 과언이 아니고!"

데일은 그렇게 되받아쳤으나 표정에는 어색한 빛이 감돌았다. 그도 자신이 라티나에게 무른 것을 넘어서 물러 터졌다는 사실을 자각하고 있었다.

"라티나, 『마도구』는 고가품이야. 다른 사람에게 너무 내보이지 않도록 조심해. 위험하니까."

"알겠어. 제대로 넣어둘게."

케니스가 충고하자 라티나는 곧장 고개를 끄덕였다.

"그리고 최소한의 식량과 약을 넣어뒀어. 다른 짐은 말에 매어둬도 되지만, 무슨 일이 생겼을 때를 대비해 이것만은 스스로 가지고 있어야 해."

"응. 알고 있어."

"그러고 보니 라티나, 돈은 가지고 있어?"

"가방 안쪽에 들어 있어. 여기에도 조금 넣어뒀어."

그렇게 말하고 벨트에 달린 작은 파우치를 가리켰다.

라티나가 이날을 위해 직접 만든 것이었다. 튼튼하고 두꺼운 천을 사용하고 색실로 마무리한 여자아이다운 파우치였다. 손재주가 좋은 라티나는 자기가 만든 소품에 수놓는 것을 좋아했는데, 이 파우치에도 범무늬 고양이 모양을 원 포인트로 넣었다.

소량의 돈 이외에는 알사탕이나 빗 등이 들어 있었다. 내용물도 여자아이다웠다.

“리타가 얘기해줘서 옷 안에도 넣고 꿰매놨어.”

라티나는 새삼 말하지 않아도 배낭을 케이프 안쪽에 메고 있었다. 날치기 방지 등을 생각하면 올바른 행동이었다.

역시 이 아이는 야무지다고 데일과 케니스는 시선을 주고받았다.

“……조심해, 데일. 이 아이는 여러모로 위험해.”

노파심이긴 하지만 케니스가 말을 꺼낼 수밖에 없었던 것은 라티나의 사랑스러운 복장이나 소품이 그 미소녀로서의 면모를 더욱 사랑스럽게 만들고 있기 때문이었다.

『뿔이 부러진 마인족』이라는 사실을 빼고 보더라도 좋지 못한 무리가 충분히 눈독 들일 만했다. 이 소녀는 그 정도로 위험성을 내포하고 있었다.

“라티나는 정말로 예쁘니까.”

그러나 자랑스러운 표정을 한 데일에게 그런 대답을 들으니, 틀린 말은 아니지만 왠지 짜증이 났다.

“라티나. 조심하렴. 데일, 너도 무사히 다녀와. 라티나가 우는 일이 없도록 말이야.”

라티나의 머리를 쓰다듬으면서 리타가 말하자 데일도 당연하다며 수긍했다.

“나한테 무슨 일이 생기면 라티나를 지킬 수 없잖아.”

대답까지 조금의 망설임도 없었다.

"그럼 다녀오겠습니다!"

"조심히 다녀와."

리타와 케니스가 웃으며 지켜보는 앞에서 라티나는 크게 손을 흔들며 걷기 시작했다.

두 사람의 배웅을 받으면서 데일과 라티나가 여행길에 오른 것은 맑게 갠 온화한 봄날이었다.

†

크로이츠 동구는 가도와 맞닿아 있다. 그 길을 북상해 가면 큰 강이 있고 언젠가는 항구에 다다른다. 반대로 가도를 남하해 가면 왕도에 도착했다. 크로이츠가 물류의 요지로 중시되는 이유였다.

출발 전에 데일은 첫 목적지는 바다라고 라티나에게 말해두었다. 그러나 데일이 향한 곳은 남문이었고, 그대로 남서 방향으로 나아갔다. 방향이 전혀 달랐다. 그 사실을 알아챈 라티나는 의아해하며 데일을 올려다보았다.

"데일? 왜 이리로 가?"

"다음에 언제 또 라티나를 데리고 밖에 나올지 모르니까…… 성묘하러 가지 않을래? 라티나가 괴롭다면 그만두겠지만."

그 말을 듣고 라티나도 이 방향에 무엇이 있는지 깨달았다.

"……데일이랑 처음 만났던 숲, 이쪽이야?"

"그래. 마수도 많으니까 위험하지만…… 그 뒤로 몇 번 확인해서 최단 거리로 가는 길도 찾아뒀어. 라티나는 확실하게 지킬 거야."

데일이 그렇게 말한 직후 라티나는 그의 손을 꼭 쥐었다.

"고마워. 데일."

"응?"

왜 갑자기 고맙다는 말이 나오나 싶어 의문스러운 얼굴이 된 데일에게 라티나는 말했다.

"라그의 무덤, 몇 번이나 가줬던 거지? 원래는 라티나가 가야 하는데. 고마워."

라티나의 표정에 괴로움이나 슬픔은 없었다. 그녀는 조용히 작은 미소를 데일에게 보냈다.

"……라티나, 무덤 갈래. 라그한테 지금 정말 행복하다고 말해야 하니까."

"……그래."

온화한 표정의 라티나를 보고 안도하며 데일도 웃었다.

두 사람이 향하는 『숲』은 크로이츠 남서쪽에 있었다.

정식 명칭도 있는 것 같았지만 크로이츠 사람들은 『마의 숲』이나 『어둠의 숲』 등으로 적당히 불렀다. 크로이츠 인근 『숲』이라고 하면 이곳이었기에 자잘한 사항은 신경 쓰지 않는 것이리라. 이런 호칭으로 불리는 이유는 이 『숲』이 많은 마수가 생식하는, 사람이 아닌 존재들의 영역이기 때문이었다.

짐승도 매우 많았는데, 그만큼 많은 생물이 생식할 수 있는 풍족한 토지라고도 할 수 있었다.

『마수』라는 것은 큰 마력을 지닌 생물을 가리키는 총칭으로, 짐승형뿐만 아니라 벌레나 파충류형 등도 전부 포함했다. 비생물형은 『마물』이라고 부르며 구별했다. 마수는 마력을 제외하면 같은 계통 생물과 생태 면에서 겹치는 점이 많았다.

짐승이 많은 장소는 그만큼 마수가 많은 장소이기도 한 것이다.

데일은 『숲』이 보이게 되었어도 바로 안에 들어가지 않고 바깥 둘레를 따라 빙 돌았다. 때때로 짐승의 기척이 느껴졌지만 이쪽으로 덤벼들지는 않았다.

"으음…… 분명 이쯤이었지……."

데일은 중얼중얼 혼잣말한 뒤 빠르게 마법을 외웠다. 그는 땅 속성 마법에 뛰어났기에 방향을 잃는 일은 없었다.

말의 고삐를 끌면서 손짓으로 라티나를 불렀다.

"이리로 숲에 들어갈 거야. 마수 같은 위험한 생물이 많다는 건 라티나 너도 알고 있겠지만 조심해."

"응. 데일한테 꼭 붙어 있을게."

진지한 얼굴로 고개를 끄덕이는 라티나는 기합이 잔뜩 들어간 분위기였다.

데일이 라티나에게 『자신에게 위해를 가할 존재를 알아차리는 능력』이 있다는 것을 안 것은 이때였다.

한참 걸었을 때였다.

라티나는 갑자기 발을 멈추고 주위를 두리번거리기 시작했다. 경계심이 그대로 드러난 긴장된 표정으로 시선을 한 점에 집중했다. 그리고 걷는 데 방해된다면서 배낭에 달아두었던 지팡이를 양손으로 잡고 경계 태세를 취했다.

"……응? 왜 그래? 라티……."

말을 걸려고 했을 때, 데일도 깨달았다.

그녀의 시선이 가 있는 쪽 아득히 먼 곳에서 복수의 기척이 움직였다.

"……?!"

데일은 그 사실보다도 라티나가 그것을 알아챘다는 것에 경악했다.

『일류』라고 불리고 있는 데일조차도 『그 방향으로 주의를 기울였기에』 눈치챌 수 있었던 먼 거리였다. 『보통』은 알아챌 수 있을 리도 없었다.

"……저기에 마수가 있다는 걸 아는 거야?"

"응."

데일이 묻자 망설임 없이 끄덕, 수긍했다.

"라티나 『위험한 거』 알아. 전에 여기 있었을 때는 그럴 때 바로 도망치거나 숨었어."

"……대단하네. 어떻게 아는 거야?"

"몰라. 그냥 느낌으로. 라그는 라티나가 『운명에 보호받고 있다』고 자주 말했어."

'……『가호』를 가지고 있는 건가? 하지만 라티나에게서 그런 느낌은 들지 않는데…….'

속으로 중얼거리며 동요를 억눌렀다. 지금은 일단 선공할 수 있는 이 이점을 살려야 했다.

데일은 그렇게 마음을 다잡고 왼팔을 한 번 휘둘렀다.

비갑 형태를 띤 『마도구』의 스토퍼가 풀리는 소리가 났다. 그는 익숙한 동작으로 다음 호흡이 끝나기 전에 그것을 펼쳤다. 눈 깜짝할 사이 왼팔에 장착된 모습으로 소형 크로스 보우가 완성되었다.

마도구인 그의 비갑은 마력을 사용하여 그 기능을 높인 무기였다.

마력을 화살로 바꾸어 쏘는 능력을 가지고 있었다. 남은 화살 수를 신경 쓸 필요가 없었고 장전하는 과정도 불필요했다. 그리고 마법과 달리 주문을 외우느라 생기는 시차가 없었다.

물론 사출할 때마다 마력을 소비했고, 마법처럼 위력을 증감할 수는 없었다. 만능 도구는 아니었으나, 애초에 마법 특성상 원거리 공격 마법을 잘 다루지 못하는 데일에게는 없어서는 안 될 『파트너』였다.

데일은 검을 찬 모습이나 검에 뛰어난 기량을 지녔다는 점에서 근접형 전사라고 여겨지기 쉽지만 그가 가장 잘하는 것은 궁술이었다. 원거리 사출 무기를 다루는 것이야말로 그의 진면목이었다.

휴우, 하고 호흡 한 번. 숨을 멈춘 순간에 연속으로 마력 화살이 발사되었다.

두 발 연사된 화살은 나무들 틈을 정확하게 나아갔고 빗나가는 일 없이 여전히 멀리 있는 마수 — 대형 고양잇과에 가까운 생물로 무리 지어 사냥하는 종이었다. — 에게 박혔다. 마력 화살은 소형이지만 겉모습 이상의 위력이 있었다. 미간을 꿰뚫린 한 마리는 풀숲 안에서 쓰러졌다. 다른 화살 하나는 옆에 있던 개체에게 박혔다. 급소는 벗어났는지 괴로워하며 날뛰고 있었다.

동료가 쓰러지고 공격받자 남은 마수들이 동요했다.

그 움직임으로 데일은 남은 마수의 수와 위치를 정확하게 파악했다.

그 뒤는 간단한 작업이었다.

데일이 쏘는 연속된 화살을 피하면서 이 정도 거리를 좁히는 일은 불가능에 가까웠다. 수적 우세야 상대에게 있지만 승패는 처음부터 결정되어 있었다고 해도 좋았다.

이 첫 전투만 봐도 분명했으나 라티나의 『능력』은 데일과 상성이 좋았다. 상당한 원거리에서 선공을 잡을 수 있는 상황은 데일이 가장 잘하는 궁술을 살리기에 최적이었다.

『숲』이라는 차폐물이 많은 환경이었기에 화살이 맞지 않는 일도 물론 있었다. 그러나 데일은 화살을 왼팔 하나로 다루고 있었다. 그것이 가능한 것도 마도구의 이점이었다. 놀고 있는 오른팔에는 롱소드를 쥐고 있어서 근거리전도 무난히 대응할 수 있었다.

그뿐만이 아니었다. 오늘 데일에게는 라티나의 마법이라는 지원이 있었다. 그녀의 마법은 실전 경험이야 부족했지만 제어 면에서는 데일도 감탄할 정도였다.

데일은 여행을 떠나기 전에 라티나가 스스로를 지킬 수 있도록 그녀에게 『방어벽』 계열의 마법을 가르쳐두었다. 똑똑한 그녀는 그것을 사용해 데일의 지원도 적극적으로 맡았다.

모습이 개구리를 닮은 마수와 맞붙었을 때도 그것은 유감없이 발휘되었다.

예전에 데일이 라티나와 만났을 때 토벌 의뢰를 받았던 그 마수였다.

길을 막으며 밀집해 있는 그 무리를 보고 데일은 얼굴을 찡그렸다. 위협 행동으로 뿜어내는 점액과 체액의 악취를 떠올렸기 때문이었다.

해치우는 것 자체는 그렇게 어려운 일도 아니었다. 다만 어떻게 해치워야 할까 고민했다.

"데일? 왜 그래?"

"응…… 저 녀석들이랑은 그다지 근접전을 벌이고 싶지 않거든……."

그렇다고 활을 쏘기에는 수가 많아서 효율적이지 않았다. 게다가 점액으로 덮인 피부는 마력 화살의 효력을 저하시켰다.

"라티나, 공격 마법 쓸 줄 알았으면 좋았을 텐데."

"……아니, 라티나는 네 몸을 지키는 걸 가장 우선으로 생각해주면 돼."

아직 어린 라티나가 『목숨을 빼앗는』 방법 따위 배우지 않아도 된다면 그보다 나은 것은 없었다. 그리고 『목숨을 빼앗는』 무게를 짧아지는 것도 원치 않았다. 그것이 설령 짐승이나 마수라 하더라도. ―데일은 『보호자』로서 그렇게 생각했다.

그렇기에 그가 지금까지 라티나에게 가르친 공격 마법은 『예의 그 사건』에 쓰였던 마법 하나뿐이었다. 원래는 근거리 상대에게 후려치는 수준의 압력을 가하는 정도인 『어둠』 속성 마법이었다.

길을 가득 채우며 우글거리는 마수를 보고 있던 라티나는 데일을 올려다보고 고개를 갸웃했다.

"왜 가까이 가면 안 돼?"

"……체액 냄새가 아주 고약하거든."

"그래?"

데일이 대답하자 라티나는 고개를 끄덕였다.

"라티나, 그 이유뿐이라면 아마 할 수 있어."

"응?"

되물은 데일 쪽을 향해 라티나는 지팡이를 들었다.

"「하늘에서 쏟아지는 빛이여, 내 이름하에 나의 바람을 이루어라, 모든 재난을 물리치는 방패가 되어 그대의 몸을 지킬지어다. 《마력방벽》.」"

라티나의 지팡이에서 퍼져 나온 부드러운 빛이 데일의 온몸을 감쌌다.

"데일의 몸 전부 방패로 둘렀어. 너무 길게는 무리지만 한동안은 이대로야."

간단하게 말했지만 이 마법은 본래 『마력 방패』를 만드는 것이었

다. 결코 『갑옷』을 만드는 종류가 아니었다.

라티나는 뛰어난 제어 능력으로 마법의 효과 범위를 데일의 전신으로 넓힌 것이다.

'당연하다는 듯이 하고 있지만…… 이게 『보통』이라면 세상 마법사들이 울겠네…….'

무심코 그런 생각을 하고 말았다.

데일이 검을 내리치고 휘두를 때마다 『개구리』의 수는 착착 줄어들었다. 『개구리』들이 커다란 입을 벌려 일제히 토해낸 점액은 눈앞에서 보이지 않는 벽에 철썩 막혀서 흘러내렸다. 시야를 차단한 것은 한순간이었기에 데일의 행동을 방해할 정도로 문제가 되지는 않았다.

마력방벽은 악취도 경감시켜주고 있는 모양이었다. 뒤를 돌아보니 싸움을 지켜보고 있던 라티나가 전투를 개시했을 때에 비해 상당히 거리를 두고 있었다. 그녀에게까지 악취가 미치고 있는 것 같았다. 자각하고 있는 것 이상으로 지독한 냄새일 것이다.

'……몸에서 냄새나면 라티나에게 미움받는 걸까…….'

그것은 엄청난 정신 공격이었다. 그런 일은 절대로 피해야 했다.

단순 작업처럼 서걱서걱 마수를 정리했다. 마지막 한 마리를 밟아 검을 내리찍을 때까지는 그렇게 많은 시간이 필요하지 않았다.

'근데 마법 쓸 때 빛에 감싸인 라티나는 정말 성스러울 정도로 아주 예쁘단 말이지.'

헤벌쭉한 얼굴로 검을 휘두르고 있는 모습은 라티나가 멀리 있어서 다행일 정도로 칠칠치 못하게 풀어진 이상한 표정이었다.

데일은 여유가 넘치고 있었다.

—목적지는 정적 속에 있었다.

비바람을 맞은 하얀 거석은 예전보다도 그 흰색이 더욱 두드러져 보였다.

라티나는 종종걸음으로 다가가 그 작은 손으로 돌을 쓸어내렸다.

그녀가 때때로 보이는 어른스러운 표정을 지었다. 마치 울음을 참는 것 같이, 쓸쓸함을 삼키는 것 같이…….

어린아이가 짊어지기에는 너무나도 무거운 그녀의 과거가 느껴지는 표정이었다.

라티나는 돌에 이마를 톡 갖다 댔다.

"「**, ***, ****, *****, *****.」"

데일은 알아들을 수 없는 복잡한 말이 흘러나왔다.

"「***, ************. **, ********, ******.」"

라티나의 목소리는 끊어지는 일 없이 이어졌다.

그녀는 그 자세 그대로 계속해서, 잠든 자에게 말을 붙였다.

"……데일, 미안. 오래 걸렸어."

잠시 후 라티나는 얼굴을 들고 데일을 보며 그렇게 사과했다.

데일은 라티나가 성묘하는 동안 주위를 경계하고 있었다. 그녀의 말에 미소 지은 데일은 다정한 손짓으로 가만히 그 머리를 쓰다듬었다.

“전하고 싶은 말이 잔뜩 있었잖아? 여러 가지 일이 있었으니까.”

“응. 잔뜩…….”

라티나는 살짝 울음을 터뜨릴 것 같은 표정을 지었으나 데일이 다시 한 번 머리를 쓰다듬자 웃어 보였다.

“잔뜩이야. 라티나, 행복하니까 괜찮다고 말했어.”

―언젠가 그녀의 입을 통해 그녀의 아버지 이야기를 들어보고 싶다고 데일은 생각했다.

라티나가 평온한 마음으로 이야기할 수 있는 날이 온다면 들을 수 있는 걸까. 그런 생각을 했다.

라티나는 이별이 아쉬운 모습으로 다시 한 번 돌을 쓸어내렸다. 그리고서 헤어지는 것처럼 손을 흔들었다.

그것을 신호로 두 사람은 발길을 돌려『숲』을 빠져나가기 위해 걷기 시작했다.

‘그러고 보니 라티나는『엄마』이야기는 한 번도 한 적이 없네…….’

그런 의문을 품으면서.

『숲』을 빠져나오자 데일은 라티나를 말에 태웠다.

그녀는 튼튼한 종족인 마인족답게 그 가냘픈 체격에도 여전히 씩씩하게 걷고 있었다. 그래도 데일은 첫날부터 무리를 시킬 생각이 없었다.

"높다~!"

라티나의 그 목소리에는 두려움이 없었고 척 봐도 들떴다는 것을 알 수 있었다.

"오늘은 야영이 되려나…… 내일은 마을에 도착할 테니까 거기서 묵겠지만."

데일 혼자라면 조금 무리를 해서라도 길을 서두르겠으나 그는 이번에 여유롭게 여정을 짰다.

라티나를 데리고 위험한 야간 이동을 할 생각도, 매일 밤 야영을 할 생각도 없었다.

"라티나, 밖에서 자는 것도 괜찮아. 데일이랑 같이 있으니까 안심이고."

생글생글 웃는 라티나를 보며 데일도 따라서 살며시 미소 지었다.

이 두 사람은 어떤 의미로 서로를 보듬고 사랑하는 관계였다.

라티나는 매우 기분이 좋아 보였다.

"흥♪ 흥, 흐응~♪"

말 위에서 콧노래를 부르기 시작했다. 살짝 몸을 흔들면서 리듬을 타는 모습도, 그 노랫소리도 사랑스러웠다. 다만 여전히 미묘한 음정이었다.

불협화음까지는 아니지만 왠지 힘이 빠지는 절묘한 음 이탈에 데일은 괜스레 감탄에 가까운 감상을 느꼈다.

또각또각 말발굽 소리가 한가롭게 울리는 풍경 속에서 라티나의 콧노래는 그 후로도 한동안 이어졌다.

'들어본 적 있는 곡인 것 같기도 한데…… 너무 미묘해서 생각이 안 나네…….'

때때로 데일의 마음속에서 홀로 인트로 퀴즈가 이루어졌으나 정답은 여전히 수수께끼인 채였다.

상당히 돌아왔지만, 가도에 도착하자 여행자의 모습을 조금씩 볼 수 있게 되었다. 항구와 왕도를 잇는 가도인 만큼 대부분은 상인이었다. 많은 짐을 짊어진 행상인으로 보이는 사람은 소수였고 짐을 가득 실은 마차를 끄는 쪽이 다수파였다.

"우와아아아!"

라티나가 감탄한 것은 대상(隊商) 한 무리와 엇갈렸을 때였다.

크로이츠에서도 상인이나 대상은 볼 수 있지만, 이렇게 이동하는 모습은 보는 이를 압도하는 무언가가 있었다.

대형 마차가 몇 대나 늘어서 있고, 무장한 자들이 요소요소에서 걷거나 말을 탄 상태로 수행 중이었다.

가도 가장자리에서 입을 벌리고 지켜보는 라티나의 시야를 대상 한 무리가 가득 채웠다.

"모험가도 잔뜩 있네."

"저런 대상 호위도 흔한 일이니까."

그녀는 줄지어 있는 마차에서 조그만 차이를 발견하고는 손으로 가리키며 데일에게 보고했다. 완전히 이 집단에 정신을 빼앗긴 것 같았다.

데일도 걸음을 늦추고 그녀의 질문에 대답했다.

라티나에게는 모든 것이 신기한 모양이었다. 말 위에서 이곳저곳을 둘러보며 때로는 뒤돌면서까지 구경하고 있었다.

'……이래서야, 지친 기색을 보이기 전이더라도 말에 태워버리는 편이 좋을지도…….'

라티나는 똑똑한 소녀지만 이리저리 돌아다니지 않으리라고는 장담할 수 없었다. 특히 이런 생소한 풍경에 정신이 팔린 상황이라면 더욱 그러했다.

"데일, 커다란 강이야."

말 위에서 라티나가 손으로 가리키며 큰 소리로 보고했다. 소형 말이라고는 해도 마상에서는 평소보다도 시점이 높았다. 멀리까지 내다볼 수 있는 이 상태도 즐거운 모양이었다.

반짝반짝 빛나는 것이 수면이라는 사실을 깨닫고서 목소리도 잔뜩 들떠 있었다.

"그래. 크로이츠 북쪽에 있는 강이 여기까지 이어지고 있는 거야."

"강은 어떻게 건너?"

"커다란 다리가 놓여 있거든. 다리지기한테 통행료를 내면 돼. 걸어서 건널 수 있을 만한 강이 아니니까 태워줄 나룻배를 찾는 것보다 빠르고 간편하지."

"『다리』가 뭐야?"

라티나는 가끔 아는 것이 당연한 사실을 모르기도 했다.

"직접 보는 게 빠를걸? 봐, 조금만 더 가면 보일 거야."

크로이츠와 가깝다는 점도 있어서 강에는 짐을 운반하는 배도 많았다.

강기슭에는 수많은 배가 접안해 있고 많은 사람이 일하고 있었다. 가도와 크로이츠에 가까운 이 장소에서 하역 작업을 하는 것이다.

사람이 모이는 곳에는 그 사람들을 노리고 장사꾼이 모여드는 것이 세상일이라, 노점이 몇 개 늘어서서 마치 취락 같은 광경을 만들고 있었다. 인부를 상대로 영업하는 숙박 시설 비슷한 것까지 있어서 마치 마을 같았지만 정식 마을은 아니었기에 여관도 없었다. 수요가 없기 때문일 것이다. 여기까지 온 여행자가 여기서 발을 멈추는 일은 일단 없었고, 다들 크로이츠까지 더 이동했다.

많은 배가 오가는 대하에 놓인 다리는 훌륭한 석조였는데, 배들의 왕래를 방해하지 않도록 아치는 다소 높게 만들어져 있었다. 디자인도 뛰어나서 아름다운 곡선과 힘 있는 완강함을 겸비한 멋진 건축물이었다.

"크다……."

"이게 다리야. 강을 건너기 위해 만들어진 거지."

"대단해."

라티나는 흥분한 기색이었다. 아무래도 다리를 보는 것은 진짜 처음인 모양이었다.

'그럼 역시 라티나는 『숲』 저편…… 산맥 지대를 넘어서 이쪽으로 온 건가…… 바다 쪽에서 크로이츠로 오려면 어떻게 해도 다리를 볼 기회가 있었을 테니까.'

라티나의 모습을 사랑스럽게 바라보면서도 데일은 냉정히 그렇게 추측했다.

『숲』 너머에는 험한 산맥 지대가 뻗어 있었다. 그 앞은 명목상 라반드국 영토로 되어 있지만 마을은 존재하지 않았다. 험한 산맥이라는 가혹하고 불편한 지형 조건과 크로이츠의『숲』보다도 더한 마수 생식지라는 것이 그 이유였다.

모험가들이 희귀한 소재를 찾거나 경험을 쌓기 위해 가는 일은 있으나 거기에 사람 사는 마을이 있다는 이야기는 들은 적이 없었다.

하지만 산맥을 넘어가면 그 앞은 마인족의 최대 세력권, 『첫째 마왕』이 통치하는 나라와 인접한 구역이었다. 라티나가 거기서 왔을 가능성이 없지는 않았다.

"데일. 라티나, 걷고 싶어. 안 돼?"

다리지기에게 통행료를 내기 위해 줄을 서면서 라티나는 그런 말을 했다. 데일이 말에서 내려주자 라티나는 통통 튀는 발걸음으로 걸었다. 어디를 어떻게 봐도 들떠 있었다.

"부탁드려요!"

그렇게 말하고 데일이 쥐여준 동전을 기쁜 얼굴로 다리지기에게 건넸다. 라티나는 야무진 아이지만 그런 모습에서는 앳된 부분이 보였다.

검문을 겸한 곳을 통과하자 멀리서 봤을 때보다도 더욱 거대함이 느껴지는 건축물 위였다.

"우와아아아!"

다리 위에서 주위를 빙 둘러본 라티나는 환성을 질렀다.

"라티나. 갑자기 멈춰 서면 뒤에 있는 사람이 위험하잖아."

"아. 죄송해요."

순순히 사과의 말을 입에 담은 뒤, 똑바로 앞을 보고 걷기 시작했다. 하지만 깡충거리며 들뜬 모습은 잠잠해지지 않았다.

데일은 살며시 웃고서 라티나를 데리고 다리 가장자리로 가 밑을 바라보았다.

"우와아! 굉장해, 굉장해!"

라티나는 까마득한 밑에서 흐르는 강물을 보고 또다시 환성을 질렀다. 자신의 바로 밑을 배가 통과했을 때에는 목소리가 더욱 커졌다.

적화물이나 배에 탄 사람들의 모습을 관찰하고서 기쁘게 반응하는 라티나를 보며 데일도 아주 만족스럽게 미소 지었다.

그런 식으로 다리를 다 건너고 가도를 따라 북상했다. 해가 기울기 시작했을 때를 가늠해 데일은 가도에서 살짝 벗어났다. 나무들로 무성한 숲의 그늘에 발을 들인 뒤 주위를 살폈다.

"데일?"

"오늘은 이쯤에서 야영하자."

"아직 밝은데? 벌써?"

라티나가 이상해하는 모습을 보고 데일은 웃으며 대답했다.

"어두워진 뒤에는 야영 준비를 할 수 없잖아? 대신 내일 아침에는 일찍 일어날 거야."

데일이 확인한 바로는 큰 마수 등의 기척은 없었다. 주변 환경과

지면을 관찰해 짐승의 발자국이나 대변의 흔적을 살폈던 것이다. 이 정도 숲에서는 기껏해야 작은 동물이나 그것을 먹고 사는 소형 육식 동물이 다일 것이다. 그렇게 판단을 내렸다.

가까운 나무에 고삐를 묶고 짐을 내려서 말이 편하게 쉴 수 있도록 했다. 그러자 말은 멋대로 주위 풀을 뜯기 시작했다. 『물』 마법으로 마실 물을 넉넉히 준비하는 것도 잊지 않았다.

"나는 땔감을 모아 올게. 라티나는 여기서 기다리고 있어. 절대로 혼자서 어디 가면 안 된다."

"응."

데일이 주의를 주자 라티나는 진지한 얼굴로 고개를 끄덕였다.

"무슨 일이 생기면 곧바로 나를 불러. 그렇게 멀리는 가지 않을 테니까."

"응. 괜찮아."

걱정스러워하는 데일을 배웅하고 라티나는 부스럭거리며 짐을 뒤적였다. 그리고 케니스가 챙겨준 튼튼한 소형 냄비를 꺼냈다.

"상하기 쉬운 재료부터 쓸 것. 말린 고기라든가 말린 채소는 괜찮으니까 나중에."

주의 사항을 중얼거리면서 목적한 물건이 들어 있는 자루를 찾아냈다. 식재료가 들어 있는 자루의 내용물에 관해서도 케니스가 준비해주는 동안 옆에서 줄곧 설명을 듣고 있었다. 무엇이 어디에 들어 있는지 전부 알고 있었다.

그녀는 진지함 그 자체인 얼굴로 하나하나 손가락으로 확인한 뒤

필요한 것만 꺼냈다.

“음식을 버리는 일은 없도록. 아까우니까. 쓸 만큼만, 다 쓴다.”

케니스의 가르침을 반복했다.

라티나는 이 여행 중에 꿈을 하나 이룰 생각이었다.

이를 위한 준비도 연습도 잔뜩 거듭했다.

“데일이 맛있다고 해주면 좋겠다.”

좋아! 하고 기합을 넣고서 라티나는 자신의 칼을 뽑았다.

데일이 땔감을 안고서 돌아왔을 때, 라티나는 돌로 화덕을 만들고 그 위에 냄비를 올려둔 채 가져온 감자를 썰어 넣고 있었다.

데일이 가르친 기억이 없는 그 모습을 보고 깜짝 놀라고 있자 라티나는 이렇게 물어보았다.

“데일, 이걸로 괜찮아? 케니스한테 배웠어. 돌이 있을 때는 이렇게 냄비를 올린대. 맞아?”

“그래. 공기구멍도 제대로 만들어져 있고…… 케니스한테 배운 건가.”

“응. 라티나, 연습했어. 있지, 밥, 라티나가 만들게!”

선언했다.

그녀의 꿈 중 하나.

데일을 위한 식사를 만드는 것.

그것을 실행하고 지금까지 연습한 성과를 보이는 것이 라티나에게는 이 여행의 사소하지만 큰 목적이었다.

데일이 보는 앞에서 조리를 재개했다. 살짝 긴장됐으나 수없이 반복했던 동작을 몸이 기억하고 있는지 칼을 다루는 손에는 위태로움이 없었다.

냄비 안에 직접 감자를 썰어 넣는 동작도 야외에서 요리하기 위해 연습한 것이었다.

평소 『춤추는 범고양이』에서 요리할 때는 도마를 사용했다. 하지만 여행 중에는 최소한의 도구와 식기로 조리를 소화해야 했다. 그것도 그녀의 스승인 케니스의 가르침이었다.

그는 일하다 짬이 나면 라티나에게 여행 중 요리할 때 주의할 사항과 레시피, 그리고 화덕 만드는 법을 비롯해 여러 기술을 가르쳐주었다. 데일이 왕도에 가 있는 동안 『범고양이』 뒷마당에는 크고 작은 돌화덕들이 자리 잡고 있었다.

그렇게 노력한 보람이 있어서 라티나는 척척 작업을 해나갔다.

라티나는 감자를 다 썰자 자신의 배낭에서 마도구를 꺼내 냄비에 물을 넣었다. 그리고 데일에게 받은 땔감을 화덕 안에 넣었다. 그곳에는 이미 마른 풀이 쌓여 있었다. 『발화』 마도구로 마른 풀에 불을 붙였다. 화덕이 상당히 잘 만들어졌는지 땔감에 문제없이 불이 옮겨붙었다.

거기까지 지켜본 뒤 데일도 안심하며 라티나에게 조리를 맡기기로 했다. 그는 주위를 정리하여 쾌적하게 야영할 수 있도록 고심했다. 자신은 그렇다 쳐도 라티나가 누웠을 때 돌이라도 떨어져 있으면 불쾌할 것이다. 야영에 익숙지 않은 라티나가 조금이라도 편히 쉴 수 있도록 해야 했다. 과거에 『숲』 속에서 지낸 적이 있다는 사실은 뭐, 다른 차원의 이야기였다.

라티나가 감자에 이어 냄비에 썰어 넣은 것은 소시지였다. 평범한 고기보다도 맛 좋은 수프를 만들 수 있었다. 그 후, 작은 용기를 꺼냈다. 신중히 용기를 기울여서 그 안에 든 건조 허브를 수프에 넣었다.

조미료를 넣고 맛을 확인했다. 끄덕, 고개가 한 번 움직였다.

수프를 완성하자 라티나는 종이 꾸러미를 꺼냈다. 안에 들어 있던 빵은 평범한 것이라 오래 보관할 수 없으니 얼른 먹어 치울 필요가 있었다. 칼을 한 번 닦아내고 진지한 얼굴로 빵을 잘랐다. 그것을 커다란 조리용 포크로 찍어 불에 살짝 구웠다.

마지막으로 치즈를 빵에 올려 다시 구웠다. 눅진하니 치즈가 알맞게 녹았을 때 라티나는 짐을 정돈하고 있던 데일 쪽으로 몸을 돌렸다.

"데일. 밥 다 됐어."

"그래."

매우 간단한 재료로 만들어진 수프였다.

그러나 야외 모험가들의 식사는 불로 조리라도 하면 훌륭한 편으로, 말린 고기와 딱딱하게 구운 빵을 먹고서 끝인 경우도 드물지 않았다.

단기간에 재빨리 작업을 진행하는 라티나의 모습에는 데일도 감탄했다.

냄비에서 수프를 떠 그릇 두 개에 담고 라티나는 데일에게 빵을 건넸다.

"라티나, 감자만으로도 배부르니까 빵은 데일 것만."

"그런가."

데일은 수프를 한 숟갈 떠서 입에 넣고 슬며시 웃었다.

"맛있어."

"정말?"

데일에게 칭찬받고 기뻐진 라티나는 자신의 몫을 입으로 가져갔다. 이 아이는 먹을 때 특히 작은 동물을 떠올리게 하는 움직임을 보였다.

귀여웠다. 눈이 행복했다.

"케니스랑 파티 짰을 때도 생각했던 거지만 요리 잘하는 사람이랑 같이 있으면 여행의 쾌적도가 다르단 말이지."

"케니스랑 같아?"

"그래."

데일의 말에 라티나는 매우 기쁘게 반응했다.

"그치만 아직 케니스의 요리가 더 맛있어. 라티나, 더 열심히 할 거야."

잔뜩 기합이 들어간 라티나의 표정을 보고 데일은 미소 지었다.

"적어도 내가 만드는 것보다는 훨씬 맛있어. 라티나 말대로 이 여행 중에는 라티나가 식사 당번을 해야겠네."

"응, 열심히 할게!"

활짝 웃으며 라티나는 그렇게 대답했다.

그녀는 정리도 재빨리 끝냈다.

그 무렵에는 해도 완전히 기운 상태였다. 식사 중에는 저녁노을이 옅게 그러데이션을 그리고 있던 하늘은 검정 일색으로 칠해져 반짝이는 별빛만을 남기고 있었다.

장작이 타닥거리며 불꽃을 튀기는 소리를 들으면서 라티나는 꾸벅꾸벅 졸기 시작했다.

종일 상당히 들떠 있었던 데다, 익숙지 않은 여행길이었다. 피곤하기도 할 것이다.

데일은 미소 짓고서 라티나를 쓰다듬었다.

"무리하지 마. 일찌감치 자둬. 내일은 일찍 일어나야 하니까."

"응…… 응응…… 데일은……?"

"나도 선잠은 잘 거야. 괜찮으니까 안심해."

"……응. 잘 자, 데일……."

모포를 푹 뒤집어쓰고 누운 라티나는 이내 고른 숨소리를 내며 잠들었다. 이제는 익숙해진, 묘하게 허탈한 느낌을 주는 태평한 소리가 들렸다.

데일은 온화한 얼굴로 라티나가 자는 모습을 지켜보았다.

둘이서 하는 여행이었다. 불침번을 서게 할 수는 없었다. 데일은 익숙한 모습으로, 바로 집어 들 수 있게 검을 옆에 두고 앉은 채 눈을 감았다.

무언가 이상을 감지하면 바로 눈을 뜰 수 있을 정도로는 여행에 익숙했다.

라티나의 기척이 옆에 있는 것만으로도 무척 평온한 밤이었다.

아침 해가 뜨기 전까지 그들의 잠을 방해하는 존재는 나타나지 않았다.

그러나 데일은 때때로 일어나서 꺼지기 시작한 모닥불을 다시 지폈다. 초봄이라고는 해도 아직 밤은 차가웠다. 라티나가 추위에 떨게 할 수는 없었다.

아침이 되어 깨어난 데일은 먼저 옆에 있는 라티나를 보았다. 그녀는 푹 잠들어 있었다.

씩씩하다고 해야 할까, 라티나는 비교적 어디서든 잘 수 있는 모양이었다. 『춤추는 범고양이』에서 낮잠을 재울 때도 그랬다.

그 후 모닥불 상태를 확인했다. 순서가 잘못된 것 같기도 했지만 무슨 일이든 라티나가 우선이었다. 이미 그것은 무의식 속에서도 결정되어 있는 듯했다.

"……라티나, 일어나."

기분 좋게 자는 라티나를 깨우고 싶지는 않았지만 살며시 작은 몸을 흔들었다. 라티나는 꼼지락꼼지락 움직였다.

"응…… 후뉴? 데일……?"

"왜?"

모포 속에서 라티나가 얼떨떨한 목소리로 이름을 부르는 것에 대답했다. 그녀는 얼굴만 슬쩍 내민 채 잠에 취한 눈으로 한동안 생각에 잠겼다.

"후아아!"

그리고는 크게 눈을 끔뻑이며 각성했다.

역시 잠이 덜 깼던 모양이다. 라티나는 벌떡 일어나더니 데일에게 찰싹 붙었다.

“응? 왜 그래? 라티나.”

“깜짝 놀랐어. 항상 데일 옆에서 자니까.”

쑥스러운 얼굴로 「에헤헤.」 웃었다.

“라티나, 여행 중이었어!”

“그러네.”

데일도 마주 웃고 라티나를 끌어안았다.

라티나는 그런 과거가 있기 때문인지 가끔 사람이 그리운 것 같았다. 혼자 집을 보게 해도 투정부리는 일은 없으나, 그때 말고는 이렇게 데일 옆에 있고 싶은 듯했다.

데일도 불쾌하지는 않았기에 그녀 마음대로 하게 두고 있었다.

아니, 자신이 아닌 다른 누군가에게 라티나가 이런 식으로 어리광부리는 것을 간과할 생각은 없었다.

그렇게 단언해버릴 정도로 그의 딸바보 사고는 확고했다.

라티나는 일어나더니 모포를 정리하고 아침밥 준비를 시작했다.

모닥불로 빵 2인분을 굽고 치즈를 잘라 건넸다. 간단한 요리였지만 라티나가 준비해주었다고 생각하면 맛은 배가됐다.

“오늘은 이대로 가도를 나아가서 마을까지 갈 거야. 힘들거나 다리가 아프면 바로 말해.”

“응. 알고 있어.”

"아직 식량은 괜찮네. ……라티나한테 조만간 식량 관리도 맡길 테니까. 필요한 게 있으면 빨리 말해야 한다?"

"라티나, 해도 돼?!"

데일은 놀란 모습의 라티나를 진지한 얼굴로 보았다.

"라티나, 내가 전부 하는 건 싫지? 자기가 할 수 있는 일은 스스로 하고 싶지?"

"응…… 어떻게 알아?"

"그야 라티나 일이니까."

데일은 그렇게 말하고 웃었다. 이 성실하고 꼼꼼한 소녀는 그런 자립심도 또래 아이들보다 강했다.

처음부터 전부 맡기는 무모하고 무책임한 짓은 하지 않는다. 그러나 데일은 라티나의 능력이라면 어느 정도 수준의 일을 그녀에게 시킬 수 있는지 분명히 알고 있었다.

똑똑한 아이이니 가르치면 제대로 이해할 수 있는 범위일 것이다.

"이 여행 중에 라티나는 내 파트너니까."

"응. 라티나, 할 수 있는 건 하고 싶어!"

의욕 가득한 얼굴로 웃는 라티나를 보고 있으니 기분이 이상했다.

이 아이는 이번 여행 중에 얼마나 성장해버리는 걸까. 그런 생각이 들었다.

'……한동안은 나를 의지해주는 작은 라티나로 있어줘도 좋을 텐데 말이지.'

성장을 기쁘게 여기는 반면, 한편으로 그런 생각을 하고 마는 것은 자신의 욕심일까.

모닥불을 정리하고 말에 다시 짐을 실은 뒤 가도로 돌아가기 위해 걷기 시작했다.

오늘도 포근하니 좋은 날씨였다.

완만한 기복은 있었지만 항구로 향하는 가도는 걷기 편한 길이었다.

여러 외국에서 들어온 물자를 왕도로 옮기는 중요한 가도인 만큼 정기적으로 정비되고 있는 것이다. 지금도 시선을 돌리면 인부들이 구멍 뚫린 가도 일부를 복원하고 있는 모습을 볼 수 있었다.

"있지, 데일. 클로에는 도적을 걱정했어. 정말 있는 거야?"

"뭐, 돈 되는 물건을 가득 실은 마차가 지나는 길이니까 그야 있긴 있지만. 이 주변은 아직 크로이츠와 가까워서 별로 없어."

"그래?"

"수배자가 되면 순식간에 모험가 녀석들이 모여들거든. 한때 모험가였던 도적도 드물진 않은데…… 보통은 추격자가 잘 붙지 않는 곳에서 활동해."

또각또각하는 발굽 소리를 배경으로 두 사람은 대화하며 걸었다.

"오늘 묵을 마을을 지나면 살짝 위험하려나…… 가끔 그런 녀석이 나온다고 들었어."

"괜찮아?"

"그래. 라티나는 확실하게 지킬 테니까. 걱정돼?"

"데일이 있으니까 라티나, 괜찮아."

진심 어린 신뢰를 담아 활짝 웃는 라티나를 보고 데일도 웃어 보였다.

'몰살하는 건 오히려 간단하지만 말이지. 공격 마법을 난사하면 무력화할 수 있고. 적당히 봐주는 쪽이 더 어렵단 말이야. 하지만 라티나한테 너무 잔혹한 광경을 보여주고 싶지는 않은데.'

그사이에 데일이 마음속으로 중얼거린 내용은 살벌한 것이었다.

'아아. 하지만 라티나한테 무기를 들이대기라도 하면 나, 이성을 잃을지도.'

그런 생각을 하면서도 데일의 표정은 헤벌쭉하게 웃고 있었다. 그 상태로 옆에 있는 라티나의 머리를 쓰다듬고 있는 것을 보면, 인간은 겉만 봐서는 무슨 생각을 하고 있는지 알 수 없는 존재였다.

늘 크로이츠라는 한정된 공간에서 지냈던 라티나에게 바깥세상은 터무니없이 넓게 느껴지는 모양이었다.

데일에게는 아무렇지도 않은 풍경도 그녀에게는 다르게 보이는 것 같았다.

가도의 완만한 고개를 다 올라가 시야가 넓게 트인 순간도 그랬다. 라티나는 환성을 지르며 주위를 둘러보았다.

저 멀리 대기 속에서 푸르게 흐려진 산맥. 그 앞에 펼쳐진 숲과 초원. 더 앞으로 나오면 보리 등을 심은 곡창 지대가 펼쳐져 있었다. 산들산들 불어오는 바람에 작물이 일제히 물결치며 흔들렸다.

"넓다아! 굉장해!"

"그래? ……그럴지도 모르겠네. 저것 봐, 라티나. 멀리 보이기 시작했지? 저기가 오늘 묵을 마을이야."

"우와아아아!"

라티나는 흥분한 모습으로 조금이라도 멀리 보려고 했다. 햇빛을 가리는 것처럼 이마에 손을 대고 깡충깡충 뛰었다.

둘로 나눠서 묶어 올린 백금색 머리카락도 빛을 반사하며 세차게 흔들렸다.

"너무 촐랑거리면 안 된다? 그러다 마을에 도착하기도 전에 힘이 다 빠질걸."

"응!"

씩씩하게 대답하고 그녀는 데일 옆에 섰다.

때때로 휴식하며 예정대로 해가 지기 전에 마을에 도착했다.

역참 마을 『하제』는 크로이츠와는 비교도 안 될 만큼 작은 동네였다. 주변이 곡창 지대인 것을 봐도 알 수 있듯이 주요 산업은 농업이었다. 이런 마을이 크로이츠의 풍족함을 지탱하고 있었다.

동시에 가도를 따라 위치한 마을이었기에 역참으로도 번성하고 있었다.

여관의 형태도 부유한 상인을 상대하는 고급 여관부터 한 방에 여러 사람을 밀어 넣는 싸구려 여인숙까지 다양했다.

하제는 크로이츠와 마찬가지로 벽이 마을을 에워싸고 있었다. 그 내부로 들어가기 위한 문을 지키는 문지기에게 데일은 돈을 얼마 쥐여주고 이야기를 들었다.

평소 그는 잘 수만 있다면 어느 여관이든 문제 삼지 않았다. 그러나 이번에는 라티나를 데리고 있었다. 안전성과 그런대로 갖춰진 시설을 원했다.

"크로이츠랑은 다르네! 집 분위기도 달라."

"그래도 아직 이 주변은 북적이는 편이야. 우리 고향은 너무 시골이라 라티나 깜짝 놀랄걸……?"

하제의 건물은 전체적으로 수수했다.

크로이츠처럼 회반죽이나 도료로 칠해진 벽은 거의 볼 수 없었다. 지붕 색깔도 라반드국풍의 빨간색이기는 했지만 도료의 종류가 다른지 차분하고 침침한 빨강이었다.

그것은 그것대로 전원의 멋이 느껴지는 풍경이라고도 할 수 있었다.

데일이 고른 여관은 마구간이 있는 중간 수준의 숙소였다.

끌고 있던 말에서 짐을 내리고 마구간 안으로 들여보냈다. 라티나는 그러는 중에도 들뜬 모습으로 두리번거리고 있었다.

그 후, 가게를 지키고 있는 상당히 풍채 좋은 여주인에게 다가가 물어보았다.

"방은 비어 있나?"

"그래. 하나면 돼?"

"상관없어. 그리고 마구간을 쓰도록 하지. 물과 여물을 부탁해."

"요금은 별도야."

"알고 있어."

여주인이 건넨 열쇠를 받고 데일은 손짓하여 라티나를 불렀다.

그녀는 데일이 그런 대화를 나누고 있는 사이에도 열심히 주변을 관찰하는 중이었다.

이 여관도 『춤추는 범고양이』와 마찬가지로 1층은 식당이었고 2층이 객실인 구조였다.

데일과 라티나가 배정받은 방은 2층 귀퉁이에 있는 방이었다. 창문을 열면 마을을 둘러싼 벽 너머까지 내다볼 수 있었다. 전망을 원한다면 나쁘지 않은 방이었다.

물론 안전성이라면 안쪽 방이 높을 것이다. 하지만 그런 사소한 일은 라티나가 기뻐하는 얼굴을 앞에 두자 신경 쓸 가치가 없었고 어찌 돼도 좋은 것이 되었다.

여주인의 붙임성은 영 별로였으나 방은 청결하여 나쁘지 않았다.

침대가 나란히 두 개 놓여 있는 것 외에도 그런대로 공간은 확보되어 있어서 넓이도 충분했다.

데일은 짐을 구석에 내린 뒤 비갑을 빼고 코트를 벗었다.

라티나도 그의 그런 모습을 보고서는 메고 있던 짐을 내리고 허리에 찼던 칼도 풀었다. 그리고 가벼워졌다며 폴짝 뛰었다.

"있지, 데일……."

"산책이라면 그만둬. 내일도 잔뜩 걸을 테니까."

말하려던 내용을 데일이 선수 치자 라티나는 놀란 얼굴이 되었다.

"라티나가 여기저기 보고 싶어 하는 것도 모르는 바는 아니지만 말이야. 앞으로도 많은 마을을 지날 거야. 쉴 수 있을 때는 제대로 쉬어줘."

"……응."

시무룩한 표정을 지으면서도 고개를 끄덕이는 라티나를 보고 데일은 한숨을 한 번 쉬었다.

데일도 라티나를 이런 얼굴로 만들고 싶지는 않았으나, 이 아이의 들뜬 모습을 보면 내버려 둘 시 쓰러질 때까지 이곳저곳 보고 싶어 할 것이 틀림없었다.

이쯤에서 한 번 못을 박아둘 필요가 있었다.

"그 대신 항구 도시 『크발레』에 도착하면 살짝 관광하자. 그때까지는 참는 거야."

그 말을 듣고 라티나의 표정이 밝아졌다.

그녀를 풀 죽은 상태로 방치할 수 없는 것이 그가(데일) 그인(딸바보) 이유이리라.

중간 수준 여관인 만큼 입욕 설비도 갖춰져 있었다.

라티나는 목욕을 끝내고 따끈따끈한 열기를 내면서 테이블 앞에 앉아 있었다. 신난 얼굴로 메뉴를 보는 중이었다.

"라티나, 뭐 먹고 싶어?"

"안 먹어본 게 먹고 싶어! 케니스도 있지, 다양한 곳에서 여러 음식을 먹는 것도 공부라고 했어."

"아아…… 케니스는 확실히 그랬지……."

그건 그렇고 이 아이는 번듯한 요리사가 목표인 걸까. 왠지 점점 요리와 식사에 관한 태도가 본격적이 되어가고 있는 것 같은데…….

'뭐…… 케니스도 모험가인지 요리사인지 알 수 없는 느낌이었지…… 스승이랑 닮은 건가…….'

자신에게 친형 같은 존재이며 그녀의 스승인 남자의 얼굴을 떠올리면서, 데일은 드물게 주문한 에일맥주를 들이켰다.

"우웅…… 우으응?"

그사이에도 메뉴를 앞에 둔 채 줄곧 생각에 잠겨 있던 라티나는 프리터에 모둠 채소 그릴 구이가 곁들여진 것으로 결정한 모양이었다. 메뉴에 그다지 새로운 음식이 없었기에, 농장이 가까운 지역이니 신선한 채소를 먹기로 한 것 같았다.

데일은 극히 평범한 치킨 그릴 구이를 주문했다. 함께 나온 빵은 바구니에 수북이 쌓여 있어서 먹고 싶은 만큼 먹어도 되는 시스템이었다. 밀 생산지다운 방식이라고 해도 좋았다.

"우웅……."

"왜 그래? 라티나."

못마땅한 얼굴로 음식을 씹는 라티나를 보고 이상하게 여긴 데일은 물어보았다.

"이 채소…… 좀 더 시간을 들여 충분히 구우면 맛있을 텐데."

먹으면서 고개를 기울이고 있는 라티나의 대답은 데일의 상상을 초월한 것이었다.

"그러면 더 단맛이 많이 날 거야."

"그런가…… 아는구나."

"케니스, 가르쳐줬으니까. 이건 맛있어."

초봄에 나는 새싹 프리터는 은은한 쓴맛이 있어서 어린아이들에게 호불호가 갈릴 듯한 음식이었지만 라티나는 고개를 끄덕이며 납득한 얼굴로 만족스럽게 먹고 있었다.

'내가 생각하는 것보다…… 라티나의 요리 스킬은 높을지도 모르겠어…….'

빵도 천천히 음미하면서 맛을 확인하고 있는 라티나의 모습을 보고 데일은 그녀의 높은 능력을 재확인했다.

식사를 한 후, 라티나를 먼저 방에 돌려보내고 데일은 목욕을 하러 갔다.

방에 돌아와 보자 라티나는 작은 노트를 펼치고 뭔가를 열심히 적고 있었다.

데일이 들여다보려고 하니 황급히 감춰버렸다. 그 동작으로 알아챘다.

"일기야?"

"여행 중에 겪었던 일을 적어두려고. 부끄러우니까 보면 안 돼."

"그렇구나. 미안. 내가 보면 곤란한 일이라도 적혀 있어?"

"부끄러우니까 안 되는 거야."

데일이 계속해서 물고 늘어지자 라티나는 고개를 휘휘 저었다. 데일 상대로 웬만하면 싫다고 하지 않는 라티나로서는 드문 행동이었다.

'안 된다고 하니 신경 쓰이네…….'

무슨 내용이 적혀 있을까. 자신에 관해서는 어떤 식으로 쓰여 있을까. 아니, 자신에 관한 내용이 전혀 없으면 어쩌지. 그건 그것대로 마음이 아팠다.

그렇다고 억지 부려서 미움받기라도 하면 자신은 분명 재기할 수 없을 것이다.

데일은 그런 생각을 거친 뒤 마음을 다잡고 문단속을 시작했다. 라티나에게도 말했지만 쉴 수 있을 때 제대로 쉬는 일은 중요했다. 어젯밤은 선잠밖에 못 잤다. 피로를 남겨뒀다가 막상 일이 닥쳤을 때 대처할 수 없게 돼서는 안 됐다.

그대로 데일이 침대로 들어가자 라티나가 당황한 표정을 지었다. 쫓아오더니 이불 너머로 데일을 탁탁 쳤다.

"데일, 데일. 있지……."

"응?"

"라티나, 데일 옆에서 자면 안 돼?"

"……항상 같이 자서 그래?"

라티나의 발언에 데일이 되묻자 그녀는 살짝 생각한 뒤 대답했다.

"모르는 데서 일어나는 거, 조금 깜짝 놀라. 데일 옆이라면 안심이야."

"그런가…… 익숙지 않은 여행이니까. 불안하기도 하겠지."

이해한 데일은 몸을 일으켜 주위를 보았다.

이 여관 침대는 1인용이라서 두 사람이 같이 자기에는 조금 좁았다. 크로이츠에서 쓰고 있는 자신의 방 침대는 제법 넓은 편이었다.

“그럼 겸사겸사 《중력경감》 마법도 알려주도록 할까. 천천히 외울 테니까 잘 들어둬. 꽤 편리한 마법이니까 배워두면 도움이 될 거야.”

다른 한쪽 침대 옆에 서서 느릿하지만 분명한 발음이 되도록 주의하며 주문을 외웠다.

“「어둠 된 암흑이여, 내 이름하에 명하노니, 별의 결박을 끊어내라. 《중력경감》.」”

주문을 외우고 침대에 손을 댔다. 무게를 조작하는 주문의 효과로 거뜬히 들어 올릴 수 있었다. 큰 소리를 내지 않도록 신중히 움직여 침대 두 개를 나란히 딱 붙였다.

“살짝 단차는 있지만 이걸로 됐어?”

“응. 고마워, 데일.”

라티나는 기쁘게 미소 짓고 옆 침대로 들어갔다.

그녀의 그런 행복한 표정을 보고 데일도 따라서 웃었다.

‘라티나뿐만 아니라…… 나도 이편이 아늑할지도 모르겠네…….’

그녀의 체온이 느껴지는 거리에서 잠이 들며 데일은 그런 생각이 들었다.

3. 항구 도시에 가다.
어린 소녀,

하제를 출발한 후, 몇 번의 야영과 마을을 경유해 두 사람은 항구 도시『크발레』에 도착했다.

크발레는 지금까지 지나왔던 마을과 분위기가 달랐다.

산뜻한 빨간색 지붕은 다른 마을과도 공통된 점이었으나, 모든 건물 벽에 하얀 회반죽이 칠해져 있고 선명한 파란색 문양이 그려져 있었다.

라반드국의 주신『빨강의 신(아호마르)』뿐만 아니라 상업을 수호함과 동시에 해양을 관장하는 신이기도 한『파랑의 신(아즈락)』의 비호를 바라고 있기 때문이었다.

그 특수성도 있어서, 바다 향기 가득한 크발레 마을은 매우 산뜻하고 독특한 아름다움을 지닌 마을로 알려져 있었다. 이 풍경을 목적으로 찾아오는 관광객도 적지 않았다.

"바다다아~!"

라티나는 크발레로 들어와 바다를 시야에 담음과 동시에 환성을 질렀다.

"데일, 데일! 바다, 바다! 가봐도 돼?!"

"진정해, 라티나. 먼저 숙소를 잡고 짐을 내린 뒤에 가자."

쓰게 웃으면서 데일은 옆에 있는 라티나에게 또 다른 『동행자』를 가리켜 보였다.

“말도(이 녀석) 쉬게 해줘야지.”

“맞다…… 미안, 브라오.”

라티나는 그렇게 말하며 말의 코끝을 쓰다듬었다.

데일이 모르는 사이에 라티나는 말에게 이름을 붙여준 모양이었다. 이 여행이 끝나면 처분할 예정인데 그 전에 라티나는 정이 들어버릴지도 모른다고, 늦었지만 거기까지 생각이 미쳤다. 울리면 어쩌지.

크발레에서는 지금까지보다도 살짝 비싼 여관을 골라 방을 잡았다. 시설이나 방 등급 면에서는 예전에 묵었던 여관과 큰 차이가 없었다. 금액이 차이 나는 이유는 방범 시스템 가격 때문이었다. 각 방에는 마도구 잠금장치가 사용되어 있었고, 안전성을 내세우는 곳인 만큼 여관 사람들의 의식도 높았다. 즉 지금까지의 여관과는 달리 짐을 둔 채 외출해도 어느 정도 안전이 보장된다는 말이었다.

크발레에서는 3박 할 예정이었다.

슬슬 피로해질 무렵이었다. 게다가 이후로는 산길로 들어가서 점점 험한 여정이 된다. 라티나가 충분히 쉴 수 있게 하고 싶었다. 그리고 모처럼 하는 여행이니 관광도 시켜주고 싶었다. 그런 생각으로 내린 결정이었다.

방 안에 짐을 두고 비갑을 벗었다. 코트와 롱소드는 그대로였다.

그런 뒤 데일이 라티나를 보자 그녀는 메고 있던 배낭을 내리고 칼을 풀어서 홀가분해진 차림이었다.

구석에 한데 모아 깔끔하게 정리해두는 부분에서 꼼꼼한 성격이 드러났다.

“있지, 데일. 이 마을에서라면 크로이츠에 편지 보낼 수 있어?”

“정기편이 나가니까. 보낼 수 있을 거야.”

“그럼 있지. 나중에 클로에랑 리타한테 편지 쓸 거야!”

신이 나서 들뜬 목소리로 라티나가 선언하는 것을 듣고 데일도 장난스럽게 미소 지었다.

“그럼…… 편지에 쓸 수 있도록 크발레를 탐색해야겠네!”

“응!!”

데일 자신도 『관광』은 오랜만이었다. 빈번히 여행은 떠나지만 대부분은 일이었다. 살짝 신선함도 느꼈다.

무엇보다 이렇게나 여행을 기뻐하고 좋아해주는 예쁜 라티나와 함께였다.

데일도 들뜬 마음이 안 들 리가 없었다.

두 사람은 「그럼 당장 가 보자.」라는 모습으로 마을 산책을 나섰다. 크발레에 도착하기 전에도 상당한 도보 이동이 있었으나 라티나에게서 지친 기색은 보이지 않았다. 그녀는 가냘픈 체격에 어울리지 않게 체력이 있는 모양이었다. 데일이 그녀에게 맞춰 천천히 걷고 있다고는 하지만 발이 아프거나 피곤하다고 호소하는 일도 없었다.

크발레는 신기한 경관을 지닌 마을이었다.

건물 때문만은 아니었다. 타국과의 창구인 이 마을은 라반드국이면서도 어딘가 이국적인 느낌이 들었다. 그것이 어우러져서 이 마을의 『분위기』를 만들어내는 것이리라.

길을 걷는 사람들의 모습도 크게 관련되어 있었다. 얼굴 생김새나 주고받는 말이 이 나라 사람과는 다른 자, 이 나라 물건이 아닌 본 적 없는 차림새의 사람들과 때때로 스쳐 지나갔다.

라티나가 발을 멈추고 뒤돌아보면서까지 그런 사람들의 모습을 바라보는 것을 데일은 조용히 지켜보았다.

크발레 중심부를 빠져나와 항구에 이르렀다.

"우와아아……."

입을 다물지 못하는 라티나를 향해 데일은 완전히 헤벌어진 표정을 보냈다. 데려온 보람이 있었다며 작게 승리 포즈를 취하고 싶어지는 반응이었다.

햇빛에 반짝반짝 빛나는 수평선을 보면서도 라티나는 초롱초롱한 눈이 됐었지만 지금은 마침 항구에 들어온 커다란 상선에 넋이 나가 있었다.

"굉장해~! 데일. 저 배, 어디서 온 걸까?"

"응? 봐, 저기 깃발을 내걸고 있지? 저 문장은……."

데일이 손으로 가리키며 알려준 것은 서쪽에 있는 대국의 이름이었다. 라티나도 들어본 적이 있던 모양이었다. 끄덕끄덕 고개를 움직여 보였다.

"멀리 있는 나라네."

"응. 그러네."

"대단해! 라티나, 처음 보는 것들뿐이야!"

상체를 앞으로 내밀고 배를 구경하는 라티나를 보며 떨어지지 않도록 살며시 손으로 부축했다.

그런 배려를 할 줄 알게 됐을 정도로 그는 이제 훌륭한 『보호자』였다.

그 상태로 라티나는 질리지도 않고 계속 배를 바라보고 있을 것 같았으나, 점심시간을 이유로 이동하는 데 동의했다.

시장으로 향한 것은 라티나가 간절히 희망했기 때문이었다.

줄지어 선 가게는 모두 차양을 크게 내달고 그 밑에 경쟁하듯이 상품을 늘어놓고 있었다. 활기찬 외침 소리가 어지럽게 오갔다. 역시 항구 도시인 만큼 풍부한 어패류가 시선을 사로잡았다.

크로이츠에서도 바다 생선을 팔기는 했다. 냉동 마도구를 구사하여 수송되어 오는 것이었다. 수송비가 드는 만큼 가격도 비싸서 서민은 거의 입에 댈 수 없는 고급 식재료였다.

그것과는 비교도 되지 않는 다양한 종류의 수산물이 죽 늘어서 있는 모습은 제법 장관이었다.

"생선이 잔뜩 있어."

라티나는 눈을 동그랗게 뜨고 생선을 보며 걷고 있었다. 바다 생물은 개성적인 형상인 것도 많았다. 거대하고 납작한 생선이 땅에 놓여 있는 것과 맞닥뜨리고 라티나가 깜짝 놀라 펄쩍 뛰었다.

그러더니 또 다음 순간에는 옆 가게로 가볍게 달려갔다.

"우와아…… 이거, 어떻게 먹는 거야?"

단단한 가시에 감싸인 성게를 찔러보면서 라티나는 고개를 갸웃했다.

"안에 든 알맹이를 먹어."

"우와……."

성게는 아직 살아 있는지 가시가 느릿하게 움직였다. 그 모습에 완전히 마음을 빼앗기면서 라티나는 고개를 끄덕였다. 그리고 옆에 있는 나무통을 들여다본 뒤 라티나는 움직이지 않게 되었다. 데일이 이상하게 여겨 살펴보자 통 안에는 조개가 대량으로 들어 있었다.

라티나는 그중 몇 개가 수관을 쭉 내밀고 있는 모습을 관찰하고 있는 것 같았다. 손을 뻗으려다가 아무리 그래도 파는 물건에 손을 대면 안 된다고 생각을 고쳤는지 양손으로 통의 가장자리를 잡으며 동작을 얼버무렸다.

조개의 수관에서 물이 뽀글뽀글 뿜어져 나왔을 때, 데일은「이건 길어지겠네.」라며 각오했다.

예정보다 살짝 늦어지기는 했으나 점심을 먹기 위해 가게를 하나 골랐다. 시장 안에 있는 가게로 들어간 것은 모처럼 이렇게 많은 어패류를 봤으니 그것을 먹지 않을 수 없다고 생각했기 때문이었다.

"라티나, 처음 데일이랑 만났을 때, 생선 받았었지."

달궈진 석쇠를 앞에 두고 익숙한 손놀림으로 소금을 뿌리며 갖가지 해산물을 굽는 라티나는 매우 즐거워 보였다.

"그랬지."

집게를 이용해 뒤집은 물고기는 살이 부스러지는 일도 없이 맛있는 냄새를 풍기며 구워지고 있었다. 라티나는 불 세기에 세심한 주의를 기울이면서도 데일에게 웃어 보였다.

"오늘은 라티나가 구운 생선, 데일한테 줄 거야! 먹어줘!"

"그래. 척척 구워줘. 라티나가 구운 생선이라면 잔뜩 먹을 수 있으니까!"

오늘도 그는 평소와 다름없었다.

배불리 먹고 가게를 나와서 시장 산책을 재개했다.

항구에서 점점 멀어질수록 어패류를 취급하는 가게 수는 줄어들었다. 대신 눈에 띄게 된 것은 이국에서 모인 온갖 물품들이었다.

가지각색 향신료를 다채로운 팔레트처럼 늘어놓은 가게가 있는가 하면, 라반드 국내의 취향과는 확연하게 다른 신기한 문양이 들어간 천을 진열해둔 가게도 있었다. 그릇 가게를 들여다보니 필치도 독특한 선명한 그림이 들어가 있었다.

이곳은 혼돈의 『이국』이었다.

이 나라 물건이 아닌 잡다한 것들이 넘쳐나고 있었다. 여행자나 외국인, 상인들이 오갔다. 독특한 분위기로 가득한 『비일상』의 세계였다.

라티나는 시종 눈을 반짝이고 있었다.

호기심 왕성한 라티나에게는 모든 것이 흥미로울 것이다. 무리도 아니었다.

데일은 웃고서 그녀를 불렀다.

"라티나."

"왜애?"

"사람도 많고…… 미아가 되면 곤란하니까. 손 이리 줘."

내밀어진 작은 손을 단단히 잡았다.

살짝 놀란 얼굴을 한 후, 라티나는 데일을 올려다보고 생긋 웃었다.

손을 잡은 채 서로 행복한 표정을 주고받고서 두 사람은 느긋하게 시장을 구경했다.

시장을 구경한 다음, 두 사람은 일단 여관으로 돌아왔다.

짐 안에서 조금 좋은 옷을 꺼내 갈아입었다.

지금부터 저녁을 먹으러 갈 장소가 고급 음식점이라고 할 정도는 아니어도 두 사람이 평소에 다니는 대중식당보다는 몇 등급 높은 가게였기 때문이다.

여관 사람에게 이 주변에서 추천할 만한 식당을 물어보고 알게 된 곳이었다. 가게가 전속으로 고용한 악단의 연주를 들으면서 신선한 어패류를 즐길 수 있는 곳이라는 모양이었다. 가격 이상의 특별한 기분을 맛볼 수 있으며, 생선 요리도 항구 도시 인간을 만족시키는 괜찮은 가게라고 한다.

밤바람은 몸에 좋지 않다는 이유로 케이프는 늘 걸치던 것이었지만 라티나는 아끼는 분홍색 원피스를 입었다. 한동안 계속 움직이기 편한 바지 차림이었기에 어쩐지 평소 이상으로 사랑스러운 인상을 받았다.

머리도 다시 매만져서 레이스 리본이라는 비장의 물건으로 묶고 있었다. 기합이 잔뜩 들어간 모습에서 그녀의 기대도가 엿보였다.

평소 허리 벨트에 차는 범무늬 고양이 파우치는 긴 끈을 달아서 비스듬히 메는 포셰트로 변신해 있었다.

방 안에서 천천히 회전하자 치마와 백금발이 호를 그렸다.

"신났구나. 라티나."

"응! 라티나, 레스토랑 기대돼!"

데일도 깔끔한 셔츠와 바지를 입어서 평소보다는 격식을 갖춘 차림이었다. 허리에 칼을 찬 채인 것은 무방비하게 있는 쪽이 오히려 더 위험하기 때문이었다. 그가 여행이나 일 도중에 언제나 들고 다니는 이 칼은 전투용이라기보다도 온갖 잡일을 소화하는 도구로써의 면이 컸다.

"유괴라도 당하면 큰일이니까! 절대 내 옆에서 떨어지면 안 된다?"

여관 입구의 문을 열면서 데일은 몸을 틀어 뒤에 있는 라티나를 보고 말했다.

요리 보고 저리 봐도 사랑스러운 그녀의 모습을 앞에 두니 걱정이 되었다. 이렇게나 예쁜 소녀를 보면 못된 인간이 아니어도 나쁜 마음을 먹게 될지도 몰랐다. 그런 불안이 라티나의 주위에는 있었다.

만에 하나 라티나가 유괴를 당하기라도 한다면 무슨 수를 써서라도 찾아낼 것이다. 마을 하나둘쯤 황야로 만들면 찾기도 쉬우리

라. 물론 범인은 무사하지 못할 것이다. 라티나에게 손을 뻗친 것을 지옥 밑바닥에서 후회하게 해주리라.

그런 생각을 하고 말 정도로 정말 걱정되었다.

"있지, 그럼. 데일. 손잡아도 돼?"

라티나가 그런 사랑스러운 부탁을 했기에 데일은 즉시 응답했다. 손바닥을 통해 온기가 전해지자 라티나는 기쁘게 미소 지었다.

해 질 녘이 지나 밤의 기운이 농후해진 마을 안을 나란히 걸었다.

땅거미가 내린 크발레는 한낮에 봤을 때보다도 신기한 풍경이 되어 있었다.

빨간 지붕은 선명함을 감추며 탁하게 가라앉았고 석회를 바른 벽은 연한 푸른빛을 띠었다. 벽에 그려진 파란 문양이 검정에 가까운 진한 색으로 바뀌어 마을을 종횡으로 누볐다.

집집에서 새어 나온 불빛이 이곳저곳에 색채를 되찾아 주었다. 그것은 어슴푸레하게 흐려지더니 다시 푸른 세계에 녹아들었다.

—흡사 옛날이야기에 나오는 해저에 가라앉은 세계의 수중 도시 같은 그런 환상적인 광경이었다.

"……크발레는 지금처럼 해가 진 직후가 가장 아름답게 보인대."

"굉장하다……."

아름다운 광경에 압도되었는지 라티나는 속삭이는 목소리로 감탄했다. 마치 큰 소리를 내면 이 세계가 무너져버릴 것이라고 생각하는 것처럼. 반짝이는 눈으로 조용히 감동을 겉으로 드러냈다.

마침 사람의 통행도 끊겨서 두 사람은 짧은 시간 동안만 보는 것이 허락된 아름다운 경치를 독점하는 사치를 맛볼 수 있었다.

그런 고요한 푸른 마을 안을 빠져나왔기에, 『과묵한 갈매기』라는 이름과는 콘셉트가 어긋난 그 가게에서는 다른 세계라는 인상을 받았다.

문을 연 순간 밤이라는 사실을 잊게 하는 눈부신 빛이 날아들었다.

많은 사람이 있었다. 식사를 즐기고 있는 여러 손님, 통일된 작업복을 걸치고서 바쁘게 일하는 종업원들. 그리고 그런 가게 중앙에 한 단 높게 설치된 무대에서 평온하면서도 화려한 멜로디를 연주하는 연주자들의 모습—.

그런 사람들의 열기와 넘쳐흐르는 소리에 잠시 삼켜졌다.

"우와아아아……!"

뺨을 장밋빛으로 물들이고 라티나는 눈을 반짝반짝 빛냈다.

당장에라도 폴짝폴짝 뛰고 싶은 충동을 참고 있다는 것이 옆에 선 데일에게는 잘 전해졌다. 솟아오르는 웃음을 억눌렀다.

이 작은 『공주님』은 예쁘게 차려입은 만큼 오늘은 정숙하게 행동하고 싶은 모양이었다.

테이블로 안내받는 동안에도 평소보다 다소곳했다. 이 아이는 원래 다소곳한 편이지만, 평소의 그녀라면 주위가 신경 쓰여서 시종 두리번거렸을 것이다. 살짝 새침한 얼굴로 의자에 앉아 있는 모습은 진기하기도 했으며 사랑스러움도 배가됐다.

너무 사랑스러운지라 데일의 입가에서는 헤벌쭉한 미소가 떠나

질 않았다.

『숙녀』를 에스코트하는 역으로서는 실격일지도 모른다.

평소 데일이 라티나와 함께 가는 대중식당에서는 큰 접시로 음식이 나와서 따로 나눠 담거나, 한 접시에 잡다한 음식이 담겨 제공되는 일이 많았다. 그래서 『과묵한 갈매기』처럼 한 접시씩 예쁘게 담겨 나오는 요리의 모습에도 라티나는 크게 기뻐했다.

공들여 음식을 담은 접시 위는 화려했다.

그녀는 눈앞에 놓인 푸알레를 어디서부터 먹을까 하는 들뜬 눈빛으로 바라보고 있었다.

라티나는 그다지 많은 양을 먹지 못했다. 그래서 고르는 메뉴는 엄선에 엄선을 거듭했다. 사실은 전채 요리도 메인 요리도 몇 종류나 먹고 싶었던 모양이다. 지금도 데일 앞에 놓인 접시에 관심이 있다는 얼굴을 하고 있었다. 하지만 여기서 이것저것 다 먹어버리면 디저트에 도달하지 못한다는 것도 이해하고 있는 듯했다.

연분홍빛 비늘이 붙어 있는 채인 생선은 바삭하게 튀겨져서 보기만 해도 식감이 기대되었다. 감귤로 만든 것 같은 오렌지색 소스는 어떤 맛일까.

부드럽게 구워낸 생선에 포크를 찍기 전에 라티나는 평소와는 다른 데일의 모습을 알아챘다.

데일은 업무 관계로 공작가에 출입하고 있었다. 그렇기에 그는 얼추 매너를 익힌 상태였다. 하고자 한다면 단정한 동작으로 식사할 수도 있었다. 최소한의 처세술이기 때문이다. 지금까지 데일은 라티나 앞에서 그런 모습을 보이지 않았지만, 모처럼 찾아온 기회이니 그녀에게 제대로 된 식사 규범을 보여주자는 데 생각이 미쳤다.

구태여 설명도 하지 않았으나 라티나는 그 사실을 스스로 눈치챈 것 같았다. 데일의 모습을 힐끔힐끔 살피면서 흉내 냈다.

데일도 물론 그녀의 그런 행동을 감지하고 있었다. 각별히 조심하면서 아름답게 보이는 본보기가 되도록 주의를 기울였다.

자신이 그런 식으로 기를 쓰고 있다는 것은 얼굴에 드러내지 않았다.

그것도 역시 『보호자』로서의 프라이드였다.

해산물의 풍미가 느껴지는 수프와 흰 살 생선으로 만든 푸알레를 먹은 후 라티나 앞에 나온 디저트도 정성스럽게 담겨 있었다.

몇 종류 늘어서 있는 케이크와 멋지게 잘린 과일. 그리고 과일의 색감이 남아 있는 소스로 장식된 화려한 한 접시였다.

“우와아아아……!”

라티나는 작은 소리으로 기뻐했다.

넋을 잃고 여러 방향에서 접시를 바라보았다. 어떤 케이크부터 먹을까, 쥐고 있는 포크 끝이 살짝 갈팡질팡했다.

그리고 케이크를 한 입 먹더니 황홀한 얼굴이 되었다.

데일은 산뜻한 빙과로 디저트를 끝냈다. 그는 싫어하는 것까지는 아니지만 단 음식을 그다지 먹지 않았다.

오히려 행복해하는 라티나의 모습이야말로 디저트일 것이다. 그 정도로 그녀가 행복해하는 모습은 마음을 치유해주었다. 눈이 행복했다. 이것만으로도 가격 이상의 가치가 있는 식사였다. 이 가게를 소개해준 여관 사람에게 나중에 다시 한 번 팁을 줘야겠다.

그때 마침 음악이 바뀌었다.

크게 바뀐 곡조에 이끌려 무대를 보았다. 한 여성 연주자가 낯선 현악기를 연주하고 있었다.

머리에는 이국적 정서가 물씬 풍기는 보라색 천을 두르고 잘그랑대는 금색 장식을 늘어뜨렸다. 늘씬한 체구에 걸친 옷도 라반드국에서는 볼 수 없는 양식의 드레스였다. 금색 허리띠를 매고, 목에는 알이 큰 비즈를 엮어 만든 목걸이를 걸고 있었다.

그런 이국적인 모습의 여자가 이국의 멜로디를 연주하는 중이었다.

향수를 자극하는 조용한 선율은 이 크발레 마을에 녹아든 타국의 분위기를 느끼게 했다.

"저기…… 데일……."

그가 관심을 가진 것을 알아챈 라티나도 무대를 보았다. 그리고 작게 고개를 갸웃했다.

"왜 그래?"

"저 **사람**…… 마인족?"

"……왜 그렇게 생각해?"

연주자의 머리에는 보라색 천이 감겨 있었다. 마인족의 가장 큰 특징인 뿔이 있는지 없는지, 이 상태에서는 알 수 없었다. 데일은 단언할 수 없었다.

라티나는 데일의 물음에 한 점을 가리켰다.

"저 사람이 한 팔찌…… 라티나 거랑 똑같아."

그 말을 듣고 다시 연주자에게 시선을 옮겨보니 그 여성의 왼쪽 팔에 은팔찌가 끼워져 있었다. 심플한 금속빛만을 내고 있는 그 장식품은 너무나도 자연스럽게 그녀의 일부가 되어 있어서 라티나의 말을 듣기 전까지는 있다는 것도 알지 못했다.

"정말이네…… 라티나가 가지고 있는 팔찌랑…… 많이 닮았어."

중요한 의미가 있는 물건인 걸까.

『인간족』은 『마인족』에 관해 아는 것이 너무 없었다. 그 사실을 깨닫고 말았다.

"저 팔찌…… 어떤 물건일까……."

라티나는 툭 중얼거렸다.

"라그, 잘 가지고 있으라고 했어. 팔찌 안쪽에 뭔가 적혀 있거든."

"그래?"

"응…… 그치만 라티나…… 뭐라고 적혀 있는지 몰라. 라티나, 글자 배우기 전에, 태어난 곳에서 나왔으니까……."

살짝 쓸쓸한 미소를 짓는 라티나의 모습을 보고 데일은 바로 결심했다.

가게 종업원을 불러 세워서 팁과 함께 연주자에게 전언을 부탁했다. 묵고 있는 여관 이름도 알리며 그쪽 사정이 괜찮다면 다시 방문하겠다고 전했다.

그녀가 응해준다면 이야기를 들을 수 있을 것이다.

마인족에 관해. 그리고 어쩌면 이 작은 마인족 소녀와 연관된 정보를—.

레스토랑을 나왔을 때 라티나는 살짝 침울한 표정이었다.

모처럼 맛있었던 식사를 즐거운 기억으로 남기게 하고 싶어서 데일은 손을 잡은 채 빙 돌아 여관으로 돌아왔다.

평소에는 하지 않는 밤길 산책이었다.

그 『특별함』은 데일이 노린 대로 라티나의 표정에서 음울함을 없애주었다.

한숨 놓으며 안심했다.

'라티나가…… 웃고 있기를 바라니까…….'

그렇게 생각하고 데일도 온화하게 미소 지었다.

—이리하여 크발레에서 첫날이 지나갔다.

†

다음 날 아침, 잠을 깨운 것은 빗방울이 떨어지는 소리였다.

오히려 잘된 일이었다. 여기저기 구경하고 싶어 하며 가만히 있지를 않는 라티나를 여유롭게 쉬게 할 좋은 기회였다.

1층 식당에서 아침을 먹으며 오늘은 외출하지 않겠다고 말하자 라티나는 순순히 납득한 것 같았다.

방 안에서 빗소리를 들었다.

세찬 비는 아닌 듯했기에 창문을 열어보니 옅은 잿빛으로 부옇게 흐려진 크발레 마을이 고요히 펼쳐졌다.

라티나는 그런 마을 모습을 바라보고 있었다.

무언가를 발견했는지 때때로 몸을 앞으로 내밀었다. 그러다가도 또 한곳을 빤히 응시했다. 그녀 나름대로 이 조용한 시간을 느긋하게 즐기고 있는 모양이었다.

데일은 이때를 기회로 차분하게 짐을 점검하기로 했다.

식재료 등의 보충뿐만 아니라 도구류의 상태가 나빠지지는 않았는지 확인할 필요가 있었다. 야영이나 하룻밤 정도의 숙박 시에는 뒤로 미루기 쉬웠기에 이런 기회는 중요했다.

서로 대화를 하지는 않았으나 가까이에서 존재를 느끼며 그저 같은 시간을 보냈다.

온화하고 고요하지만 그래도 나쁘지는 않은 시간이 흘러갔다.

점심도 간단히 마치고 두 사람은 나란히 낮잠에 들었다. 빗소리를 자장가 삼아 느긋한 한때를 보냈다.

『과묵한 갈매기』에서 데일에게 전언이 온 것은 낮잠을 자고난 후, 라티나가 편지지를 앞에 둔 채 끙끙거리고 있을 즈음이었다. 그녀는 쓰고 싶은 말이 너무 많아서 편지지에 다 담을 수 없다며 곤란한 표정을 짓고 있었다.

데일은 건네받은 카드를 확인하고 사자에게 팁과 함께 대답을 맡겼다.

"……그럼 내일 오후에 찾아뵙겠다고 전해주시길 바랍니다."

"알겠습니다."

사자가 떠난 뒤, 기척을 알아채고 옆을 보니 라티나가 그를 올려다보고 있었다.

"방금 왔던 사람, 어제 그 가게 사람이야?"

"그래. 어제 그 연주자에게 전언을 부탁했었는데 내일 밤 영업 전이라면 시간을 낼 수 있대. 이야기를 들을 수 있을 것 같아."

"역시 마인족이었어?"

"그것까지는 물어보지 않았어. 은팔찌에 관해 이야기를 듣고 싶다고 전했더니 응해준 거야. 적어도 뭔가 비슷한 풍습에 관해서는 들을 수 있지 않을까."

라티나는 데일의 말을 듣고 생각하다가 입을 열었다.

"라티나…… 모르는 거, 잔뜩이네. 『마인족』에 관해서도 전혀 몰라…… 어른이 되기 전에는 알 수 있게 될까?"

"나도 모르는 것 천지야. 그러니까 라티나. 같이 알아가면 되지 않을까?"

"공부랑 똑같은 거려나?"

"그럴지도."

그렇게 서로 미소를 주고받았다.

하지만.

'……아직 라티나보다는 더 많이 알고 있어야 한단 말이지…… 나도 넋 놓고 있을 수 없겠어…….'

데일은 내심 식은땀을 흘리고 있었다. 이 똑똑한 소녀는 방심하고 있으면 자신보다도 높은 경지로 가버릴 것 같은 무서움을 간직한 아이였다.

『보호자』로서 그녀가 자신에게 환멸을 느끼게 할 수는 없었다. 적어도 앞으로 조금은…… 한동안은…….

'케니스도…… 이런 심경이려나…….'

매일 레시피 개별과 연구에 힘쓰고 있는 『형님』의 마음을 통감하는 순간이었다.

저녁도 여관 1층에서 마치고 일찍 잠들었다.

빗소리는 어느새 그쳐 있었다.

다음 날은 흐렸다.

출발에 대비해 식료품이나 소모품을 사러 갈 준비를 하고 있으니 라티나의 반짝반짝한 눈동자와 시선이 마주쳤다. 기대로 가득 찬 눈빛이었다.

"데일, 데일! 있지. 물고기 사고 싶어!"

"……활어는 안 돼."

"말린 물고기! 크로이츠에는 별로 없지만 여기엔 말린 물고기도 잔뜩 있대! 케니스한테 요리법 배웠어!"

라티나다운 발언이라고는 생각했다.

그러나 이 나이 때 소녀라면 기념품이라든가 잡화 같은 물건이 신경 쓰이는 것이 보통 아닐까.

그런 생각이 들었다.

'뭐, 상관없나. 라티나, 기뻐 보이고.'

기분이 좋은지 통통 튀는 발걸음으로 걷고 있는 라티나의 모습 앞에서는 사소한 일이었다.

시장을 돌아 약 등도 보충했다. 데일뿐만 아니라 라티나도 회복 마법을 쓸 수 있었기에 상처약의 소비는 적었으나 질병에는 회복 마법이 듣지 않았다. 약을 상비해둘 필요가 있었다.

식료품에는 라티나의 희망대로 건어도 추가해두었다. 이 마을을 나가면 점점 깊은 산 속의 불편한 길로 가야 했다. 지금까지처럼 빈번히 식량을 보급할 수 없게 되기에 오래 보존할 수 있는 물건을 고르는 것이 대전제였다.

짐 꾸러미를 든 채 점심을 먹으려고 지역 사람들로 붐비는 대중 식당에 들어갔다.

푸짐하게 해산물을 넣어 푹 끓인 수프와 빵만으로도 충분한 양이었지만 옆 테이블 손님이 시킨 튀김 냄새에 급히 추가 주문을 결심했다.

바삭한 튀김옷을 가르자 부드러운 흰 살이 모락모락 김을 내며 드러났다. 라티나가 뜨거워하면서도 입안 가득 튀김을 넣었다. 뜨거워도 역시 막 튀겼을 때 먹고 싶은 모양이었다.

"맛있게 먹네."

"맛있어."

반 정도 먹은 뒤에 레몬을 짜서 뿌린 것은 이 연구열 높은 소녀를 위해서였다. 처음부터 과즙을 뿌리면 요리 그 자체의 맛을 알기 어려워서 조금 싫다고 했다.

식사를 끝낸 뒤, 여관에 짐을 두러 돌아갔다. 지금 나가면 약속 시간에 딱 맞을 무렵이었다.

다시 방문한 『과묵한 갈매기』는 바쁜 점심시간을 지나 손님의 모습이 줄어든 모습이었다.

그 객석 구석에 그제 봤던 연주자가 앉아 있었다.

눈부신 화려함은

없으나 맑은 인상의 여성이었다.

지금은 무대 위에서와는 달리 흔해 빠진 셔츠와 롱스커트를 입고 있었다. 머리에는 볼륨 있는 둥근 모자를 쓰고 있어서 뿔의 유무는 확인할 수 없었다.

데일 혼자였다면 경계 받았을지도 모르지만 그는 라티나를 데리고 있었다. 앳된 얼굴이 남아 있는 사랑스러운 소녀가 살짝 긴장한 것처럼 데일의 등 뒤로 반쯤 몸을 숨기는 모습은 절로 미소를 자아냈다.

그녀도 라티나를 보고 표정을 부드럽게 풀고 있었다.

그녀가 앞자리를 권했기에 두 사람은 그곳에 앉았다.

"시간을 내주셔서 감사합니다. 데일 레키라고 합니다."

"별말씀을. 제게 묻고 싶으신 것이 있으시다고?"

"예. 당신이 지금도 차고 계시는 그 팔찌 말입니다만……."

데일은 그녀가 지금도 왼쪽 팔에 차고 있는 은팔찌에 시선을 주었다.

그녀는 부드럽게 웃으면서 고개를 기울였다.

"……그렇게 진기한 물건도 아닌걸요?"

"제 지인이 비슷한 물건을 가지고 있습니다. 뭔가 의미 있는 물건이라면 알고 싶어서……."

"있지!"

데일의 말을 막고서 라티나는 소리를 높였다.

"라티나, 『뿔』 부러졌어. 마인족이야."

"아……! 라티나……."

"……어머."

라티나의 그 말을 듣고 데일과 여성은 동시에 놀란 얼굴로 라티나를 보았다. 라티나는 스스로 머리카락을 헤쳐서 부러진 뿔의 밑동을 보여주었다.

"그치만 라티나 어려서 모르는 거 잔뜩 있어. 가르쳐줬으면 해."

라티나는 데일이 자신을 생각해서 그 사실을 숨겨주려 한다는

것을 이해하고 있었다. 그렇기에 스스로 입을 연 것이었다.

라티나에게 그 사실은 위험이나 불이익을 가져오는 것이었다. 눈 앞에 있는 여성이 정말로 마인족이라면 『죄인의 증표』를 가진 라티나에게 불쾌감을 내비칠지도 몰랐다. 그럴 위험도 있었다. 데일은 되도록 숨겨두고 싶었지만 이렇게 된 이상 감추려고 하는 쪽이 부자연스러웠다. 그런 생각에 마음을 다잡았다.

"이렇게 어린데…… 그런 일이……?"

"……저도 자세한 것은 모릅니다. 부모와 사별한 이 아이를 제가 보호했습니다. 그때 이 아이는 지금보다도 어렸고…… 가지고 있던 유일한 물건은 당신의 것과 닮은 팔찌뿐이었습니다."

"이건……."

그녀는 작게 중얼거린 뒤 얼굴을 들어 모자로 손을 가져갔다.

라티나의 것과는 상당히 형태가 다른 뿔이 좌우 옆머리에서 수직으로 뻗어 있었다.

"이 팔찌는 제 고향…… 마인족의 유일한 국가, 그곳에서 아버지가 아이에게 선물하는 물건이에요. 소유자의 뿌리를 나타내는 물건이죠."

역시 그녀는 마인족이었다.

그녀는 글라로스라고 이름을 밝혔다. 라티나처럼 추방당해 고향을 떠난 것이 아니라, 여행하며 세계를 돌아다니고 있을 때 인간족 남자와 만나 결혼하고 이 토지에 정착했다고 한다.

"여쭤봐도 될까요?"

"예."

"당신은 마인족에 관해 얼마만큼 알고 계시나요?"

"거의 모른다고 해도 좋습니다. 이 아이도 너무 어려서 아무것도 배우지 못한 채 고향을 나온 것 같기에."

글라로스의 물음에 데일이 대답하자 그녀는 이해한 것처럼 고개를 끄덕였다.

"그렇군요…… 마인족도 유소년기에는 인간족과 성장 속도가 다르지 않으니까요. 보이는 그대로 어린아이예요. 그런 어린아이의 뿔을 부러뜨리다니…… 들어본 적 없어요."

그 목소리에는 측은함이 서려 있었다. 마인족인 글라로스가 보기에도 라티나의 상황은 상당히 이상한 모양이었다.

"제 고향은 이곳에서 아득한 서남쪽. 『첫째 마왕』이 다스리는 나라 『바실리오』. 마인족의 최대 세력권인 그 나라의 한구석이에요. 마인족은 바실리오 말고도 세계 각지에 독자적으로 취락을 만들고 있지만 국가라고 부를 수 있을 만큼 확고한 정치 형태를 지니고 통치되는 곳은 바실리오뿐이에요."

"『마왕』은 역시 마인족의 왕인 겁니까?"

"아니요. 인간족이 말하는 『국왕』과 비슷한 것은 『첫째 마왕』뿐이죠. 다른 마왕은 국가를 다스리고 있지는 않거든요."

글라로스는 그렇게 대답했다.

"아이는 엄마가 키우는 것이 바실리오의 풍습이에요. 마인족은 인간족처럼 남녀가 결혼하여 함께 사는 관습 자체가 없답니다."

그것은 데일이 처음 듣는 이야기였다. 데일은 일의 성격상 마왕이나 그 권속인 마족과 맞붙을 때가 많았으나 생활 습관 같은 것을 알 기회는 없었다.

옆에 있는 라티나를 보자 그녀는 무언가 짚이는 것이 있는지 퍼뜩 놀란 얼굴을 하고 있었다.

"하지만 마인족은 아이를 갖기 어려운 종족. 부친에게도 자기 아이의 탄생은 환영할 만한 경사지요. 그래서 부친은 태어난 아이에게 자신의 이름을 새긴 팔찌를 선물한답니다. 그 아이의 생애를 축복한다는 의미를 담아."

글라로스는 자신의 팔찌를 스르륵 빼서 뒷면을 보여주었다. 데일이 본 적 없는 기호 같은 모양이 새겨져 있었다.

"이게 마인족의 문자…… 인간족의 문자와는 상당히 다르죠? 여기에는 이렇게 새겨져 있어요. 『나의 이름은 코리달로스, 내 사랑하는 아이 글라로스에게 이것을 선물한다. 내 사랑하는 아이에게 행복이 가득하길 바라노라.』 코리달로스는 저희 아버지 이름이에요. 그것과 제 이름인 글라로스. 그리고 축복의 문구를 새기는 거죠."

글라로스는 손가락으로 글자를 짚어가면서 낭독했다.

라티나는 팔찌 안쪽을 뚫어지게 들여다보고 있었다. 데일은 『과묵한 갈매기』 점원을 불러 세워서 종이와 펜을 빌렸다. 그것을 넘겨받은 라티나는 진지한 모습으로 팔찌 안쪽의 글자를 베껴 적었다.

“팔찌에 적혀 있는 거, 다들 똑같아?”

“그러네요…… 지역에 따라 축복의 말은 조금 다를지도 몰라요. 하지만 그다지 큰 차이는 없을 거예요.”

“그렇구나.”

고개를 끄덕이고 라티나는 베껴 적은 글자와 팔찌 안쪽을 번갈아 보았다.

한동안 그러고 있던 그녀는 살짝 망설이면서 종이 한쪽에 글자를 적기 시작했다.

“라티나…… 이건?”

“라티나 팔찌에 적혀 있던 거…… 이런 느낌이었어. 라그의 이름일까……?”

“볼 수 있을까요?”

라티나에게 건네받은 종이를 바라보며 생각하던 글라로스는 잠시 후 라티나가 쓴 글 옆에 문자를 적었다.

“이렇지 않았나요? 『스마라그디』— 녹색 돌을 의미하는 말이에요.”

“스마라그디…… 라그의 이름?”

라티나는 낯선 단어에 고개를 갸웃했지만 글라로스는 「아마도.」라며 수긍했다.

“마인족은 어린아이에게 이름을 생략해서 부르게 하기도 해요. 당신의 아버지는 어린 당신에게 약칭만을 알려준 걸지도 모르겠네요.”

글라로스와 라티나의 모습을 한 발자국 물러나 지켜보고 있던 데일은 자신이 얻은 결론을 입에 담았다.

"라티나는 『첫째 마왕』의 나라…… 바실리오 출신인 거구나."

"아마 그렇지 않을까요…… 『셋째 마왕』이나 『여섯째 마왕』이 있는 곳에도 큰 취락이 있다는 얘기는 들은 적 있지만…… 이런 관습은 없을 거예요. 저도 어머니에게 들었을 뿐이지만요."

"『셋째 마왕』? 『여섯째 마왕』?"

물음표를 띄우고 있는 라티나를 위해 데일은 보충 설명을 곁들였다.

"『셋째 마왕』은 일명 『바다의 마왕』. 동쪽 변경에서 수린족과 공존 관계를 구축하고 있다는 것 같아. 『여섯째 마왕』은 『거인 마왕』이라고 불리고 있어. 마인족 중에서도 큰 체격을 지닌 일파로…… 동족을 권속으로 삼아 정착하지 않고 여기저기 방랑하고 있다고 해."

"흐아아……."

"맞아요. 그 외에는 정말 작은 취락이 여기저기 흩어져 있을 뿐이라고. 거기까지 가면 마인족인 저도 자세히는 몰라요."

글라로스가 그렇게 말했을 때였다.

"하지만…… 『첫째 마왕』 있어?"

갑자기 라티나는 두 사람에게 그렇게 물어보았다.

"뭐? ……『첫째 마왕』의 나라에는…… 있겠지?"

"그래? 『첫째 마왕』, 『둘째 마왕』이 죽이지 않았어?"

라티나는 그렇게 말하고 이상하다는 듯이 고개를 갸웃했다.

데일이 글라로스를 보자 그녀는 놀란 얼굴로 수긍했다.

"잘 알고 있네요…… 이렇게 어린데."

감탄한 것처럼 한숨을 쉬고 말을 이었다.

"제가 고향을 떠나기 전 일이에요. 『첫째 마왕』이 『둘째 마왕』에게 살해당했어요. ……그때 바실리오도 상당히 황폐해져서 제가 고향을 떠나는 계기가 됐어요. 이제는 꽤 옛날 일이네요. 그 이후 현재까지 바실리오는 『첫째 마왕』의 부재 속에서 남은 마족들과 신전이 통치 기구를 유지하고 있을 거예요."

"그렇다는 건…… 바실리오에는 지금 『마왕』이 없다는 건가?"

"예. 『마왕』은 인간족의 『왕』처럼 세습제가 아니니까요."

"「*****, ********, 『***』***.」"

글라로스의 말을 듣고 라티나가 중얼거렸다. 데일은 알아들을 수 없는 빠른 말이었지만 글라로스는 크게 고개를 끄덕였다.

"그러네요. ……『다른 인족』에게 『신에게 사랑받는 혁명가』로서 『용사』라 불리는 존재가 나타나는 것처럼, 우리 『마인족』에게는 『신에게 선택받아 보호받는 자』— 『마왕』이 나타나요."

"새로운 『첫째 마왕』은……."

"신께서 때가 됐다고 판단을 내리신다면 마인족은 새로운 『왕』을 모시게 되겠지요."

데일은 거기까지 이야기를 듣고 크게 숨을 내쉬었다.

"정말로 인간족(우리)은 『마인족』에 관해 아무것도 모르는구나…… 『마왕』이라는 것만으로도 **이쪽**에게는 공포의 상징이야."

데일의 그 모습을 보고 글라로스는 미소 지었다.

"그건 당연한 일일지도 몰라요. 바실리오는 타국과 거의 교류를 하지 않는 닫힌 국가. 그에 비해 『재앙의 마왕』은 타국에도 적극적으로 관여하고 있으니까요."

"『재앙의 마왕』?"

"이쪽에서는 별로 듣지 못하는 말이네요……. 마왕 중에서도 다른 사람에게 악의와 해만을 끼치는 마왕들을 마인족은 그렇게 칭한답니다."

"전란의 마왕…… 『일곱째 마왕』이라든가?"

"예. 그리고…… 죽음과 살육을 사랑하는 명왕(冥王) 『둘째 마왕』. 역병을 퍼뜨리며 병마의 화신인 『넷째 마왕』 등도 그렇죠. 우리 마인족도 위험한 존재라며 두려워하는 존재니까요."

주위가 어수선해진 것으로 그들은 『과묵한 갈매기』의 밤 영업시간이 가까워졌다는 사실을 깨달았다.

이야기에 빠져 있는 사이에 생각했던 것보다도 시간이 더 지난 모양이었다.

"어머…… 벌써 시간이 이렇게. 죄송하지만 저도 슬슬 일할 준비를 시작해야겠어요."

"아닙니다. 저희야말로 감사합니다. 생각했던 것 이상으로 여러 이야기를 들을 수 있었습니다."

데일은 자리에서 일어나 감사를 표하고 라티나를 재촉했다.

라티나가 꾸벅 인사하자 글라로스가 부드럽게 웃었다. 다정한 손길로 라티나의 머리를 살며시 쓰다듬었다.

라티나는 가만히 글라로스를 바라보았다.

"자, 가자 라티나."

"응!"

데일이 『과묵한 갈매기』의 출구로 향하는 것을 쫓아가다가 라티나는 우뚝 발을 멈추더니 뒤돌아서 글라로스에게 뛰어갔다. 그리고 물어보았다.

"있지…… 있지! ……남편분, 어떻게 됐어……?"

"……."

라티나의 말을 듣고 글라로스는 잠시 침묵했으나 그녀는 그 짧은 시간 동안 눈앞에 있는 소녀가 묻고 싶은 바를 정확히 알아챘다. 조용한 목소리로 사실을 고했다.

"……인간족치고는 오래 산 편이겠죠. 마지막까지…… 제가 배웅했어요."

"읏!"

글라로스의 말에 라티나는 숨을 삼켰지만 예상했던 대답이었다는 듯이 감정을 꾹 억누르는 표정을 지었다. 그리고 다시 한 번 질문을 던졌다.

“……아이는 있어?”

“아쉽게도…… 마인족은 아이를 갖기 어려운 종족이니까요…… 그게『다른 인족』과의 혼혈이라면…… 더더욱 어려워진답니다.”

글라로스는 그렇게 대답하고 인간족 사이에서 살아가는 눈앞의 소녀를 다시 한 번 쓰다듬었다. 마인족이 인간족 사이에서 살아가려면 관습이나 출신 차이 말고도 어려움이 동반된다는 것을 글라로스는 잘 알고 있었다.

“저기…… 있지…… 남편분과 만나서…… 행복했어?”

“……네.”

글라로스는 미소 지었다. 그렇기에 그녀는 지금도 이 마을에서 지내고 있었다.

남편과 함께 살았던 이 항구 도시에서. 그가 좋아했던 곡을 연주하고 있었다.

“저는 정말로 행복해요.”

“……그렇다면 다행이야.”

울상을 짓지 않도록 참으며 라티나가 웃어 보이자 글라로스는 그녀를 살며시 끌어안았다.

자신과 남편 사이에 아이가 있었다면 이런 식으로 아이를 안아 줄 때가 있었을지도 모른다.

그런 마음을 느끼면서.

여관으로 돌아가는 길을 나란히 걸으며 데일은 라티나를 보고 있었다.

마지막에 라티나가 글라로스에게 돌아가 무엇을 물어보았는지 그는 몰랐다.

하지만 데일 옆을 걷는 라티나는 그의 손을 힘주어 꼭 잡고 있었다. 생명줄이라도 되는 것처럼. 놓치면 잃어버리지는 않을까 두려워하고 있는 것처럼.

모처럼의 마을 풍경도 눈에 담지 않은 채 밑을 보고서.

그래서 데일은—.

"꺄?!"

갑자기 시야가 반전되어 라티나는 깜짝 놀라 외쳤다. 커다란 회색 눈동자를 깜빡깜빡 움직였다. 부유하는 감각에 경악과 곤혹의 목소리를 데일에게 보냈다.

"데일?"

"응?"

"라티나, 아기 아니야. 걸을 수 있어."

"무거워졌네……."

데일은 라티나를 안아 올리고 있었다. 그녀가 지금보다 더 어렸을 때는 매일같이 이렇게 보냈는데, 정말로 오랜만이었다.

"아기는 아니지만 말이지. 라티나는 좀 더 나한테 어리광부려도 돼. 예쁘디예쁜 내 소중한 아이니까."

머리를 부드럽게 쓰다듬은 후 그대로 걸었다.

라티나는 이내 얌전해져서 데일의 목에 팔을 두르고 달라붙었다. 그녀에게 『이 자리』는 확실히 친숙한 장소였다.

시야가 높아지자 그것만으로도 풍경은 다르게 보였다.

밑을 보려고 해도 아까까지와는 지면과의 거리가 달라서 자신의 발끝밖에 안 보였던 세계와는 판이한 경치가 펼쳐졌다.

"데일……."

"응?"

그의 귓가에 라티나는 마음을 담아 작은 목소리로 속삭였다.

"항상 고마워. ……정말 좋아해."

—라고.

조금 이르게 하늘에 뜬 별 하나가 구름 사이로 반짝이며 빛나고 있었다.

4. 어린 소녀, 수인족 마을에 가다.

크발레를 출발한 것은 이른 아침이었다.

어제 꼈던 구름이 남아 있는 흐린 날씨라 시간에 비해 어둡게 느껴졌다.

"아쉽네. 이 가도는 바다가 잘 보이는 장소인데."

"돌아올 때를 즐겁게 기다릴래."

가도에서 보이는 풍경은 회색 하늘과 우중충하게 가라앉은 바다색이 수평선으로 나뉜 모습이었다. 맑았다면 아름다웠을 것이 틀림없을 전망이었다.

그래도 라티나는 낙담하지 않은 것 같았다. 확실히 돌아오는 길에도 이 가도는 이용한다. 이 아이는 분명하게 앞을 내다보며 즐거움을 간직할 수 있는 모양이었다.

"바다에서부터는 다시 남쪽으로 갈 거야. 크로이츠에서 크게 우회해 동쪽으로 향하는 느낌이려나."

"왜『우회』하는 거야?"

"크로이츠랑 우리 고향 사이에는 험한 산간 지대가 가로막고 있거든. 그걸 바로 넘어가려면 급경사진 비탈을 오르고 제대로 길도 나 있지 않은 곳을 뚫고 가야 해. 편하게 쉴 수 있는 곳도 없고, 나

혼자일지라도 가고 싶지 않아."

"그래?"

"내 고향은 산속에 있어서 지금부터 계속 고갯길만 나올 거야…… 왕도에서도 점점 멀어지니 한산해지겠지……."

데일의 설명을 들으면서 걷는 가도는 그런대로 여행자가 왕래하는 모습이 보였다. 그러나 점심 무렵, 두 사람이 산 쪽으로 향하는 갈림길로 빠지자마자 사람의 모습이 보이지 않게 되었다. 가도의 상태도 좁고 거칠었다.

한적한 방향으로 가고 있다는 사실을 쉽게 알 수 있을 정도로 뚜렷한 변화였다.

"라티나, 말 탈래?"

"아직 괜찮아."

라티나는 그래도 즐거워하며 걸었다.

계절이 봄을 맞이했다는 것을 나타내듯이 길가에는 작은 꽃들이 피어 있었다. 그것들을 발견하고 라티나는 기뻐하며 미소 지었다.

그때였다.

연분홍색 꽃잎이 시야를 가로질러서 라티나는 시선을 올렸다.

"우와아아……!"

그리고 무심코 환성이 터져 나왔다. 그곳에는 길 양옆으로 흐드러지게 만개한 연분홍빛 꽃나무들이 줄지어 늘어서 있었다. 회색 하늘을 배경으로 희미한 붉은빛을 띤 작은 꽃이 화려한 자태를 뽐내며 머리 위를 덮었다. 하늘로 지상으로 제각각 뻗은 가지 끝까지 꽃들이 눈부시게 장식하고 있었다.

"봄이구나…… 근처에 마을이 있어. 누군가 심어둔 걸까……?"

데일의 중얼거림도 지금 라티나에게는 들리지 않았다.

시선도 의식도, 지금이 한창때라며 핀 화려한 광경에 빼앗긴 상태였다.

데일은 살짝 쓰게 웃고서 발을 멈췄다.

"라티나, 좀 쉴까?"

"응!"

말을 걸자 예상대로 라티나가 기쁘게 반응했다. 데일은 고삐를 근처 나무에 묶어둔 뒤 꽃나무가 늘어선 길가에 앉았다. 라티나도 옆에 앉았다.

라티나는 그대로 머리 위를 올려다보고 있었다. 반짝거리는 눈동자가 팔랑팔랑 떨어지는 꽃잎을 좇았다.

데일은 여관에 부탁해서 준비했던 꾸러미를 꺼냈다.

포장지를 여는 소리를 듣고서야 라티나는 겨우 그의 행동을 알아챈 것 같았다. 그녀에게도 내용물이 잘 보이도록 내밀어 펼쳤다.

거기에는 샌드위치가 늘어서 있었다.

전부 크발레의 특산품인 생선을 속재료로 만든 것들이었는데, 다음에 생선 요리를 먹을 기회가 또 언제 올지 알 수 없어서 아쉬운 마음에 만들어달라고 부탁한 도시락이었다.

"라티나, 뭐 먹고 싶어?"

"으음…… 데일은?"

"나는 뭐든 좋아."

잠시 망설이다가 라티나는 훈제 생선과 채소가 들어간 샌드위치를 집었다. 양손으로 들고서 가장자리를 덥석 물었다.

데일도 기름에 절인 생선이 들어간 것을 먹기 시작했다.

두 사람이 식사하는 조용한 공간에 꽃잎이 팔랑이며 떨어졌다.

유유자적 풀을 뜯는 말(브라오)의 모습을 눈으로 좇으며 물통에 든 물로 목을 축였다.

데일이 두 번째 샌드위치를 다 먹었을 무렵, 라티나는 그제야 절반 정도를 먹은 상태였다. 속재료가 밖으로 비죽 나와 버려서 당황한 표정을 짓고 있었다. 생선 슬라이스를 입에 물고 우물우물 조금씩 끌어올린 뒤 완전히 입에 넣었다.

정말 행동이 하나하나 사랑스러웠다.

"맛있었어."

"그래?"

"꽃, 예쁘다."

식사를 마치고 나서도 한동안 휴식하며 봄의 경치를 즐겼다.

다시 일어나 이동을 재개할 때까지 라티나는 줄곧 넋을 잃고 만개한 꽃을 바라보고 있었다.

옆에서 걷는 라티나의 백금색 머리카락에 연분홍빛 꽃잎이 이별을 아쉬워하는 것처럼 한 장 붙어 있는 것을 발견하고 데일은 미소 지었다.

시간이 지난 뒤에 알려주는 것도 나쁘지 않을 듯했다.

여행은 순조로웠다. 좋은 날씨도 이어져서 행동하는 데 지장이 없는 상태가 계속됐다.

큰 마을이 존재하지 않는 시골의 작은 가도이지만 여행자가 전혀 없는 것도 아니라서 주변 마을에 들르면 숙박과 보급을 할 수 있다는 것도 데일은 알고 있었다. 외부인이라는 이유만으로 경계받는 지역은 아니었다. 이 주변 마을 사람들에게 외부에서 방문하는 여행자의 존재는 귀중한 현금 수입원이기도 했기 때문이다.

그런 마을에서 숙박을 거친 후, 두 사람이 당도한 곳은 꽃밭 일대였다.

가도 옆 초원에 봄을 축하하듯이 야생화가 만발해 있었다. 라티나는 그 광경을 보고 무심결에 발을 멈췄다.

확실히 크로이츠에서도 화단이나 공원에 꽃이 피어 있는 모습을 볼 수는 있지만 이런 식으로 주변 일대를 가지각색 꽃이 뒤덮고 있는 광경은 볼 수 없었다.

"살짝 들렀다 갈까?"

"그래도 돼?"

"뱀 같은 건 조심해."

"응!"

대답과 함께 라티나는 꽃밭으로 달려갔다. 다채로운 꽃들 속에 허리 부근까지 묻혔다. 이리저리 뛰어다니는 라티나와 함께 주위 화초도 흔들렸고 움직임에 맞춰 꽃잎이 날아올랐다.

즐거운 표정으로 꽃들에 둘러싸여 있는 라티나는 그 사랑스러운 용모도 거들어서 한 폭의 그림으로 만들어도 손색없을 환상적인 장면을 연출했다.

'응. 틀림없어.'

그렇게 속으로 독백하며 힘차게 고개를 끄덕일 정도로 지금 라티나와 주변 풍경은 보는 이를 모두 매료할 만한 것이었다. 단언할 수 있었다. 이 순간을 떼어내서 간직할 수 없다는 것이 매우 아쉬웠다. 그것이 가능했다면 사람들을 만날 때마다 라티나의 사랑스러움을 자랑할 수 있었을 텐데.

그런 데일의 딸바보 독백을 알 리도 없이, 라티나는 빙글빙글 춤추며 꽃밭 안을 거닐었다.

라티나의 눈앞을 커다란 나비가 날아갔다.

그녀는 푸른 하늘을 향해 날갯짓하는 그것을 한동안 가만히 바라보고 있었다.

라티나는 여행을 즐기고 있는 것 같았다.

봄이라는 이 계절도 한몫했을지 모른다. 날씨도 포근하고, 왠지 기분을 들뜨게 하는 화려한 풍경이 펼쳐진 계절이었다.

이 정도로 라티나가 기뻐한다면 크로이츠에 돌아간 뒤에도 어딘가 데리고 나가는 것도 나쁘지 않을 것이다. 데일은 그런 생각을 했다.

조금씩 산이 가까워지고 길에서 경사가 느껴지게 되자 경치는 또 다시 분위기를 바꾸었다.

깊은 숲으로 들어온 것이다.

그러나 크로이츠의 남쪽 숲 같은 음울함은 느껴지지 않았다. 마수나 짐승의 모습은 있지만 사람을 위협할 만한 수준은 아니기 때문이었다. 숲을 관리하는 손길이 빈번하다는 이야기일 것이다.

"이 근처에는 수인족의 마을이 있거든. 그래서 이 주변은 꽤 안전해."

"수인족?"

"그래. 라반드국에서는 드물지. 서쪽 나라에는 제법 있다는 모양이야. 인간족과 우호적인 종족이라 혼혈도 그런대로 많고, 모험가 일을 하는 녀석도 많아."

"정말?…… 라티나, 눈치 못 챘어."

"크로이츠에는 별로 없으니까…… 크발레에서는 가끔 스쳐 지나갔어."

데일이 그렇게 말하자 라티나는 조금 어색한 표정을 지었다.

그녀는 여기저기 둘러보는 데 정신이 팔려서 그런 커다란 점이나 중요한 일을 보지 못할 때가 있었다. 그것은 마을 안에서도 마찬가지인지라 미아가 되기 쉬운 성향이라고도 할 수 있었다.

나무들은 어린잎다운 연둣빛 이파리를 매단 모습이었다.

데일은 그런 숲 속에서 가도를 나아가다가 짐승이 다닐 만한 길보다는 살짝 나은 수준의 좁은 길로 빠졌다. 수풀이 딱 라티나의 얼굴에 닿는 위치까지 자라 있었기에 라티나를 말에 태웠다. 라티나는 주변을 느긋하게 둘러볼 수 있게 되자 이곳저곳으로 시선을 돌리기 시작했다. 방금 그렇게 살짝 반성해놓고서 벌써 두리번거리느라 정신이 없었다. 데일은 솟아오르는 웃음을 슬며시 억눌렀다.

"데일, 어디 가?"

"오늘은 수인족 마을에서 묵을 거야. 여관은 없지만 아는 사람이 있으니까 거기서 묵으려고."

"데일이 아는 사람? 친구?"

"친구가 아니라 일단은 친척이지…… 그 녀석의 어머니가 우리 아버지의 육촌이거든."

"흐응?"

라티나는 잘 이해할 수 없는 관계인 모양이었다. 갸웃, 고개를 기울이고 있었다. 마인족의 관습상 가족 관계나 친척 관계 같은 것이 인간족과는 다를지도 몰랐다.

"가족의 가족이라는 느낌이야."

"흐응."

대답은 하고 있으나 아마도 이해하지 못했을 것이다. 그런 얼굴을 하고 있었다.

시야가 갑자기 트인 것은 저녁때를 맞이하기 전이었다.

그곳에 작은 마을이 있었다. 지금까지 들렀던 마을은 물론이고 다른 마을들과 비교해도 훨씬 작았다. 휙 둘러보면 마을이 전부 시야에 들어올 것 같았다.

돌로 쌓은 벽과 나무의 색을 그대로 남긴 지붕으로 이루어진 작은 집들이 중앙 광장을 에워싸는 형태로 옹기종기 늘어서 있었다.

"우와아!"

"어두워지기 전에 도착했네."

데일은 안도하며 마을 입구로 향했다. 대부분의 마을은 마수나 외부 침입자를 경계해 벽을 두르는데 이 마을은 나무를 엮은 목책으로 일단 체재를 갖추었다는 분위기였다. 물론 입구에 문지기가 있지도 않았다.

입구 근처를 때마침 걷고 있던 마을 사람을 발견하고 라티나는 다시 한 번 놀란 모습으로 숨을 토해냈다.

"우와! 『수인족』 사람?"

"맞아. 특징적이니까 처음 보면 놀라려나."

그들의 대화를 들었는지 그 수인족이 털로 덮인 얼굴을 이쪽으로 돌렸다.

"별일이네. 손님인가?"

"그래. 분테를 보러 왔는데. 들어가도 될까?"

"분테의 손님이군."

데일이 댄 이름을 듣고 그 — 입고 있는 옷을 보면 중년 남성인 것 같았다 — 는 몇 번 고개를 끄덕였다. 납득한 모양이었다.

"이 시간이라면 집에 있겠지. 안내가 필요한가?"

"아니, 괜찮아. 고맙군."

데일이 한창 그런 대화를 나누는 중에도 라티나는 상대를 빤히 관찰하고 있었다. 원래대로라면 실례에 해당하는 행동이었지만, 그녀의 경우 나쁜 감정이 담기지 않은 순수하게 호기심 어린 시선이었다. 어린아이라는 특권도 합쳐져 상대가 불쾌하지 않도록 하는 유리한 성질을 지니고 있었다.

『수인족』의 외모는 특징적이었다.

체격 자체는 다른 인족과 큰 차이가 없었다. 다만 척 보기에도 다른 인족과 판이하게 느껴지는 것이 일단 그 전신을 덮는 체모였다. 얼굴도 예외가 아니어서 갈색이나 검정같이 개인차가 있는 짐승 털로 덮여 있었다.

얼굴 생김새도 짐승을 방불케 했다. 가장 가까운 짐승을 예로 들면 개일까. 그것을 사람과 합친 듯한 모습을 하고 있었다.

하늘을 향해 서 있는 뾰족한 귀와 꼬리를 가졌고 짐승의 털을 두르고 있는 『인족』. 그것이 『수인족』이라는 종족이었다.

"……데일, 『수인족』이랑 가족이야?"

수인족의 임팩트 있는 겉모습을 보고 의문이 든 모양이었다. 의아해하는 라티나에게 데일은 마을 안의 집 한 채를 가리켰다.

"봐, 저기가 분테네 집이야…… 그 녀석은 인간족과 수인족의 『혼혈』이니까."

"『혼혈』?"

"그래. 인간족과 수인족은『성질』이 가까워서 피가 섞이거든. 외모도 인간족의 모습에 수인족의 특징인 짐승 귀와 꼬리를 물려받은 모습으로 태어나."

일곱 종 존재하는『인족』은 서로 자손을 남길 수 있다는 점에서도 알 수 있듯이 넓게 보면 같은 종이었다.

그러나 제각기 큰 특징을 지니고 있으며『성질』이 다른 종족끼리는『피가 섞이는』 일 없이 아버지나 어머니 둘 중 한쪽의 종족으로 탄생했다.

유전 정보를 물려받지 않는다는 말은 아니었다.

예를 들면『수린족 모친』과『인간족 부친』 사이에서는『수린족』이거나『인간족』인 아이만이 태어났다. 모친 쪽 종족으로 태어날 가능성이 큰 경향이 있긴 하지만, 어느 한쪽 종족으로 탄생한다는 대전제가 뒤집히는 일은 없었다.

그러나 종족을 제외하면 부모의 성질은 서로 섞인다.『아빠를 닮은 수린족』으로 태어나는 것도『엄마를 닮은 인간족』으로 태어나는 것도 전혀 부자연스러운 일이 아니었다.

그에 비해『성질』이 가까운 종족은 조금 달랐다. 둘 사이에서『혼혈』이라는 존재가 태어나는 것이다.

『인간족』과『수인족』의 경우『외모는 인간족과 가깝지만 짐승 귀와 꼬리라는 부분에서 수인족의 특징을 겸비하는』 것처럼 서로의 종족 성질이 섞여서 태어났다. 그렇게 두 종족의 특징을 가진 자만을 『혼혈』이라고 표현했다.

그런 이야기를 듣는 중에도 라티나는 눈앞에서 쫑긋쫑긋 움직이는 짐승 귀가 무척이나 신경 쓰이는 것 같았다.

혈연관계라고는 해도 먼 친척이었다. 데일과 닮은 구석은 없었다. 굳이 말하자면 귀나 꼬리 끝에 갈색이 남은 흑발, 그런 털색 정도일까.

"그래서 나 같은 녀석이 있는 거지."

실실 웃으면서 그는 그렇게 말했다.

"그건 그렇고 요제프…… 너 또 살짝 찌지 않았어?"

데일의 말에도 전혀 동요하지 않고 웃고 있는 자의 이름은 요제프 분테, 『인간족과 수인족의 혼혈』인 중년 남성이었다. 팔에도 배에도 살이 두둑하여 토실토실했다. 안 그래도 작은 눈이 더욱 가늘어 보이는 것은 살집 때문일 것이다.

짧게 빠짝 깎은 흑발 위로 뾰족한 귀가 쫑긋하게 나 있었다.

"행복해서 찐 살이야. 어쩔 수 없잖아. 봐, 예쁘지?"

『딸바보(데일)』에게 질 수 없다는 듯이 요제프가 웃었다. 그 팔 안에는 어린 수인족 아이가 안겨 있었다. 복슬복슬한 검은 털 뭉치 같은 이 아이는 분테 집안이 염원하던 대망의 첫 아이였다.

"그렇게 말해도…… 인간족인 나한테 수인족은 다 똑같이 보인다고……."

그런 데일의 중얼거림을 배경으로 라티나는 손을 뻗어 잠든 아이를 쓰다듬었다.

"예쁜 여자애네."

"그치? 그치?"

"눈매는 엄마를 닮았지만 얼굴은 요제프 씨를 닮았어."

"그치? 그치?"

만족스러워 보이는 요제프를 힐끔 보고 데일은 복잡한 표정을 지었다.

"저기…… 라티나?"

"응?"

"……수인족을 분간할 수 있는 거야?"

"응?"

데일이 묻자 라티나는 이상하다는 얼굴로 고개를 갸웃했다.

인간족인 데일은 털색이나 체격으로 수인족을 구분하는 것은 가능해도 얼굴만 가지고는 남녀의 구별조차 어려웠다.

"그치만 다들 다른걸?"

"그런가…… 아는 건가……."

예상치 못한 곳에서 마인족의 대단함을 느꼈다. 기본적인 능력이 높은 종족이라고들 하지만 그냥 하는 말이 아닌 모양이었다.

"아내분, 예쁜 사람이네."

"그치?"

라티나가 그렇게 말한 요제프의 아내는 토종 수인족이었다.

가지런한 하얀 털이 반지르르하다는 것은 알겠고, 손발에 살짝 청회색이 들어가 있는 것도 희한하다고 데일은 생각했다. 그러나 그뿐이었다. 솔직히 아름다움은 알 수 없었다.

"하지만 마야는 미인보다는 귀여운 느낌의 여자아이가 될 거야."

라티나는 생글생글 웃으면서 말하고 있으나 데일은 부정도 긍정도 할 수 없었다. 전혀 분간이 안 가는 데다가, 검은 털색을 보고서 막연히 남자아이라고 여겼을 정도였다.

"정말로…… 대단하네……."

"그러는 아가씨도 털결이 고운데?"

라티나의 머리를 쓱쓱 쓰다듬으며 요제프가 말했다.

'……수인족한테는 칭찬할 부분이 거긴가…….'

데일은 속으로 혼자 중얼거리며 이문화 커뮤니케이션의 어려움을 느꼈다.

요제프가 가족과 함께 사는 작은 집은 마을 북쪽 변두리에 있었다.

방이라고는 거실 겸 식당과 안방뿐인 심플한 배치였다. 이 마을에서는 평균적인 가옥이었다.

나무의 온기로 가득한 실내, 원목 테이블이 존재를 주장하는 거실은 이런저런 물건들로 어수선했다. 그러나 불쾌하게 여겨지지 않는 것은 있을 곳에 물건이 있다는 안정감과 생활하는 사람의 숨결이 느껴지는 편안한 분위기 때문이리라.

"네가 여기 들렀다는 건 『마을』로 돌아가는 도중인 거지?"

"그래."

요제프는 데일이 선물로 사 온 크로이츠의 술과 크발레의 건어를 아내 우테에게 건네면서 말했다.

"할머니는 건강하셔?"

"죽었다는 얘기는 못 들었으니까…… 전에 받은 편지를 보면 아직도 아버지한테 당주는 맡길 수 없다며 껄껄거리고 있다는 모양이야."

"그럴 법한데?"

"그치?"

두 남자의 대화에 라티나는 그다지 흥미를 못 느끼는 같았다.

그녀는 잠든 마야의 모습을 바라보거나 부엌에서 작업하는 우테의 모습을 엿보고 있었다. 남의 집이기에 자중하고자 하는 것 같았지만 수인족의 살림에도 시골 생활에도 흥미진진한 모습이었다.

몸이 근질근질하다는 게 눈에 보였다.

그런 라티나를 알아챈 우테가 웃으며 손짓하자 기다렸다는 듯이 다가갔다.

"우와아!"

우테가 익숙한 손놀림으로 산나물을 손질하는 모습을 라티나는 동그래진 눈으로 들여다보았다.

"이거, 어떻게 먹어?"

"이 주변에서는 자주 먹는 나물인데. 신기하니?"

"크로이츠 근처에는 산 없으니까."

"아아, 그렇구나."

우테의 손이 움직이는 것을 보면서 라티나는 작업을 해나갔다. 보고 흉내 내는 것이기는 했으나 그 손놀림이 확실하게 잡혀 있는 모습을 보고 우테는 눈을 크게 떴다. 라티나는 자기 나이보다 어리게 보이는 외모였고, 실제로도 또래 아이들과 비교하면 집안일을 잘하는 편이었다.

라티나는 한 번 돕기 시작하자 가만히 있는 쪽이 더 힘든지 우테의 뒤를 졸졸 따라다니며 일을 찾았다.

자신의 영역인 부엌을 다른 이가 만지는 것을 싫어하는 여성도 많지만 그 점에서 어린 라티나는 유리했다. 그녀처럼 작은 아이가 웃으며 일하는 모습은 흐뭇한 광경이었다.

냄비에 고기를 한가득 넣어 향초와 함께 푹 끓인 스튜가 나무 접시와 함께 테이블 위에 차려진 것은 데일과 요제프의 대화가 최근 왕도의 소문 이야기로 옮겨갔을 때쯤이었다. 크로이츠에서는 볼 수 없는 색깔의 빵이 곁들여져 있었다.

그 냄새에 반응했는지 요제프의 품 안에서 새근새근 자고 있던 마야의 코가 실룩실룩 움직였다. 엄마인 우테와 똑같은 초록색 눈이 번쩍 뜨였다.

마야는 한동안 멍하니 있다가 모르는 인간이 있는 것을 보고 깜짝 놀란 모양이었다.

"……!"

불안한 얼굴로 요제프에게 꽉 안겨들었다.

요제프는 고개를 한 번 끄덕였다.

"어때? 예쁘지?"

"무슨 소리야. 라티나[우리 딸]도 상당히 예쁘다고."

질 수 없다는 듯이 데일은 산나물 무침이 담긴 믹싱볼을 옮기는 라티나를 가리켰다.

"응?"

갑자기 이름이 불린 라티나는 어리둥절한 얼굴이었다.

†

"안녕, 마야. 라티나라고 해."

"우~? 아띠아?"

"안녕."

그런 대화를 하고 있을 때까지 아직 마야는 긴장한 기색이었지만 머지않아 라티나에게 완전히 익숙해졌다.

그리고 라티나도 작은 마야에게 푹 빠진 모양이었다.

지금도 서툰 동작으로 스튜를 먹느라 치덕치덕해진 마야의 입 주변을 닦아주는 등 부지런히 돌봐 주고 있었다.

지금까지 『보살핌 받는』 입장일 때가 많았던 라티나에게 『언니』라는 점은 중대한 일인 것 같았다.

"귀엽다아(우리 딸[라티나])."

"귀엽지(우리 딸[마야])?"

그런 두 소녀의 정다운 모습을 보며 남자 둘이 자랑스러운 얼굴로 서로 고개를 끄덕였다. 우테는 신경 쓰지 않고 식사를 이어가고 있었다.

지적할 사람이 없었다.

다들 행복했기에 불평은 나오지 않았다.

"우테 씨. 스튜 맛있어. 무슨 고기야?"

"『멧돼지』란다. 이 주변에 많거든."

"호웅……."

라티나는 숟가락을 입으로 가져가 커다란 고깃덩어리를 우물거렸다. 향초는 어디까지나 풍미를 내기 위한 수준의 양이었고 메인 재료는 고기라고 주장하는 듯한 요리였다.

라티나는 행복한 얼굴로 식사를 하고 있으나 이 멤버 중에서는 제일 소식이었다. 아직 말도 제대로 못 하는 어린 마야도 라티나와 비슷한 양의 스튜를 흡입 중이었다. 우테나 요제프에 이르러서는 라티나와 데일의 몫을 합친 것 이상의 양을 각자 먹고 있었다. 수인족은 대체로 대식가 경향이 있었다.

"너희, 내일 떠나는 건가?"

"일단 그럴 생각인데, 무슨 일 있어?"

"내일은 마을 남자들이 총출동해서 사냥을 나가거든. 결과가 좋으면 잉여 보존육을 들려 보내줄 수도 있어. 그 뒤에 가."

"그 정도로 대규모 사냥이야?"

데일이 묻자 요제프는 아무렇지도 않은 얼굴로 대답했다.

“보라의 신(바나프세기) 무녀님의 신탁이 나왔으니까.”

그 단어를 들은 순간 라티나의 몸이 움찔 튀었다.

딸그랑 큰 소리를 내며 숟가락을 떨어뜨렸다. 그녀가 이런 예의 없는 행동을 하는 것은 드문 일이었다.

“……응? 라티나?”

“…….”

고개를 아래로 향한 채 그녀는 움직임을 멈추고 있었다. 데일의 물음에도 답하지 않았다. 데일은 라티나의 모습이 왜 갑자기 이상해졌는지 그 이유를 짐작할 수 없었다.

“왜 그래?”

“……아무것도 아니야. 괜찮아.”

거듭 묻자 짐짓 표정을 꾸미고서 라티나는 숟가락을 주웠다. 그대로 묵묵히 식사를 재개했다.

그 후 식사를 마칠 때까지 라티나는 아무 말도 하지 않았다.

거실 한편을 빌려 취침 준비를 하는 중에도 라티나는 조용했다. 쾌적한 잠자리까지는 아니어도 날씨나 외적의 공격을 신경 쓸 필요 없이 따뜻한 곳에서 쉴 수 있는 것은 야영이 이어지던 때에 고마운 일이었다.

모포를 두른 라티나가 데일의 등에 이마를 툭 갖다 댔다.

“괜찮아? 라티나.”

"……라티나, 괜찮아."

되풀이된 말을 듣고 데일은 한숨을 쉬었다. 정말로 이 아이는 인내심이 강하고 나약한 소리를 하려 하지 않았다.

라티나 쪽으로 몸을 돌려서 모포째 그녀를 끌어안았다. 달래듯이 툭툭 등을 두드리며 누웠다.

"데일?"

데일은 자신의 몸에도 모포를 끌어올리며 미소 지었다. 라티나는 자신 옆에 있으면 안심했다. 그 정도는 데일도 아주 잘 알고 있었다.

그렇다면 자신은 그녀가 불안해졌을 때 지탱해주는 존재로 있으면 됐다.

그 생각이 전해졌는지 라티나는 데일의 품 안에서 눈을 감으며 중얼거렸다.

"데일…… 라티나랑 같이 있어줄 거야?"

"그래."

"그럼 있지…… 라티나, 정말로 괜찮아."

라티나가 고른 숨소리를 내며 잠들 때까지 조용히 지켜보면서 데일은 그녀가 두려워한 이유를 생각했다.

자신의 옷을 꼭 붙잡고 잠드는 것은 처음 만났을 무렵 자주 보이던 행동이었다. 불안의 표현일 것이다. 최근 라티나는 어리광부리거나 옆에서 자고 싶다고 하기는 했지만 이렇게까지 불안해하며 매달리는 일은 없었다.

"『보라의 신』……."

그 신의 이름을 들은 순간부터 라티나의 모습은 이상해졌다.

'그럼…… 혹시…… 라티나가 고향에서 쫓겨난 건……'

크로이츠에는 『보라의 신』의 신전이 없다.

그것은 신전이 본래 『가호』를 지닌 자들이 운영하는 시설이라는 점과 관련 있었다.

『보라의 신』의 『가호』는 『인간족』에게서는 거의 나타나지 않았다. 그래서 인간족의 도시인 크로이츠에는 그 신전이 존재하지 않았다. 인간족 내에서의 신앙심도 약했다. 은혜를 입을 기회가 적은 만큼 아무래도 다른 신들에 비해 인상이 희미한 존재가 되기 쉬웠다.

그러나 『다른 인족』에게는 그렇지 않았다.

『보라의 신』의 『가호』는 미래를 엿볼 수 있다는 독특한 것이었다. 『무엇을 볼 수 있는가』는 『가호』의 세기에 따라 차이가 있다고 한다.

그래도 애초에 절대적인 수가 적은 『다른 인족』에게 『날씨』나 『재앙』을 사전에 감지할 수 있는 신관이 안전상 얼마나 중요한 존재일지는 생각해볼 것도 없었다.

『보라의 신』 제사장의 말은 중대했다.

아마 『다른 인족』에게는 그 외 『신들』의 제사장의 발언보다도 훨씬 더.

그렇게 알고는 있었지만 중얼거리지 않을 수 없었다.

"……사람의 미래 따위, 고위 제사장이라고 해도 모호하게밖에 못 읽는다고……."

라티나의 등을 몇 번이고 계속해서 살며시 쓸어내렸다.

"해석 방법에 따라 얼마든지 뒤집힐 수 있어…… 어째서 너희 고향 녀석들은 그런 모호한 걸로 네 운명을 결정지었을까……."

데일의 중얼거림에는 괴롭고 슬픈 울림이 담겨 있었으나 어두운 밤의 정적 속에서 듣는 이는 아무도 없었다.

†

"조심해라."

"기대해도 좋아."

아침 안개 속에서 집을 나서는 요제프를 배웅하는 데일 옆에는 라티나가 찰싹 붙어 있었다.

평소 그녀의 기상 시각보다 훨씬 이른 시간이었으나 데일이 몸을 일으키자마자 라티나도 황급히 벌떡 일어났다.

데일은 쓴웃음을 지었지만 아무 말도 하지 않고 라티나를 쓰다듬을 뿐이었다.

그대로 그녀는 줄곧 데일 옆에서 바닥을 보고 있었다. 일하기를 좋아해서 부지런히 돌아다니는 평소 라티나를 아는 입장에서는 다른 사람처럼 느껴졌다.

우테가 아침밥으로 준비한 보리죽도 평상시 라티나라면 크로이츠에서는 보지 못한 요리법이라며 눈을 반짝였을 것이다. 그런데 지금은 조용히 무감동하게 식사를 이어가고 있었다.

『무언가』를 피해 숨어 있는 것처럼. 들키지 않도록. 가만히 숨죽인 채 두려운 것이 지나가기를 기다리는 모습이었다.

"아띠아? 마시써?"

분위기를 바꾼 것은 어린아이의 천진난만한 미소였다.

라티나에게 숟가락을 내밀고 방긋 웃고 있었다. 유감스럽게도 그 행동 과정에서 숟가락에 담겨 있던 내용물 태반이 넘쳐흘러 버렸지만 마야는 신경 쓰지 않는 모습이었다.

"……마야. 응, 맛있어."

라티나가 또다시 꾸민 미소를 짓자 마야는 이상하다는 얼굴로 눈을 깜박였다. 그리고 순식간에 슬픈 얼굴로 변했다.

"아띠아, 아파 아파?"

"……?!"

라티나의 표정이 놀람으로 바뀌는 것과 마야의 얼굴이 찌푸려져 울상이 된 것은 동시였다.

"아파? 후에, 에, 에……!"

"마야?"

"으아아아아아앙!"

라티나는 돌연 마야가 울음을 터뜨리자 어쩔 줄 몰라 허둥댔다. 그리고 그런 라티나의 모습은 데일에게는 신선했다.

"어? 마야…… 왜?"

"어린아이는 주위 감정에 민감하거든."

우테는 익숙한 모습으로 마야를 안아 올리고 소리 높여 우는 자신의 아이를 달래기 시작했다. 그리고 멍하니 있는 라티나에게는 살짝 곤란한 얼굴로 미소 지었다.

"라티나도 울고 싶을 때는 제대로 울어야 해. 아플 때도, 괴로울 때도, 무서울 때도 말이야. 아이는 어른에게 그 정도는 해도 되니까."

얼떨떨했던 라티나의 표정이 다른 감정으로 흔들렸다.

커다란 눈동자가 글썽글썽해지고 참을 수 없게 된 것처럼 순식간에 굵은 눈물방울이 흘러넘쳤다.

"읏! 으아, 아……!"

데일이 묵묵히 옆에 서서 언제나처럼 머리를 몇 번 쓰다듬자 라티나는 오열하며 그에게 안겼다.

두 사람분의 울음소리는 한동안 계속 울렸다.

마야는 울음을 그치고 곧장 원래 모습을 되찾아 식어버린 아침밥을 신경도 쓰지 않고 다 먹었다.

라티나는 그렇게까지 단순하게 떨쳐낼 수는 없는지 눈이 퉁퉁 부은 채 우테가 끓여준 허브티를 홀짝이고 있었다.

아무 말 없이 라티나가 진정되는 것을 기다려 차를 준비하고, 부드럽고 깨끗한 손수건을 살며시 내밀어 준 우테를 향해 데일은 머리를 숙였다.

"……죄송합니다. 감사합니다."

"괜찮아. 라티나가 뭘 무서워하고 있는지는 모르겠지만. 한번 울어서 후련해지는 편이 좋을 때도 많잖아? 이렇게 작은 아이인걸. 너무 애쓰지 않아도 돼."

데일에게 수인족의 표정을 읽는 것은 어려운 일이었으나 목소리로 봐서 분명 우테는 미소 짓고 있으리라는 생각이 들었다.

"우테 씨…… 죄송해요……."

"사과하지 않아도 돼. 아이는 어른을 귀찮게 하는 게 일이니까."

사죄의 말을 꺼낸 라티나에게도 그렇게 말했다. 데일은 수인족의 외모 건은 이해할 수 없었지만 한 가지 알게 된 사실이 있었다.

'요제프는 정말 좋은 사람을 아내로 맞이했구나…….'

그렇게 진심으로 생각했다.

"데일……."

"응?"

"라티나 있지, 무서워."

"……그래."

툭 흘린 가냘픈 목소리를 데일은 그저 조용히 받아주었다.

"라티나…… 나쁜 아이래. 그래서 이제 태어난 곳에는 돌아가면 안 된대…… 라티나, 그렇게 『예언』되었대……."

"라티나……."

"가족은 예언이 틀렸다고 말해줬어. 라티나, 나쁘지 않다고. …… 그치만, 그치만. 라티나 때문에 라그 죽어버렸어. 라티나랑 같이 있어줬으니까……!"

다시 글썽해진 눈을 데일에게 보내면서 그래도 라티나는 이야기를 계속했다.

"『예언』대로야. 라티나, 분명 『나쁜 아이』인 거야."

"……라티나는 『예언』의 자세한 내용을 기억해?"

데일의 물음에 잠시 생각하던 라티나는 작게 고개를 저었다.

"몰라…… 주변 사람들이 잔뜩 말해서…… 너무 무서웠으니까……."

"그렇구나. ……가족은 라티나가 『나쁘지 않다』고 말했던 거지?"

"응."

데일은 미소 짓고서 라티나의 이마에 자신의 이마를 툭 댔다. 깜짝 놀란 라티나의 회색 눈동자에는 스스로도 몰랐던 자애로운 표정을 한 자신이 비치고 있었다.

"『신의 말』을 사람이 이해하기는 어려워. 사람의 운명을 읽는 것 같은 고위 『예언』이라면 특히 더 그렇지. 그러니까 라티나의 가족이 말했던 『라티나는 나쁘지 않다』는 말 쪽이 옳았던 걸지도 몰라."

"어……?"

"적어도 라티나의 가족은 『예언』의 말을 그렇게 받아들이지 않았잖아. 라티나를 나쁜 아이라고 완벽하게 단언하는 『말』이 아니었던 거야."

데일의 말을 듣고 라티나는 정말로 놀란 모양이었다. 그런 가능성을 그녀는 지금 이때까지 생각해본 적이 없었다.

"데일……."

"아마 라티나보다 내가 『가호』에 관해서는 더 자세히 알걸……? 라티나한테는 『가호』 없지?"

"응."

"……내게는 『가호』가 있어. 『보라의 신』의 것은 아니지만 말이야…… 하지만 『가호』가 어떤 건지는 잘 알아."

데일을 가만히 바라보면서 라티나는 작게 미소 지었다.

"데일이 신 같아…… 데일, 언제나 라티나를 도와줘. 라티나가 원하는 걸 잔뜩 줘…… 데일과 만날 수 있도록 해준 게 『신』이라면, 라티나, 무서워하지 않아도 되는 걸까……."

—자신은 『가호』를 가지고 있어도 그다지 신앙심이 깊지 않지만, 가끔은 기도하고 싶어지기도 했다.

이 아이가 행복하기를. 건강하기를.

자신과 이 아이를 만나게 해준 것도 『신』의 인도라면.

라티나가 완전히 안정을 되찾은 점심쯤, 사냥 나갔던 남자들이 귀환했다는 소식이 들려왔다. 마을 전체가 떠들썩해졌다. 그에 이끌린 것처럼 데일과 라티나도 들뜬 마음으로 사냥 성과를 구경하기 위해 중앙 광장으로 향했다.

그곳에서 마야와 손을 잡은 채 라티나는 입을 벌리고 있었다.

"메때지!"

"멧돼지는 크구나……."

마야가 가리킨 것은 오늘 수인족의 사냥 성과였다.

"꼬기."

"마야는 고기 좋아해?"

"조아."

두 소녀가 정답게 이야기를 나누는 모습을 보니 마음이 평온해졌고 치유되었다.

그래서 한동안 그대로 바라보고 있었지만 데일은 퍼뜩 정신을 차렸다.

"……라티나."

"응?"

"저거 마수니까. 『평범한 멧돼지』를 옆에 두면 저것의 새끼 정도로밖에 안 보여."

"그래?"

아무래도 진심으로 놀란 모양이었다.

라티나가 잘못된 지식을 학습하기 전에 정정해서 정말 다행이었다. 가옥과 나란히 있어도 뒤처지지 않는 체격의 짐승이 『평범』한 멧돼지여서야 되겠는가.

그것이 두 마리나 놓여 있었다. 확실히 사냥은 대성공인 것 같았다.

이 마을에 있는 『보라의 신』 무녀의 『가호』는 마을 주변 — 한정된 범위이기는 하지만 — 에 있는 『위험한 것』의 예지였다.

이번에는 그것으로 『마수』의 존재를 감지한 것이었다.

이 마을 주변에서 멧돼지형 마수는 자주 볼 수 있는 종류인 모양이라 여기서는 빈번히 먹을 수 있는 고기였다.

그러나 저만큼이나 몸집이 큰 생물이었다. 위험하지 않을 리가 없었다.

사전에 위험의 싹을 제거하는 것이 가능한 『보라의 신(바나프세기)』 무녀의 존재의의는 컸다.

라티나는 수인족 남자들의 작업을 정신없이 지켜보고 있었다. 지금부터 해체 작업이 시작된다. 부패하기 쉬운 내장을 처리해야 했고, 보관 공간 문제상 신속하게 고기를 나눌 필요가 있었다.

"라티나…… 해체 작업은 징그러워."

"이것도 공부일까 싶어서."

"……해체는 푸줏간에 맡기면 되지 않을까……? 게다가 역시 너무 커서 별로 참고가 안 될걸?"

"으음…… 그러네."

수인족 남자 한 명이 가져온 해체용 식칼은 이미 식칼이라기보다 양손으로 들어야 하는 그레이트소드 같은 모습이었다.

라티나는 어른이 되더라도 도저히 다룰 수 없을 것 같았다. 암만 해도 사용할 수 있는 크기가 아니었다.

"아띠아. 노라."

마야에게는 자주 보는 광경이라 전혀 재미있지 않은 모양이었다. 라티나의 손을 쭉쭉 당기고 있었다. 라티나가 시선을 돌리자 만족스러운 태도로 걷기 시작했다.

"데일."

"그래. 조심해. 마을에서는 나가지 마."

"응!"

라티나는 마야에게 이끌려 가면서 데일을 향해 얼굴을 돌리고 허가를 받았다. 두 소녀는 마을 안 산책에 나섰다.

좁은 마을 안이지만 라티나는 처음 보는 것들뿐이었다. 그러나 느긋하게 그것들을 구경할 수는 없었다. 지금 자신은 『언니』였다. 작은 마야에게서 눈을 뗄 수는 없었다.

그런 조그만 사명감을 가슴에 품고 아장아장 나아가는 마야의 뒤를 쫓았다.

산책이라고 부르기에는 조금 하드한 활동을 소화한 결과, 마야가 산책에 질렸을 때쯤에는 그녀들의 머리와 옷에 이파리와 나뭇가지가 붙어 있었다. 마야가 고른 산책 루트는 독창성이 풍부하고 상당히 개성적인 코스였다.

"마야, 잠깐 가만히 있어."

"네에."

마야의 부드러운 머리털에 붙은 기다란 나뭇잎을 신중히 떼어냈다. 확 잡아당겨서 아프게 할 수는 없었다. 그런 작업에 열중해 있는 라티나의 얼굴로 마야의 손이 폭신하게 닿았다. 간지러웠다. 떨어지고자 고개를 기울이니 어째선지 마야의 머리도 따라왔다.

"폭신폭신하다……."

피하기를 포기하고 마야의 털에 얼굴을 푹 묻어보았다. 부드러운 촉감이 정말로 기분 좋았다.

“아띠아~?”

“마야는 복슬복슬하구나.”

“크휴휴.”

쓰다듬어보았다. 손바닥이 털 안으로 푹신하게 가라앉았다. 그 감촉이 상상 이상으로 기분 좋아서 라티나는 그 부드러운 털을 마음껏 즐기는 데 몰두했다. 마야도 싫어하지 않고 꺄르륵 웃으며 몸을 꼬고 있었다. 간지러운 모양이었다.

“아띠아, 복슐복슐?”

“복슬복슬~.”

특별히 의미 없는 말을 하며 서로 웃었다.

마야의 목 언저리 털이 특히 부드럽다는 것을 깨닫고 그곳을 쓰다듬자 마야는 기분 좋게 후뉴후뉴 웃었다.

아무래도 마야는 라티나가 쓰다듬어주는 것이 마음에 드는 듯했다.

라티나도 마야의 복슬복슬한 감촉에 푹 빠졌다. 어린 마야는 전신의 털이 아직 부드러운 이른바 솜털 상태였다. 게다가 아빠가 얼마나 사랑을 쏟는지 헤아릴 수 있을 만큼 애정이 듬뿍 담긴 정성스러운 관리를 받은 것 같았다. 복슬복슬 상태는 최고의 컨디션이었다.

간지러운 수준을 넘어서고 개개풀어진 표정이 된 마야는 벌렁 드러누워 몸을 뒤집으면서 좀 더 쓰다듬으라는 듯이 자세를 잡았다.

「좋을 대로 하시게.」 같은 상태였다.

"아띠아. 쓰담쓰담~!"

"여기?"

"더~"

"응."

"크휴휴~."

수인족도 포로로 만드는 쓰다듬기. 라티나가 가진 새로운 재능의 일면이 보인 순간이었다.

만족스러운 얼굴의 마야와 지친 기색은 보이지만 뭔가 달성감이 느껴지는 모습의 라티나가 손을 잡고 돌아온 것은 족히 한 시간은 지난 후였다.

"아띠아~!"

집 안에서도 마야는 라티나의 뒤를 쫓아다녔다.

"노라."

그런 사랑스러운 모습을 보고 집 안에서 지도를 확인하고 있던 데일도 자연스럽게 부드러운 표정이 되었다.

"마야가 상당히 잘 따르게 됐네, 라티나."

"응! 마야랑 친해졌어."

작은 마야를 꼭 끌어안고 라티나가 미소 짓는 모습은 크로이츠에 돌아가면 즉시 거대한 인형을 구해야겠다는 하늘의 계시를 느낄 정도로 충격적이었다.

어째서 자신은 지금까지 그녀에게 인형을 사주지 않았을까.

귀여운 라티나와 귀여운 아이템의 대명사와도 같은 인형의 조합. 끌어안을 수 있는 크기라면 집에 혼자 둘 때 쓸쓸함을 달래주는 데도 도움이 될 터였다. 어디 가면 살 수 있을까…… 아니, 가게에 진열되어 있지 않다면 따로 주문하면 된다.

데일은 푹 고개를 숙이려다가 광명을 발견하고 밝아진 얼굴로 하늘을 올려다보았다.

"이상해?"

"응? 아무것도 아니야. 데일, 가끔 저렇게 돼."

그렇게 자꾸만 표정이 바뀌는 데일을 가리키는 마야와 그에 대답하는 라티나는 의외로 매우 엄격하게 상황을 판단하고 있었지만, 데일의 귀에는 다행히도 들리지 않았다.

마야는 자신의 잠자리에도 라티나를 끌어들였다.

평소 데일 옆에서 자는 라티나는 살짝 주저했다. 하지만 내일 아침 출발할 것을 생각하니 마야와 헤어지기 전에 함께 시간을 보내고 싶어진 모양이었다.

천진난만한 얼굴의 라티나와 복슬복슬 만족스러운 얼굴의 마야가 나란히 누워서 행복하게 잠든 모습은 데일과 요제프(딸바보 둘)의 얼굴을 헤벌쭉 풀어지게 했다.

그리고 이렇게 친해졌어도 헤어지는 순간은 찾아왔다.

"시러어어어어어어!! 아띠아, 시러어어어!!"

이른 아침 수인족 마을에 마야의 울음소리가 울려 퍼졌다.

라티나와 분리되어서 요제프에게 안긴 마야는 그 팔에서 도망치고자 날뛰며 전력으로 울부짖고 있었다.

"시러어어어! 미워! 아띠아, 조아!"

사랑하는 딸에게 전력으로 거부당하고, 밉다고, 라티나 쪽이 좋다는 말을 들은 요제프가 받은 대미지는 헤아릴 수 없었다.

평소에는 하늘을 향해 뾰족하게 서 있는 귀가 축 처진 한심한 형태로 변해 있었다.

데일이 옆에 있는 라티나를 보자 마야의 눈물에 영향을 받았는지 조금 눈이 글썽거리고 있었다. 작게 코를 훌쩍이는 중이었다.

"……작별 인사 하고 와. 돌아올 때 또 들르겠다고."

"……응."

시무룩한 모습의 라티나가 마야에게 가까이 다가가자 마야는 마구 발버둥 치면서 라티나를 향해 짧은 팔을 힘껏 뻗었다.

"아띠아! 아띠아!"

"마야……."

라티나는 눈썹을 팔 자 모양으로 만들고 할 말을 찾았다.

"건강해, 마야…… 또 놀러 와도 될까……?"

"아띠아……."

마야는 라티나의 말을 듣고 울음을 그치더니 웃는 얼굴로 손을 흔들며 작별 인사를 했다— 같은 일은 일어나지 않았고.

"시러어어어!! 아띠아, 시러어어어!!"

더욱 크게 우는 스위치를 눌렀을 뿐이었다.

말 하나로 수긍하는 유아 같은 것은 존재하지 않았다.

"아아, 진짜! 됐으니까 너희 그냥 출발해! 이러다 단념할 테니까!"

꼼지락대며 탈출을 시도하는 사랑하는 딸과 씨름하면서 요제프가 소리쳤다.

"으아아아아아아아앙!! 아띠아! 아띠아!"

"마야가 울음을 그치길 기다리다가는 밤이 돼도 출발은 무리니까. 조심히 가."

딸이 통곡하는 모습을 보고 표정에 쓴웃음이 섞이기는 했지만 여전히 태연한 우테가 데일을 재촉했다.

"그럼…… 신세 많이 졌습니다. 아마 돌아오는 길에도 들를 겁니다."

"알겠어. 조심해."

"신세 많이 졌어요…… 마야, 바이바이……."

꾸벅 고개를 숙이는 라티나를 말에 태운 것은 그녀의 발걸음도 무거워질 것을 내다보고 한 행동이었다.

"알았으니까 가! 조심해라!"

요제프의 목소리를 등 뒤로 듣고서 데일은 고삐를 끌며 걷기 시작했다. 아니나 다를까 라티나는 뒤를 돌아보고 내내 마야의 모습을 눈으로 좇고 있었다.

마을 출구를 나와 분테 가문 일동의 모습이 보이지 않게 된 뒤로도 마야의 울음소리만큼은 분명하게 들리고 있었다.

'이웃한테 민폐였을까…….'

살짝 식은땀을 흘리면서 데일은 숲 속의 좁은 길로 들어갔다.

라티나가 훌쩍훌쩍 작게 우는 것은 지금은 보지 않기로 했다.

"……돌아가는 길에도 같이 놀 수 있으면 좋겠네."

"……응……."

이별이 서운하다고 느끼는 것도 라티나에게는 좋은 일일 것이다.

그런 생각을 하면서 걷는 숲 속에는 나뭇잎 사이로 쏟아진 햇빛이 갈래갈래 갈라져 두 사람 앞에 복잡한 음영을 드리우며 길을 비추고 있었다.

어린 소녀가 집을 비운 동안.

크로이츠 주민들,

막간.

리타에게.

잘 지내? 배 속 아기는 건강하고? 케니스나 손님들도 여전하려나?

나랑 데일도 아주 잘 지내. 매우 순조롭다고 데일도 말하고 있어.

나는 지금 크발레를 떠나서 수인족 마을에 왔어. 데일네 친척 집이래. 친척이 뭐냐고 물어봤더니 가족의 가족이라고 데일이 가르쳐줬어. 데일은 가족이 잔뜩 있구나.

여기까지 오는 도중에도 이런저런 일이 잔뜩 있었어.

분홍 꽃이 나무에 잔뜩 피어 있는 것도 봤어. 데일이랑 샌드위치 먹으면서 쉬고 있으니까 꽃잎이 하늘하늘 날려서 예뻤어. 리타한테도 보여주고 싶더라. 크로이츠에도 있으면 좋을 텐데. 그리고 있지…….

“고마워요.”

배달원이 가져온 편지를 받고 보낸 이를 확인한 뒤 리타는 수취 사인을 했다.

모스그린 색 가방을 어깨에 멘 것 말고는 평범한 모험가와 큰 차이 없는 모습의 청년은 사인을 받자 영업용 미소로 대답했다.

“아뇨. 앞으로도 잘 부탁드립니다.”

이 모스그린 어깨 가방과 『날개 달린 봉투』 의장은 세계에서 가장 규모가 큰 편지 배달 조합의 트레이드 마크였다.

『중앙』 속성 적성을 지녔으나 특출한 능력이 없는 자들의 최대 일자리이기도 했다. 그들은 그 마법으로 새 — 마력의 세기에 따라 종류가 여러 가지인데 마력이 강한 사람은 『마수』의 일종을 고르기도 했다 — 를 길들이고 사역하여 편지를 나르는 업무를 수행했다.

크로이츠나 크발레처럼 어느 정도 규모가 있는 마을에는 지점이 존재했고 그곳에서 의뢰하면 일부 제한은 있지만 꽤 넓은 범위로 배달을 부탁할 수 있었다.

수인족 마을같이 작은 취락에서는 정기적으로 방문하는 배달원이 오는 것을 기다렸다가 부탁하는 것이 기본적인 스타일이었다.

리타는 건네받은 봉투를 신중히 열었다. 제법 두꺼운 그 안에는 다시 봉투가 두 통 들어 있었다. 편지 배달은 그런대로 요금이 들었다. 라티나는 리타와 클로에에게 보내는 편지를 동봉하여 일괄적으로 보내면서 배달료를 절약하고 있었다. 그런 점에서 라티나는 야무졌다.

"케니스. 라티나한테서 편지가 왔어. 시장 갈 때 부탁해도 될까?"

"그래. 알았어."

그리고 그 편지를 동구에 재료를 사러 가는 김에 케니스가 클로에네 집에 가져다주고 있었다.

"여행은 순조로운 모양이네…… 뭐, 천천히 가고 있는 건 예상대로려나?"

"지금 어디래?"

"이 날짜에…… 수인족 마을이라고 쓰여 있는데?"

"아아. 그러고 보니 데일의 친척이 있었지. 그 앞으로는 인가도 적어지니까, 라티나가 있다면 묵고 가겠네……."

가볍게 편지를 훑어보고 케니스는 고개를 한 번 끄덕였다.

"물론 그 녀석 혼자 가는 거랑 비교하면 느리지만…… 출발 전에 검토했던 것보다는 상당히 빨라. 라티나가 그만큼 씩씩하게 걷고 있다는 거겠지."

데일은 출발 전에 케니스와 여정을 거듭 검토했었다.

여행에 익숙하고 체력도 있는 데일 혼자라면 아무렇지도 않을 여행길도 아이를 데리고 있으면 예상하기 어려웠다. 경험이 풍부한 케니스에게 조언을 구해 호위 의뢰 시를 기준으로 일정을 계산해두었다. 식량 등을 넉넉하게 들고 다니는 것도 그 때문이었다.

"라티나…… 즐겁게 지내고 있는 모양이네."

부드럽게 미소 짓고서 리타는 천천히 편지를 읽었다. 평소 서류 작업을 할 때의 속도라면 순식간에 다 읽어버릴 분량의 글자를 소중하고 사랑스럽게 바라보았다.

그런 리타의 모습을 보는 케니스의 표정도 부드러웠다.

"라티나가 없다고 이렇게 조용해질 줄은 몰랐어."

"……곧 있으면 조용하다는 말도 못 하게 될걸?"

부른 것이 눈에 보이기 시작한 아내의 배로 시선을 주고 케니스가 말하자 리타도 웃었다.

"라티나는 좋은 언니가 돼줄 것 같아."

"그러게."

"가게도 상당히 조용하고."

리타가 그렇게 말하자 케니스는 이번에는 한숨을 쉬었다.

"진짜 그 녀석들은…… 매상에서도 나타나지?"

"라티나가 도와주기 전으로 돌아간 느낌이려나."

장부 관리도 하고 있는 리타가 쓰게 웃었다.

『춤추는 범고양이』는 크로이츠 모험가의 거점 가게라는 특징 때문에 단골손님들은 고참 모험가나 그런대로 이름이 알려진 실력자들뿐이었다. 신출내기는 가게에 모인 쟁쟁한 멤버들을 보고 위축되기 쉬웠다.

신인 모험가들에게 사랑스러운 라티나의 존재는 가게에 있는 험악한 인상들 사이에서 완충재가 되어주고 있었다. 케니스의 요리나 저렴한 가격과 함께 사랑스러운『간판 아가씨』도 지금은 가게의 명물로 손꼽혔다.

라티나가 여행을 떠난 뒤로 신인들의 발걸음은 무거워졌고, 단골손님들은 오래 머물지 않고 시원스레 돌아갔다.

라티나는 본인이 일하는 것 이상으로『춤추는 범고양이』의 매상에 공헌하고 있었다.

"데일도 라티나가 오고서 변했지만…… 이 가게도 상당히 변했네."

"그러게."

"이러다 라티나한테 요리 쪽도 맡기게 되는 거 아니야?"

“머지않아 낮 영업은 맡기게 될지도 모르지.”

케니스의 말을 듣고 리타는 미소 지었다.

“그날은 우리가 생각하는 것보다 빨리 올지도 모르겠네.”

매일 계속해서 성장하고 있는 그 아이는 지금도 이것저것 보고 느끼며 어른이 되어 가고 있을 것이다.

분명 멋진 여성이 될 것이 틀림없는 그녀의 성장은 케니스나 리타에게도 기대되는 일이 되어 있었다.

……여행은 정말 즐거워.

그치만 있지. 리타랑 케니스한테 여행 얘기를 잔뜩 할 수 있다는 게 벌써부터 무척 기대돼.

리타랑 케니스한테 잘 다녀오라며 배웅받은 게 굉장히 기뻤어.

다녀왔다고 말할 수 있는 곳이 있고, 어서 오라며 맞이해주는 사람이 있으니까, 나는 있지, 여행을 정말 즐거운 것이라고 여길 수 있어.

앞으로도 데일 말 잘 듣고 주의 사항도 잊어버리지 않도록 할게.

건강한 모습으로 크로이츠에 돌아갈 테니까.

리타도 몸조심해. 아기도.

케니스랑 손님들한테도 안부 전해줘.

—라티나

라티나에게서 온 편지를 바스락하는 작은 소리를 내면서 정중히 접어 봉투에 넣은 리타는 그것을 서랍 안에 살며시 집어넣었다.

"그런 싱거운 소리 안 해도 되는데……."

「어서 와.」 정도는 당연한 말이었다.

"네가 『돌아올 곳』은 크로이츠(여기)잖아?"

그 아이가 그렇게 여겨주고 있는 동안에는 **이곳**이 그 아이의 『집』이고 돌아올 『장소』였다.

"조심하렴……."

리타는 작게 중얼거리고 『초록의 신(자신과 가까운 신)』을 향해 보내는 기도의 문구를 외웠다.

†

"실비아! 라티나한테서 편지가 왔어!"

"흐응…… 잘 지낸대?"

"그야 뭐. 라티나니까! 잘 지내나 봐."

크로이츠의 『노랑의 신』 학교 안에 있는 자기 교실에 들어오자마자. 클로에는 친구 실비아에게 그렇게 말을 걸었다.

실비아 팔은 학교에 들어와서 사귄 친구였다. 아버지가 영주관에서 헌병으로 일하며 그런대로 지위가 있었기에 서구 고급 주택가에서 사는 아이였다. 하지만 성격이 시원시원해서 서민 동네인 동구와 남구에 사는 클로에나 라티나와도 허물없이 지냈다. 그 천성 때문에 클로에와 죽이 잘 맞았고 클로에의 단짝 친구인 라티나와도 친했다.

라티나가 여행으로 크로이츠를 떠난 지 보름 이상 지났다.

오가는 것으로 끝나는 게 아니라 도착한 뒤에도 한동안 그쪽에서 머문다는 라티나와는 계절이 바뀔 무렵까지 만날 수 없었다.

데일의(그쪽) 고향에 도착한 이후라면 라티나에게 편지를 보낼 수 있다고 한다. 클로에는 그다지 공부를 잘하지 못하고 글을 쓰는 것도 서툴렀지만 크로이츠에서 일어났던 일 등을 조금씩 적어두고 있었다.

'라티나가 돌아왔을 때 그 애만 『모른다』니, 그런 건 싫으니까.'

클로에는 그렇게 생각했다.

"바다 다음은 수인족 마을이래."

"수인족인가…… 크로이츠에서는 본 적 없네. 혼혈 모험가라면 가끔 있으려나?"

"라티나네 놀러 가도 본 적은 없었어."

"그런가…… 한번 보고 싶다."

실비아는 그렇게 말하고 어딘가 먼 곳을 보는 아득한 표정을 지었다.

실비아는 약하기는 해도 『초록의 신』의 가호를 지니고 태어났다. 그래서 그녀는 여행과 호기심에 이끌리는 성질을 가지고 있었다. 여행자의 신으로 알려진 『초록의 신』의 영향을 깊이 받은 자, 『초록의 신의 가호를 지닌 자』에게 모르는 세계에 가서 모르는 정보를 모으는 것은 반쯤 본능적으로 추구하는 일이었다.

"실비아는 학교를 나가면 『신전』에 가는 거야?"

"글쎄, 어쩔까……."

클로에가 묻자 실비아는 깍지를 끼고 거기에 턱을 올려 생각에 잠겼다.

"『신전』에 소속되는 게 제일 간편하긴 하지…… 마법 공부도 시켜주고."

"실비아, 마법 쓸 수 있어?"

"라티나 덕분에 적성이 있다는 건 알았으니까."

마법이라는 것에 관심이 있었던 친구들은 라티나에게 주문 언어를 배웠다. 역시나 아이들 대부분이 다루지 못했고 발음하는 것조차 불가능했지만 실비아는 적성이 있는 소수파였다. 그 후, 실비아가 라티나에게 배운 것은 주문이 아니라 마인족의 인사말 같은 일상 회화였다. 그것은 실비아가 언젠가 마인족의 나라인 바실리오에도 가보고 싶다는 꿈을 가지고 있기 때문이기도 했다.

"그러는 클로에 넌?"

"우리 집 일을 물려받을 거야. 최근 꽤 재밌어졌고."

"그럼 어른이 되면 옷은 클로에한테 맡길까……."

"비싼 걸로 맡겨줘."

클로에와 실비아가 그런 대화를 나누고 있을 때였다.

"클로에!"

갑자기 루디가 옆을 지나가더니 그대로 검은 조각을 휙 던졌다.

순간적으로 그것이 무엇인지 깨달은 클로에는 떨어뜨리지 않도록 황급히 손을 뻗었다.

"이…… 바보 루디! 무슨 짓이야!"

"뭐야…… 제대로 잘된 쪽을 넘겨줬잖아."

클로에가 불평하자 루디는 고개를 옆으로 기울였다.

"잘된 쪽……이라니, 너."

"뭐, 뭐……! 단단해서 가공이 어려웠으니까 먼저 연습한 거라고! 불만 있어?"

루디의 대답에서 석연치 않은 느낌을 받고 클로에가 되물으니 그는 어색한 얼굴로 고개를 돌렸다.

"그게 뭐야? 돌?"

실비아의 물음에 클로에는 움켜쥐고 있던 손을 펼쳤다.

그 검은 파편은 깎아내서 형태를 잡은 후에 정성껏 연마된 흔적이 있었다. 잔잔하게 빛을 머금고, 반질반질하면서도 온기가 느껴지는 광택이었다.

정중하고 소중하게 가공된 작은 그것을 클로에는 살짝 들어 올려 보여주었다. 빛을 반사해 반짝이며 빛났다.

"예쁘지? 라티나한테 받았어."

"라티나한테?"

"응. 소중히 간직할 테니까 달라고 했더니 나한테라면 괜찮다면서 줬어."

"그걸 왜 루디가 가지고 있던 거야?"

"어떻게 가공할지 고민하고 있으니까 저 녀석이 자기 집이라면 줄칼 같은 공구가 있다면서 가져갔거든."

그것은 고마운 일이긴 했으나 약삭빠르게 일부를 챙긴 모양이었다.

클로에는 못 말린다며 어깨를 으쓱였다.

“솔직하지 못한 녀석은 귀찮은 생물이네.”

“남자는 어린애니까.”

그런 대화를 나눌 정도로는 이 나이 때 여자아이는 남자아이에 비해 어른스러운 존재였다.

클로에가 라티나에게 받은 것은 그녀가 스스로 부러뜨린 『뿔』이었다.

클로에는 처음 봤을 때부터 라티나의 뿔을 정말 예쁘다고 생각하고 있었다.

그런 라티나의 예쁜 일부를 그녀가 부러뜨려 버린 것이 분하고 슬퍼서 견딜 수가 없었다. 그대로 먼지투성이가 되도록 방치되는 모습을 어쩐지 두고 볼 수 없어서 라티나에게 부탁한 것이다. 「뿔을 자신에게 주지 않겠느냐」고.

처음에는 스스로 어떻게 해보려 했지만, 만족스러운 도구도 없는 소녀 혼자 힘으로 어떻게 할 수 있을 정도로 마인족의 뿔은 만만하지 않았다. 난처해 하고 있을 때 도와주겠다는 말을 꺼낸 것이 루디였다.

그래서 클로에는 라티나의 뿔을 루디에게 맡겨서 가공 받기로 했던 것이다.

“그러고 보니 루디는 학교를 나가면 뭐 할 거야?”

클로에가 그렇게 물어본 것에 깊은 의미는 없었다.

마침 실비아와 그 이야기를 하고 있을 때 루디가 왔으니까. 그뿐이었다.

"무슨…… 따, 딱히……! 클로에 너랑은 사, 상관없잖아!"

그러나 수상한 태도로 과민하게 반응하는 루디의 모습을 보고 클로에와 실비아는 얼굴을 마주한 뒤 히죽 웃었다. 그 얼굴에는 포식자가 사냥감을 발견한 듯한 기운이 감돌고 있었다.

"흐응. 뭔가 생각하고 있구나……."

"따, 딱히, 어찌 되든 좋잖아?!"

"그야 뭐. 어찌 되든 좋지만 말이지……."

"그러고 보니 라티나한테서 편지가 왔어."

"어, 어, 어째서, 여기서 라티나 얘기가 나오는데?!"

"응? 신경 안 쓰이나 봐?"

"읏! 그런 말이 아니라……!"

"신경 쓰이면 그렇다고 말하면 될 텐데. 그치?"

"그치."

"—!"

소리가 되지 않는 절규를 터뜨리며 발을 구르는 루디의 모습을 약간 떨어진 곳에서 바라보면서 마르셀과 안토니는 미묘한 미소를 주고받았다.

"어차피 클로에랑 실비아한테는 꼼짝 못 할 거, 루디도 처음부터 포기하면 될 텐데 말이지."

"그건 그것대로 깨달은 자의 행동이야, 마르셀……."

"인생, 어느 정도 포기하는 것도 중요해."

"그런 말을 웃으면서 단언하는 넌 거물일지도 몰라……."

평온한 얼굴로 잘라 말하는 친구를 보며 안토니는 어색하게 웃었다.

"안토니 너는 고등학교로 진학한다고 했지?"

클로에와 실비아의 대화를 떠올리고 마르셀이 말을 꺼내자 안토니는 고개를 한 번 끄덕였다.

"그래."

"역시 영주관에서 일하려고?"

"아빠처럼 그렇게 된다면 가장 좋긴 하지만. 이것만은 알 수 없으니까. 상관(商館)에서라도 일할 수 있다면 좋아."

안토니의 아버지는 영주관에서 하급 관리로 일하고 있었다. 다소의 편의를 봐줄 정도의 연고는 있으나, 기본적으로 세습제 업무가 아니었기에 아들인 안토니가 같은 일에 몸담을 수 있다고는 장담할 수 없었다.

"마르셀은 역시 빵집을 물려받는 거야?"

"다른 일을 할 이유도 없으니까. 우리 집 빵도 좋아하고."

마르셀은 느긋하게 대답했다.

크로이츠의 아이들 대다수는 부모의 일을 물려받는 것이 일반적이었다.

차남, 삼남 정도 되면 다른 일을 찾는 사람도 없지는 않지만, 특히 장인의 아이라면 굳이 다른 직종의 문하생이 되는 일은 적었다.

"루디는 형도 있으니……."

"……하지만 얼마 전까지는 대장간(자기 집) 일을 할 생각이었을 텐데…… 갑자기 무슨 일이래?"

두 사람은 잠시 말을 중단했으나 동시에 고개를 끄덕였다.

"라티나 관련이려나."

"라티나 관련이겠지."

"알기 쉬우니까 말이야."

"왜 라티나는 눈치채지 못하는 걸까……?"

"라티나 앞에서만은 필요 이상으로 철저히 무뚝뚝한 태도를 고수하고 있잖아. 어떤 의미로는 굉장하다고 생각해."

"옆에서 보고 있는 우리는 알기 쉽지만 말이지."

거기서 두 사람은 다시 동시에 고개를 끄덕였다.

"바보니까."

"바보야."

"너희! 다 들리거든!"

루디의 울먹이는 외침이 울린 순간, 교실 문이 열리고 신관(교사)이 들어오더니 『눈이 웃고 있지 않은 웃는 얼굴』로 루디를 보았다.

"루돌프 군. 교실은 소란 피우는 곳이 아니에요."

"윽!"

정신이 든 루디가 주위를 둘러보자 친구들은 천연덕스러운 얼굴로 자리에 앉아 있었다.

기본적으로 그는 요령이 없었다.

5. 청년, 고향에 도착하다.

데일은 말을 타고 숲 속 산길을 전속력으로 달리고 있었다.

한쪽이 어린아이라고는 하지만 소형종 말에 두 사람이 탄 채 전력 질주를 할 것이라고는 습격자도 예상치 못했던 모양이었다.

상대의 허를 찌르는 데 성공했다.

포위를 돌파한 뒤, 견제를 위해 몸을 틀어 마도구로 화살을 쏘았다.

"읏! 데일!"

"위험하니까 머리는 숙이고 있어! 라티나는《중력경감》마법이 끊어지지 않도록 집중해!"

등 뒤를 눈으로 확인한 것은 습격자들이 교묘하게 기척을 숲 속에 숨기고 있기 때문이었다. 데일의 감지 능력으로도 모든 기척을 다 읽어냈다고는 단언할 수 없었다.

"젠장!"

욕설을 내뱉고, 오른손에 쥔 롱소드로 날아온 화살을 베어냈다. 잘려서 땅에 떨어진 그것을 확인하는 일도 없이 전진하는 속도를 결코 늦추지 않았다.

데일이 습격자를 상대하는 데 집중할 수 있는 것은 라티나가 마법을 담당해주고 있기 때문이었다.

말의 부담을 덜어주기 위한 중력 조작 마법에 더해 때때로 회복 마법까지 섞어 쓰고 있는 라티나 덕분에, 둘이서 말을 타고도 산길을 전력 질주한다는 정신 나간 짓도 가능했다.

"슬슬 올 거라고는 생각했지만……! 예상이 적중하길 바라진 않았다고!"

"데일!"

"알았어!"

라티나의 경고에 고삐를 조종하여 말이 점프하도록 했다. 거기에는 의문도 주저도 없었다.

뒤에서 쫓아온 습격자들은 당황한 기색이었다.

구멍 종류의 함정을 파두었을 것이다. 한 방 먹였다는 생각에 입가가 느슨하게 풀렸다. 꼴 좋다는 말은 삼켰다.

데일도 라티나가 없었다면 알아챘을지 알 수 없었다. 이것은 라티나의『특수 능력』때문이 아니라 그저 높은 관찰력 덕분이었다. 주위와 비교해서 뭔가 위화감이 느껴지는 곳이 있으면 말하라고 미리 일러둔 상태였다. 예상이 빗나간다면 그것대로 상관없었다. 하지만 이번에는 훌륭하게 정답을 맞힌 모양이었다.

비탈을 다 오르자 평평한 길이 이어졌고 그 앞에는 암반이 드러난 벼랑이 보였다. 좌우를 둘러보아도 바위 표면밖에 보이지 않는 그곳에 딱 한 점 뻥 뚫린 공간이 있었다. 암반을 파서 만든 터널이었다.

저기로 들어가기만 하면 이쪽이 이긴 것이나 다름없었다.

"……읏, 그런 수법에는 안 넘어가!"

데일은 기합을 넣으면서 한마디 하고 말을 급정지시켰다. 반동으로 라티나의 몸이 떠오르려 했다. 그것을 자신의 몸으로 누르고 떨어지는 것을 막았다.

그의 예상대로 직후 거석이 굴러와 유일한 길인 터널 전방을 틀어막았다. 마법으로 일으킨 현상일 것이다.

"바보 아니야?! 진짜!"

다시 말을 전진시키며 막혀버린 전방으로 마법을 쓰기 위해 주문을 외웠다.

"「대지에 속한 존재여, 내 이름하에 명하노니, 내가 바라는 대로 모습을 바꾸라. 《대지변화》.」"

공격 마법은 아니었다. 그저 변화를 촉구할 뿐이었다.

하지만 그것으로 충분했다.

전방의 방해물이 소리도 없이 산산이 부서졌다.

산산이 부서졌다는 말에 걸맞게 잔돌로 변한 바위 파편이 튀었고 모래 먼지가 자욱하게 일었다. 그것들로부터 라티나를 보호하기 위해 자신의 코트 안쪽으로 감싸 안았다.

후속 습격자들의 시야도 이것으로 차단되었을 것이다.

터널을 빠져나가자 시야가 트였다.

그 순간 데일은 소리쳤다.

"이……! 망할 할망구!! 나 혼자가 아니라고 말해뒀잖아아아아아아!!"

"어머머, 얘…… 할머니한테 『망할 할망구』가 뭐니."

중년에 들어섰다고 하기에는 살짝 애매해 보이는 여성이 곤란한 얼굴로 터널 건너편에서 데일을 맞이했다.

"엄마도 마찬가지야! 오랜만에 만난 아들을 진짜로 죽일 셈이야?!"

"에이…… 입구를 살짝 막았을 뿐이잖니."

"타이밍이 어긋났으면 **살짝**으로는 안 끝났다고!"

"얘도 참…… 야단스럽게……."

"……맞는 말이야. 이 정도는 항상 있던 일이잖아……?"

"아빠도 그래! 쏘지 말라고!"

"그러는 너도 이쪽으로 쐈잖아……."

등 뒤에서 들린 남자의 목소리를 듣고 몸을 돌린 데일은 돌아서자마자 노성을 퍼부었다. 그러나 돌아온 목소리에는 죄책감이라고는 조금도 없었다. 태연한 모습이었다.

"이쪽은 제대로 화살촉도 제거했는데 너란 녀석은……."

"정확히 빗나가게 쐈잖아! 화살촉이 없어도 맞으면 아프다고! 게다가 그쪽은 진심으로 맞추려고 쐈잖아!"

"그야 뭐."

그 목소리에도 표정에도 자기가 잘못했다는 느낌은 전혀 없었다.

그들이 그런 식으로 시끄럽게 떠드는 사이에 남은 후속 면면들도 쫓아온 것 같았다.

"너무한다, 데일. 먼지투성이가 됐잖아."

"진짜, 오랜만에 돌아와서…… 이건 아니지."

"너무한 건 나냐?! 나인 거냐?!"

늘어선 얼굴은 사촌이나 소꿉친구 같은 녀석들뿐이었다.

"그치만 당주의 명령인걸."

"맞아."

비난하는 데일에게는 그렇게 대답했다.

"이런 거야 항상 있던 일인데 오늘따라 상당히 까칠하다……?"

그렇게 말을 꺼낸 데일의 아버지는 데일이 품 안에 감싼 소녀에게 시선을 멈췄다. 그리고 경직된 것처럼 우뚝 움직임이 멈췄다. 그런 동작은 아들과 서로 닮아 있었으나 지금 그것을 지적할 사람은 없었다.

눈이 휘둥그레져서 주위를 보고 있던 라티나는 여전히 깜짝 놀란 얼굴로 바로 옆에 있는 데일을 올려다보았다.

"……데일…… 가족이랑 사이 나빠?"

"……아니, 그게…… 라티나……."

데일이 대답할 말을 찾는 사이에 그의 아버지로부터 시작된 동요는 주위 사람들에게도 전파되어갔다.

"여자아이였어!!"

일제히 터져 나온 그 외침을 받은 라티나는 몸을 크게 움츠렸다.

“흐아아?!”

하마터면 낙마할 뻔한 순간이었다.

“아니…… 할머니한테 네가 누굴 데려온다는 말을 듣긴 했지만 말이지. 다들 또 평소처럼 『동업자』겠거니 했던 거야.”

곤란한 듯이, 얼버무리듯이, 미소 지은 데일의 어머니는 그렇게 말하면서 손을 휘휘 저었다.

“저기…… 저기……! 라티나라고 해요. 처음 뵙겠습니다. 잘 부탁드립니다.”

“어머 어머 어머. 예쁘기도 하지. 무서운 일을 겪게 해서 미안하구나.”

“맞아!…… 라티나가 다치기라도 했으면 어쩔 뻔했어!”

“……그런 일이 없도록 완벽히 보호하는 것도 네 수완이겠지.”

“반성 좀 해줘, 부탁이니까!”

데일은 부모님과 나란히 걷고 있었다. 데일은 말에서 내려 고삐를 끌며 걷고 있었지만 라티나는 말 위에 앉은 채였다. 예의 바른 그녀는 그 자세로 인사하는 것이 망설여졌던 모양이었다. 데일의 부모님은 신경 쓰지 않는 모습이었지만.

남은 면면들은 데일을 떨어뜨리기 위해 만들었던 구멍이나 함정 종류를 정리하고 온다는 것 같았다. 나중에 다시 얼굴을 보러 오겠다고 말하고 헤어졌다. 이곳은 벽촌이긴 했으나 외부에서 오는 손님이 전혀 없는 것은 아니었다. 그대로 두는 것은 역시 너무 위험했다.

가도의 종착점은 이 마을의 출입구인 아까 그 터널이었다.

땅 속성 마법으로 두꺼운 암반을 파낸 터널은 상당한 대형 마차도 무난히 통과할 수 있는 크기였다.

그곳을 빠져나오면 펼쳐지는 이곳이야말로 데일의 고향이었다.

입구가 한정되어 있는 것에 반해 마을 규모는 꽤 컸다. 지금까지 여행 도중에 들렀던 마을 따위와는 비교도 안 되는 인상을 주는 곳이었다.

마을 중앙에는 가도에서 이어지는 길이 정비되어 뻗어 있고 그 좌우에 건물이 여유 있게 배치되어 있었다.

고개를 들고 둘러보면 주위를 에워싼 경사면에 계단식 밭이 만들어져 마을을 둘러싸고 있는 모습이 보였다.

이 공간은 산이 사방을 에워싼 곳인 모양이었다.

"저기가 우리 집이야."

"……크다."

"일단은 일족의 당주 저택이니까…… 그저 오래됐을 뿐일지도 모르지만."

라티나가 멍하니 입을 벌리고 올려다보고 있는 것은 마을 중앙, 가장 눈에 잘 띄는 위치에 있는 유달리 크고 오래된 저택이었다. 데일이 말하는 것처럼 낡았다는 느낌이 아니라 중후한 역사가 느껴지는 정취가 있는 건물이었다.

"집, 왜 다들 다른 곳과 달라?"

"으음……."

라티나가 의문으로 여기는 것에도 이유가 있었다. 이 마을에는 빨간 지붕 건물이 한 채도 없었다.

평소 라티나가 익숙하게 보았던 풍경에서 『지붕은 빨간 것』이었다. 다른 색깔 지붕은 그것만으로도 큰 위화감으로 인식되었다.

녹음이 짙게 깔린 산 경치는 시골 풍경답게 화려하지는 않았다. 그 경치에 녹아든 건물들은 비바람을 맞아 탁하게 가라앉은 색채를 띠었다. 자세히 보면 입구에는 반드시 금속제 부조 액자가 붙어 있고 한 송이 꽃이 장식되어 있었다.

"……우리 마을은 『주황의 신(코르모제이)』을 모시고 있으니까."

"……응? 데일, 전에 『주황의 신』은 풍작을 기원하는 신이라서 어딜 가도 사당 같은 게 있다고 가르쳐줬는데?"

"맞아. 뭐라고 할까…… 『라반드국이 주신으로 빨강의 신을 모시고 있는』 것처럼 이 마을에서는 『주황의 신을 모시고 있는』 거야."

"우리 마을에는 『주황의 신의 가호를 지닌 자』도 많으니까 말이지."

데일의 모친도 그렇게 말하며 푸근하게 웃었다.

"마법도 마을 사람 절반가량이 쓸 수 있어. 땅 속성 마법이 많지만 말이야."

그리고 미소 지으며 이렇게 말했다.

"『대지에게 사랑받는 일족』의 마을에 온 걸 환영해."

—라고.

이 마을은 이름이 없었다.

굳이 말하자면 『티스로우』라는 것을 마을 이름으로 쓰고 있으나 본래 의미로는 잘못된 것이었다.

『티스로우』는 이 마을에 사는 『일족의 이름』이었다.

"그래서…… 우리 마을에서는 『가문명』이라는 것도 없어. 원래대로라면 『티스로우』가 가문 이름이 되어버리는데, 그렇게 되면 마을 사람 전원이 같은 가문명이니까 쓸모가 없거든."

"응? 하지만 데일, 『데일 레키』라고 항상 이름을 밝히는데?"

"그렇지. 그래서 이 마을에는 『역할명』이라는 게 있어. 『밖』에서도 쓰기 편하니까 가문명 대신 쓰고 있지. ……내 『레키』라는 건 『밖으로 나가 싸우는 자』에게 붙는 명칭이야. 일족에게 전해지는 옛 언어인데, 원래 어떤 말이었는지 자세한 건 이제 알 수 없지만 그런 뜻이라는 것만이 전해지고 있어."

데일이 라티나에게 이야기를 들려주고 있는 곳은 저택의 한 방이었다.

원래는 데일이 쓰던 곳이었다. 예전에 있던 가구는 정리되어 객실로 정돈되어 있었으나 데일은 여전히 제 방이라는 듯한 모습으로 이미 편안한 분위기를 풍기고 있었다.

라티나도 짐과 칼 등을 내린 뒤 다소곳이 앉아 그의 이야기를 듣는 중이었다. 데일은 짐을 풀면서 이야기를 계속했다.

"상당히 먼 옛날, 우리 일족은 다른 땅에서 흘러들어 왔다는 것 같아. 이 산 안에 정착해 토지를 일구어서 마을을 만들었어. ……『대지에게 사랑받는 일족』이라는 별명이 있을 정도로 우리 일족은 대대로 『주황의 신(코르모제이)』의 가호를 지닌 자와 땅 속성 마법에 뛰어난 자가 많았어. 토목 공사도 개간도, 우리 일족의 장기 같은 거니까."

땅 속성 마법은 토목 공사나 건축 — 특히 기반 공사 등 — 에 뛰어난 위력을 발휘한다. 그 마법을 다룰 수 있는 자가 많다는 것은 그런 작업을 할 때 드는 노력을 경감할 수 있다는 말이기도 했다. 또 이렇게 외진 산속이기는 하지만 건축 자재를 마련하는 일도, 그것을 쌓아 올리는 일도, 마법사가 복수 있으면 곤란할 것이 없었다.

티스로우라는 일족은 마법에 적성이 있는 자가 많다는 특수성 때문에 『복수 마법사의 연계』 기술도 잘 갈고닦여 있었다.

풍작 기원을 올리는 대지의 신 『주황의 신』의 가호도 커다란 힘이었다. 가호를 지닌 자의 힘이 모두 그런 것은 아니지만 『주황의 신의 가호』 중에는 농작물 성장에 큰 영향을 미치는 종류가 있었다. 그뿐만이 아니라 토지의 힘을 회복시키는 능력을 지닌 자도 존재했다. 연작 장해에 빠지지 않고 잇달아 작물을 수확하는 것도 가능했다.

얼핏 보기에는 불편한 깊은 산속 시골이지만 이곳은 『충만한 신의 힘인』 가호의 영향이 미치기 쉬운 토지. 그들 일족에게는 더없이 살기 좋고 풍족한 토지였다.

"그래서 우리 일족의 관습은 『라반드국』과는 다른 게 많아. 집

안에서 신발을 벗고 지내는 것도 그렇지."

"아……."

라티나가 「그러고 보니.」라는 표정을 지었다. 평소에 데일과 함께 살면서 『자기 방에서는 신발을 벗는』 그의 생활 스타일에 익숙해졌기 때문일 것이다.

이 방에도 깔려 있는 두껍고 푹신푹신한 깔개는 크로이츠의 데일 방에 있는 것과 많이 닮아 있었다. 그것을 익히 보아왔던 라티나에게는 위화감이 느껴지는 물건이 아닌 듯했다.

얼추 짐을 정리한 데일은 라티나를 데리고 방을 나섰다. 방문 밖은 나뭇결이 아름답고 거울처럼 반들반들하게 잘 닦인 복도로 이어져 있었다.

"이런 산속이라 겨울이 되면 눈도 많이 내려. 뭐, 우리 일족은 그런 토지를 골라서 정착하는 모양이지만. 따라서 신발에는 어떻게 해도 흙이나 진흙이 묻게 돼. 그래서 집 안에서는 더러워진 신발을 벗고 지내는 거야. 원래는 말이야."

타박타박 발소리를 내며 데일이 앞장섰다. 라티나에게는 길고 부드러운 털 소재로 만든 따뜻한 실내 슬리퍼가 준비되어 있었기에 그녀의 발소리는 거의 나지 않았다.

데일은 한동안 걸어서 목적했던 방 앞에 멈춰 섰다. 노크하는 일도 없이 손잡이를 잡고 단숨에 열었다.

그 방은 호사스럽지는 않았지만 한눈에 봐도 『고급스러운 방』이라는 것을 알 수 있는 곳이었다.

눈이 많이 쌓이는 토지에서 햇빛은 귀중하다. 그런 햇빛을 듬뿍 받을 수 있는 남향 방이었는데, 오래되기는 했어도 잘 관리된 난로가 설치되어 있었다. 바닥 깔개는 복잡한 문양이 들어간 특별한 물건이었다. 벽에는 역대 일족의 사냥 성과를 자랑하듯이 훌륭한 동물 뿔과 모피가 장식되어 있었다.

그리고 그 방 중앙에서는 노파 한 명이 앉아서 곰방대로 담배를 피우는 중이었다.

"그래서, 뭐 변명할 말이라도 있어? 망할 할망구."

"바보 손자인가. 쪼잔한 소리 하기는."

껄껄 웃으면서 방의 주인으로서 떡하니 앉아 있는 노파는 꽤 체구가 작았다. 라티나와 나란히 서면 그녀보다는 큰 정도였다.

그러나 마주하는 것만으로도 그 존재감이 주위를 위압했다. 대담한 태도까지 더해져서 결코 『작다』고는 느낄 수 없었다. 여걸의 풍격이 감도는 노파였다.

그녀는 일부러 도발하는 것처럼 손에 든 곰방대를 후우 불어 보였다.

"이 할망구가……!"

열 받은 모습으로 주먹을 움켜쥐는 데일 옆에서 라티나는 노파를 보고 있었지만, 이내 커다란 눈을 끔뻑이며 데일을 올려다보았다.

"……데일이랑 판박이야."

"윽! 라티나?!"

느닷없는 말에 데일이 어안이 벙벙해져 라티나를 보자 그녀는 종종걸음으로 노파 앞에 나아가고 있었다.

"처음 뵙겠습니다. 라티나라고 해요. 데일이 구해줘서 지금 함께 살고 있어요. 한동안 신세 지겠습니다."

인사와 동시에 물 흐르는 듯한 동작으로 가볍게 고개를 숙였다. 정식 매너에 기초한 격식 있는 인사는 아니었으나 성의가 담긴, 어린 소녀치고는 단정한 인상을 주는 동작이었다.

"호오……."

"할머니는 데일의 할머니야?"

"그렇단다…… 아가씨가 우리 바보 손자보다도 착실하구나."

"데일, 라티나한테 잔뜩 잘해줘. 잔뜩 가르쳐주기도 해. 그러니까 데일 『바보』 아니야."

라티나는 『거대』한 노파 앞에서 겁내지도 않고 잘라 말하더니 작게 볼을 부풀렸다.

"라티나, 데일의 할머니라도 데일을 나쁘게 말하면 안 된다고 생각해."

그리고서 획 뒤를 보았다.

"그리고 데일도 할머니를 나쁘게 말하면 안 돼!"

소녀가 내린 판단은 쌍방 처벌이었다.

할머니와 손자는 시선을 마주했다.

그 중앙에는 살짝 부루퉁해진 라티나가 있었다.

"……부루퉁한 얼굴도 귀여워어, 라티나."

"음."

"라티나, 귀엽지?"

"이 아이, 어디서 찾았지?"

"주웠어."

"가끔은 너도 괜찮은 걸 찾아서 오는구나."

라티나는 첫눈에 진리를 간파한 것이었다.

『닮은 꼴』인 할머니와 손자. 『닮은 꼴』이기에 서로 반발하는 사이였지만.

『예쁘다고 생각하는 것』의 기준점도 유사했다.

"아가씨, 사탕 먹을래?"

"먹을 걸로 꼬시지 마!"

"사탕?"

노파가 자기 옆 서랍에서 호박색 사탕을 꺼내 라티나에게 손짓하는 것을 데일은 막으려 했다.

그는 알고 있었다. 조모의 『공격』을 한 번 허용하면 라티나는 함락될 것이다. 그리고 그렇게 만든 후 조모의 의도도.

"안 줄 거니까! 라티나는 우리 집 애니까!"

"부인도 없는 게 무슨 소릴 하는지."

라티나를 등 뒤에서 끌어안고 고양이가 제 새끼를 지키며 털을 세우는 것처럼 구는 데일을 보고서 할머니는 코웃음 쳤다.

"응?"

조금 전까지와 분위기가 바뀐 두 사람의 모습에 라티나는 작게 고개를 갸웃했다.

"자, 아앙."

"아앙?"

"라티나!"

할머니의 말을 따라 순순히 벌려진 라티나의 입으로 사탕이 들어갔다. 데일의 방해는 아무런 문제가 되지 않는다는 듯한 그 동작은 그 나이에서는 상상도 되지 않을 만큼 날렵했으며 정확했다. 한순간에 치러진 공방의 결과, 라티나의 볼이 다람쥐처럼 불룩해졌다.

"맛있니?"

"맛있어."

라티나는 고개를 끄덕였다.

"라티나! 모르는 사람한테 먹을 거 받아먹지 말라고 그렇게나!"

"흐에?! 데일네 할머니도 『모르는 사람』이 되는 거야?!"

"신경 쓰지 말려무나. 꼬맹이가 지껄이는 헛소리야."

"응?"

"저 할멈이 말하는 걸 고분고분 듣지 마!"

"어? 어?"

"네 녀석도 쪼끄맸을 때는 고분고분했는데 말이지."

"그 결과가 지금 나야. 알겠어?"

"잘 모르겠지만. 데일이랑 할머니는 사이가 좋은 거야?"

"나쁘지는 않지."

"그러네."

라티나가 자신의 이해를 넘어선 할머니와 손자의 관계에 의문을 표하자 할머니와 손자 두 사람은 똑같은 표정으로 대답했다.

"후아아……."

라티나는 잠시 생각에 잠긴 모습이었다.

"그럼…… 괜찮으려나……?"

그리고 이내 커다란 알사탕을 입안에서 이리저리 굴리며 혼자 중얼거렸다.

자세를 바로잡고 손자 앞에 앉은 데일의 할머니 — 벤델가르드라는 거창한 본명으로 부르는 사람은 아무도 없었고 주로 벤 할멈이라고 불렀다 — 는 불량하게 히죽 웃고서 곰방대를 맛있게 빨기 시작했다.

"저번에 돌아왔을 때보다는 괜찮은 얼굴이 됐군."

"……그렇게 심했어?"

부루퉁한 데일 앞에서 후우 연기를 내뿜은 벤 할멈은 곰방대 끝으로 손자를 가리켰다.

"그랬지. 여전히 그대로라면 근성을 한 번 바로잡는 것도 좋겠다고 했더니 랜돌프랑 다른 녀석들이 아주 의욕적이 되더라고. 재밌으니까 내버려 뒀다."

"아버지……."

랜돌프는 데일의 아버지 이름이었다.

아무래도 조모의 명령뿐만 아니라 다른 이들도 좀 과하게 편승한 결과가 그 『습격』이었던 모양이다.

데일은 짐짓 크게 한숨을 한 번 쉬었다.

"뭐…… 그런 『지나친 장난』은 항상 있는 일이지만…… 이번에는 라티나를 데리고 있었으니까 다치게 하고 싶지 않았다고. 만에 하나라도 말이야."

"제대로 지키지도 못하는 게냐?"

"지키고 있어."

그런 두 사람 사이 한가운데에서 라티나는 사탕을 먹으며 이야기를 듣고 있었다.

오른쪽 볼이 불룩해졌나 싶더니 평범한 얼굴로 돌아오고 이번에는 왼쪽 볼이 불룩해졌다.

대굴대굴. 대굴대굴. 알사탕을 굴리는 소리가 때때로 입술 사이로 새어 나왔다. 본인은 얌전히 조용하게 있을 생각인 것 같았지만 자기주장은 상당했다.

"……라티나."

"응?"

"사탕…… 맛있어?"

"응."

"다행이네."

소리에 이끌려 라티나의 모습을 살핀 데일은 그녀의 매우 만족스러워하는 표정을 보고 활짝 웃었다.

라티나가 행복하다면 그가 따로 말할 것은 없었다.

그런 손자의 모습에 벤 할멈 역시 만족한 얼굴로 연기를 깊이 빨아들였다.

벤 할멈의 방을 나온 후, 복도를 걸으면서 라티나는 데일에게 물었다.

"데일은 가족이랑 사이 나쁜 게 아닌 거지?"

"그래."

"그럼 왜 『싸웠던』 거야?"

"음…… 싸웠던 게 아니지만. 내 『역할』이 『역할』이다 보니까…… 제대로 하고 있는지 확인받았다는 느낌이려나……."

데일은 그렇게 대답하고 쓴웃음을 지었다.

"저번에 돌아왔던 건 라티나랑 만나기 조금 전이었으니까…… 내 상태가 제일 안 좋았을 때야…… 걱정 끼쳤던 거겠지."

"응?"

"……나도 라티나 덕분에 행복해졌다는 거야."

갸웃, 고개를 기울이고 의아해하는 라티나의 머리를 쓰다듬으면서 데일은 말했다. 그다지 멋있지 않은 자신의 이야기는 이 아이에게 들려주고 싶지 않았다.

'가족이 봐도 그렇게 심했구나…….'

그 무렵 자신을 떠올리면 쓰게 웃을 수밖에 없었다. 『구원받은 것』은 사실 어느 쪽이었을까.

라티나와 함께 지내는 나날 속에 흐르는 온화하고 상냥한 시간은 무엇과도 바꿀 수 없는 치유와 구원의 시간이니까.

"하지만 아버지, 그건 너무 과했다고 생각해."

"그보다 너…… 항상 그런 식으로 아가씨를 데리고 걸어 다니는 거야?"

"흐에?"

"……난데없이 모르는 장소에 혼자 덩그러니 내버려 두는 너무한 짓은 안 할 뿐이야."

"……아니, 그치만 말이다……."

데일이 라티나를 데리고 향한 곳은 저택의 거실에 해당하는 방이었다.

방 중앙에 있는 좌식 테이블은 측면에 조각이 새겨진 공예품으로써도 눈길을 끄는 훌륭한 물건이었다. 벽 쪽에는 난로와 장식 선반이 설치되어 있었다. 장식 선반에 늘어서 있는 것은 장식 접시 몇 개와 금속 오브제, 그리고 부조 액자였다.

그 장식 선반 앞에서 데일의 아버지인 랜돌프는 무언가 서신을 훑어보며 차를 마시고 있었다. 서재를 겸한 자신의 방이 아닌 이곳에서 읽고 있는 것을 보면 일 관련이 아니라 사적인 편지이리라.

일족의 당주이며 촌장을 맡고 있는 사람은 벤델가르드 할멈이지만 역시 고령이었다. 당주의 일 대부분은 랜돌프가 담당하고 있었다.

데일은 그런 아버지의 대각선 앞에 털썩 앉았다. 라티나가 그보다 살짝 늦게 바싹 붙어 다소곳이 앉았다. 넓은 거실에는 앉을 공간이 많았으나 라티나는 방 한가운데에 앉는 것이 어색한지 데일의 등 뒤로 반쯤 숨는 위치에 진을 치고 있었다.

빼꼼 머리를 내밀었다가 다시 등 뒤에 숨었다.

본인에게 숨을 생각은 없었지만, 거실 인테리어 등등 신경 쓰이는 것을 좌로 우로 엿보고 있었고 그 결과 랜돌프 위치에서는 그렇게 보였다.

한 번 신경 쓰이면 무심코 눈으로 좇고 만다. 그런 작은 동물을 연상시키는 움직임이었다.

그리고 오랜만에 만난 아들은 그런 소녀의 사랑스러운 모습을 따뜻하게 지켜보고 있었다. 그것이 나쁘다는 말은 아니었으나 「옆에 있는 것이 당연하다」는 얼굴로 지극히 마땅한 일이라는 것처럼 소녀를 귀여워하고 있었다.

부모로서 「무슨 일이 있었냐」고는 묻고 싶었다.

"……부모와 사별한 라티나를 일하는 도중에 데려와서 어쩌다 보니 돌봐 주고 있어. 편지에 가끔 썼잖아."

무언가 말하고 싶어 하는 랜돌프의 시선에 졌다는 듯이 데일은 다소 부루퉁한 음색으로 말했다.

"그야, 뭐…… 하지만 말이지……."

“……라티나, 방해되면 방에 가 있을게. 그편이 좋아?”

데일과 랜돌프의 대화를 듣고 있던 라티나는 그렇게 끼어들었다. 데일은 즉시 반응했다.

“라티나가 방해된다니 그런 일이 있을 리가 없잖아.”

“너…….”

말문이 막힌 랜돌프를 보고 라티나는 살짝 당황한 모습으로 수습하려 했다.

“데일, 라티나한테는 항상 이런 느낌이야. 다정해.”

“떼쓰는 아이가 아니니까, 내 쪽에서 마구 아껴주는 정도가 딱 좋다고.”

“아무튼 네가 이 애한테 아주 물렁물렁하다는 건 잘 알았다.”

무언가를 떨쳐낸 얼굴로 랜돌프는 고개를 한 번 끄덕였다.

“있지. 데일네 아빠.”

이야기가 일단락된 것을 보고 라티나는 살짝 앞으로 나왔다. 그리고 랜돌프를 올려다보며 작게 고개를 갸웃했다.

“……왜 그러니?”

“라티나, 데일네 아빠를 어떻게 불러야 해? 이름 모르니까 호칭 어려워.”

“…….”

새삼 직접 마주 보고 실감했다.

백금색 머리카락을 사르르 흔들며 커다란 회색 눈동자로 이쪽을 직시하는 소녀는 놀라울 정도로 사랑스러운 외모였다. 처음 만났을 때부터 『귀여운』 소녀라고는 생각했지만 이렇게 앞에 두고 보니 아직 어린데도 『미모의 소유자』라고 불러도 지장이 없을 반듯한 이목구비였다. 어두운 감정이라고는 조금도 느껴지지 않는 순수한 표정은 호감을 주었고 매력적이었다.

랜돌프는 한동안 말을 잇지 못하고 라티나를 보고 있었지만, 한 호흡 늦게 다른 충격을 깨달았다. 그는 무겁게 숨을 내쉬었다.

"응?"

"우리 집에는 딸이 없으니까……."

"아버지……."

"응?"

"……한 번 더 물어봐 주겠니?"

"어? 데일네 아빠…… 라티나, 어떻게 불러야 해?"

"『아빠』도 나쁘지 않네……."

"아버지……."

"네 기분을 조금 알 것 같다."

역시 아버지와 아들도 이상한 곳에서 닮는 모양이었다.

"아아. 그래. 『딸』하니까 생각났어."

랜돌프는 그렇게 말하고 데일을 다시 보았다.

"아랫마을 촌장네 딸을 며느리로 들이게 됐다."

"며느리?"

"그래. 네가 여기 있는 동안에 끝내 버리자 싶어서 말이야. 예정을 앞당기기로 했어. 가까운 시일 내에 신부 맞이 의식을 할 거야."

"아랫마을 촌장 딸이라면…… 아, 프리다인가? 괜찮은 거야?"

"문제는 없어. **진정**됐으니까. 저쪽도 더 바랄 나위 없는 일이라고 말하고 있어. 『멀리 있는 영주』보다 『티스로우(우리)』 쪽에 기대고 싶은 건 이런 시골에서는 당연한 심리겠지."

"그야 뭐…… 흉작이나 마수, 역병 같은 것도…… 영주한테 말해 봤자, 영지라고는 해도 이런 변방 시골이어서야 뒤로 미뤄질 게 뻔하니까…… 우리한테 기대면 어느 정도 대처할 수 있고."

"영주와의 마찰도 네 『일』 덕분에 정리됐어. 일단 한동안은 문제 없어."

"……그래?"

데일은 살짝 복잡한 감정을 드러내며 웃어 보였다.

"그럼 나는 일족 당주 가문의 역할을 제대로 다하고 있다는 거네……."

"……."

랜돌프는 아들의 표정을 보고 풀어지려는 입가를 얼버무리는 것처럼 다기를 입으로 가져갔다.

"이제 괜찮은 모양이구나."

데일이 그 말에 대답하지 않은 것은 부정하기 위해서가 아니라 쑥스러움을 숨기기 위해서라는 사실은 굳이 말로 하지 않아도 부모 자식 사이에서는 충분히 이해할 수 있는 일이었다.

"신부라…… **요르크**한테 선수를 뺏긴 건가. 그럼 그 녀석 지금 큰

일 아니야? 아직 일……."

"흐에?!"

데일이 말하는 도중에 조용히 있던 라티나가 갑자기 경악하여 소리 질렀다. 그에 놀란 데일이 라티나를 보자 그녀의 안색은 핏기라고는 하나도 없이 창백했다.

"왜 그래? 라티나. 몸이라도 안 좋아?"

"아니야. 괜찮아. ……데일, 『요르크』가 누구야?"

"응? 아아. 아직 집에 돌아오지 않아서 소개하지 않았는데. 내 남동생이야."

"데일의 동생? ……신부, 맞이해?"

"그래. 여기 있는 동안 결혼식을 볼 수 있을 거야. 라티나의 예복도 준비시킬 테니까!"

그것은 데일 안에서 이미 결정된 사항인 것 같았다.

"그렇구나……."

그렇게 중얼거리는 라티나의 안색은 완전히 원래대로 돌아와 있었고 표정도 평소처럼 온화했다. 데일이 「내가 잘못 본 건가.」라고 생각해버릴 정도로 아주 짧은 시간의 변화였다.

"신부, 보고 싶다!"

그렇게 말하고 웃는 라티나에게서 그늘은 전혀 보이지 않았다.

†

랜돌프의 자식은 아들이 둘. 딸은 없었다. 아들은 둘 다 미혼이었기에 손주도 물론 없었다. 라티나처럼 앳된 모습이 남아 있는 소녀가 무엇에 관심이 있을지 전혀 짐작이 가지 않았다.

게다가 이 아이는 도시에 살았다. 이런 시골에서는 심심하지 않을까.

거기까지 생각하고 랜돌프는 자리에서 일어나 부리나케 거실을 나갔다.

"응?"

"라티나, 차 마실래?"

"응. 데일, 라티나가 할게."

"그래? 그럼 부탁해."

랜돌프를 배웅한 뒤, 다기를 늘어놓고 차를 준비했다. 요리 전반에서 데일보다도 실력이 향상된 지금의 라티나에게 맡기는 편이 차를 끓이는 솜씨 면에서 좋았고 맛도 달랐다.

"크로이츠에 있는 차랑 다르네."

"허브티에 가까우니까. 특유의 맛도 강하고, 마시기 힘들어? 평범한 찻잎도 있을 테니까 그걸로 할까?"

"아니. 이것도 맛있어."

크로이츠에서 일반적으로 유통되는 것과는 다른, 희미하게 노란색을 띠는 빛깔의 차를 즐기고 있는 사이에 랜돌프가 돌아왔다. 양손에는 여러 작은 상자를 그득 안고 있었다.

"아버지?"

"여자아이라면 이런 걸 좋아하지?"

"응?"

내밀어진 작은 상자를 보고 라티나는 고개를 갸웃했다. 랜돌프에게 무언으로 재촉받아 상자를 열고서 환성을 질렀다.

"우와아…… 예뻐."

"전부『마도구』야. ……이 마을의 생업이지."

상자 안에 들어 있던 것은 보석이 곁들여져 정교하게 세공된 액세서리였다. 다른 상자에 들어 있는 물건도 어느 것이나 섬세한 장식과 세공만으로도 충분히 아름다웠다. 거기에 복잡한 컷팅으로 빛을 난반사시키는 굵은 보석이 더욱 눈부신 인상을 주었다.

"이거『마도구』야?"

"그래. 우리 마을은『마도구』제작을 생업으로 삼고 있는 곳인데, 특히 복잡한 금속 가공이 필요한 물건에서『우리 일족(티스로우)』은 세계적으로도 손꼽히는 실력을 가지고 있어. 이런 세공물이나 내 비갑처럼 장치 세공이 들어간 무기를 만드는 데는 특히 뛰어나지."

"우와……."

라티나는 중얼거리고 액세서리 하나를 살며시 집어 올려 빛을 비춰 보았다. 반짝거리는 보석 세공에 황홀한 표정을 짓는 것을 보면 어려도 여자였다.

액세서리형 마도구는 이 마을의 주력 상품 중 하나로 수호 마법이 담겨 있는 물건이었다. 드러내고 방어구 등을 찰 수 없는 귀족 등이 애용했다.

“마음에 들었어? 라티나가 원한다면 줄게.”

결코 아이에게 장난감을 사주는 감각으로 내줄 물건은 아니었다.

“아니야. 보는 것만으로도 좋아. 정말 예쁘다.”

하지만 그 점을 이해하고 있는 소녀 쪽에서 거절했다. 그녀는 자신의 보호자가 때때로 상식을 벗어난 수준으로 자신에게 무르다는 사실을 확실하게 이해하고 있었다. 라티나는 느긋하게 초록색 돌 세공품을 상자에 넣고 이어서 빨간 돌 세공품을 들어 바라보았다.

“원래 내 코트 같은 가죽 제품은 대외적인 상품으로는 안 팔아. ……뭐, 『마력 부여(인챈트)』 기술 자체는 공통이라서 마을 내부에서 쓰는 물건 정도는 만들고 있어.”

“산속이니까…… 스스로 만들 수 있는 물건은 만드는 편이 간편하니 말이지.”

“흐응…….”

마수나 짐승의 수도 많은 산속 지역인 이 마을에서는 재료인 피혁이 모자라는 일은 없었다. 사냥을 가는 자를 위한 방어구 등의 장비품, 혹은 일상 의류로도 사용되었다. 다른 지역에서는 아주 사치스러운 이야기이지만 이 마을에 사는 사람에게는 밑천이 공짜이니, 스스로 조달할 수 있고 튼튼하며 기능성도 높은 물건을 쓰는 것은 합당한 일이었다.

데일이 라티나에게 고가 마도구를 척척 사주는 이유도 그 자신의 재력에 여유가 있다는 점도 있었지만 이 마을 출신이라 마도구라는 물건을 특별하게 여기지 않는다는 점도 관련 있을지도 몰랐다.

"사전에 연락을 해뒀다고는 해도, 사이즈 측정하고 완성될 때까지는 시간이 걸리니까 말이지…… 너무 시골이라 지루할지도 몰라."

"아니야. 라티나, 기대돼. 크로이츠에는 없는 게 잔뜩 있는걸."

"그래? 내일은 나도 인사해야 할 곳을 돌 거니까 그때 마을 안을 안내해줄게."

"응!"

부드럽게 대화를 나누는 데일과 라티나의 모습을 보고 랜돌프는 기막히다는 감정이 섞인 복잡한 표정이 되어 있었다.

아들이 어린 소녀에게 쏟는 사랑이 상당하다는 것을 절실히 느끼는 중이었다. 아버지로서 이런 반응을 보이는 것은 어쩔 수 없으리라.

그래도 그 모습을 보면 누군가에게 **사랑을 쏟을** 수 있을 정도로는 아들이 원래 그다운 성격을 되찾은 것 같았다.

그 사실에 안도했다.

바깥세상에서 목숨을 건 임무 —『평범한』 모험가들은 평생 엮일 일도 없을『마왕』이나『마족』과 관련된 위험한 일들뿐 — 를 몇 번이고 수행하는 사이, 아들의 마음이 마모되어갔던 것을 아버지로서 걱정하지 않았던 것은 아니었다.

사람이나 사람과 가까운 존재를 계속 죽이는 일을「받아들였다」

고 말할 수 있게 되기까지 아들이 몹시 괴로워했다는 것은 랜돌프도 헤아리고 있었다.

'……이 아가씨에게 감사의 마음과 순수한 친애를 받고서 자신을 긍정할 수 있게 된 건가.'

그렇다면 부모로서 이 소녀에게 고마워해야 할 것이다. 아들의 『은인』이니까.

"아버지, 아직 코르넬리오 사부(선생님)는 현역이셔?"

"응? ……최근 마을 아이들의 교육은 딸인 클라리사가 맡아주고 있는데. 하지만 건강해."

"그래……? 그럼 라티나. 여기 있는 동안에는 코르넬리오 사부한테 배우면 좋을 거야. 마을에 있는 『노랑의 신(아스파르)』 신관과는 살짝 다른 시각을 가르쳐줄 테니까."

"이 마을에도 『학교』 있어?"

라티나가 고개를 갸웃했다. 지금까지 여행 도중에 들렀던 마을에는 『노랑의(아스파르) 신의 학교』가 존재하지 않는다고 들으며 왔었다. 아무리 라반드국이 국력 높은 대국이라고는 해도 작은 시골 취락까지 교육이라는 사업을 다 넓히지는 못한 상태였다.

그런 점에서 보자면 『이 마을(티스로우)』은 상당히 예외적인 곳이었다.

"코르넬리오 사부는 『노랑의 신』의 신관이니까. 일단 명목상으로는 『학교』가 된다고 할 수 있으려나."

데일은 그렇게 말하면서 추억에 잠긴 얼굴이 되었다.

"내일 소개해줄 테니까 기대해."

"응."

마침 그렇게 말하며 대화를 끝냈을 때였다.

넓은 저택이기는 하지만 저녁 식사를 준비하는 냄새는 부엌에서 거실까지 전해졌다. 라티나는 그것을 깨닫고 안절부절못하기 시작했다.

데일은 이유를 알고 있었기에 잔잔한 미소를 지으며 지켜볼 뿐이었지만 랜돌프는 걱정스러운 얼굴이 되었다.

"왜 그러니?"

"엇…… 저기, 저기……!"

랜돌프가 묻자 라티나는 어쩔 줄을 모르는 모습으로 곤란한 표정을 지었다. 그대로 데일의 옷자락을 쭉쭉 당기고서 어떻게 하면 좋을지 눈으로 호소했다.

"데일……."

"오늘 하루 정도는 편히 쉬어둬. 내가 엄마한테 말해둘 테니까."

쓱쓱 머리를 쓰다듬었다. 쓴웃음을 지은 데일은 아버지에게 상황을 설명했다.

"라티나는 일하고 있는 쪽이 마음이 편한 모양이야. 크로이츠에서도 케니스를 도와『범고양이』일을 하고 있어. 여기까지 오는 동안에도 요리는 라티나에게 맡겼고."

"호오……."

"『손님』으로 있는 건 싫을 거야. 일을 시켜줘."

"근면하다는 건 미덕이지."

랜돌프가 그렇게 말하고 부드러운 표정을 짓자 라티나도 안심했는지 데일의 옷을 놓았다.

그래도 여전히 몸이 근질근질해 보이는 라티나의 모습을 아버지와 아들이 작은 동물을 귀여워하는 듯한 시선으로 지켜보고 있을 때, 거실문이 열렸다.

기본적으로 티스로우 사람들에게는 『노크』를 하는 습관이 없었다. 작업실이나 개인 방에 들어갈 때는 미리 말을 걸었지만, 거실처럼 공유하는 공간에는 모든 사람을 받아들인다는 사고방식이 있기 때문이었다. 그 근간에는 모든 마을 사람이 『일족』이며 같은 가치관을 공유하는 동포라는 의식이 있었다.

문을 열고 거실에 들어온 청년은 척 보기에도 데일과 많이 닮았다는 인상을 주는 인물이었다.

나이도 거의 비슷해 보였다.

데일보다도 짧게 깎은 머리카락을 빗어 넘겼고, 가죽 상의를 벗어 그 아래로 드러난 체격은 솜씨 좋은 모험가로 이름난 데일과 비교해도 손색이 없었다.

"요르크."

"형…… 돌아와 있었어? 오늘이었나?"

"……보통은 그런 반응이란 말이지. 아버지는 대체 『못된 장난』을 위해 얼마나 공들이고 있는 거냐고."

"아아. 또 당했어? 형도 고생이네."

요르크는 그렇게 말하면서 데일 옆에 있는 라티나에게 시선을 돌렸다.

"그 애가 형이 돌보고 있다는 마인족 아이야?"

"그래. 라티나, 이 녀석이 내 동생 요르크야."

데일의 그 말을 들은 후 라티나는 훌쩍 일어났다. 그리고 단정하게 인사했다.

"처음 뵙겠습니다. 라티나예요. 한동안 신세 지겠습니다."

"……."

요르크는 살짝 놀란 표정을 짓고서 라티나를 보고 그런 뒤 형을 보았다.

"깜짝 놀랐어. 형이 돌봐 주고 있다고는 생각할 수 없을 만큼 착실한 아이야."

"너 이 녀석, 그런 너도냐……."

동생의 말에 데일은 미간을 모았다. 아무래도 가족에게 자신은 고향을 떠났을 무렵의 반쯤 어린아이였던 인상이 아직도 강한 모양이었다.

크로이츠나 왕도에서 『일류 모험가로 이름을 날리고 있다』는 사실 따위, 소문이 미치지 않는다는 점도 있어서 전혀 평가 대상이 되지 않는 것 같았다.

"잘 부탁해. 형이 항상 신세 지고 있지? 미안."

"흐에?"

"요르크……."

요르크의 인사를 듣고 라티나가 얼빠진 소리를 냈다. 그녀에게는 전혀 예상치 못했던 말이었다.

"있지. 있지! 데일이 항상 라티나에게 잔뜩잔뜩 잘해주고 있는 걸?"

"이렇게 작은 아이가 마음 쓰게 하다니…… 형……."

"너……."

"농담이야. 반쯤은."

형제가 그런 대화를 나누는 사이에도 줄곧 고개를 살짝 기울이며 이해하려 애쓰고 있던 라티나는 알았다는 얼굴로 힘 있게 끄덕였다.

"데일의 가족은 별나구나!"

"라티나……."

데일은 고개를 푹 숙일 수밖에 없었다.

부정할 근거가 보이지 않았다.

머지않아 데일의 모친인 마그다가 저녁 준비를 끝냈다고 알렸다. 차려진 요리를 보고 라티나는 환성을 질렀다.

"우와아아아!"

"오늘은 준비를 못 해서, 환영 잔치는 내일 할 거니까."

마그다는 그렇게 말했으나 식탁 위에는 맛있는 냄새를 풍기는 많은 요리가 늘어서 있었다. 라티나가 본 적 없는 요리와 식재료도 많았다. 그녀가 기뻐하는 것도 무리는 아니었다.

"할머니를 불러와야겠네."

"그럼 라티나가 갔다 올게!"

씩씩하게 척 손을 들고서 라티나는 작은 발소리를 내며 벤 할멈을 데리러 갔다. 역시 조금이라도 자신이 할 수 있는 일을 하고 싶은 모양이었다.

데일은 그 순간 스친 불길한 예감을 믿었어야 했다.

일류라고 불리게 된 그의 감은 어떤 때라도 막연한 이유에 기초한 것이었으니까.

불길한 예감은 적중했다.

그 뒤, 식사 중에도 식사 후에도 라티나는 벤 할멈의 옆에서 떨어지지 못했다.

오랜만에 보내는 가족과의 단란한 시간에 이야기도 활기를 띠었다. 그러는 사이에 라티나는 풀린 눈으로 무거운 눈꺼풀과 싸우고 있었다. 긴 여행의 피로와 목적지에 도착했다는 안도감 때문일 것이다.

"라티나, 혼자 방에 돌아갈 수 있겠어?"

"응. 괜찮아. 라티나, 먼저 잘게. 안녕히 주무세요."

꾸벅 고개를 숙이고 거실을 나서는 그녀를 배웅했다.

그 뒤로도 일족의 근황이나 왕도 이야기 등을 이어가는 사이에 시간이 훌쩍 지나갔다. 데일이 방에 돌아올 수 있었던 것은 밤도 상당히 깊어진 시간이었다.

예전에 그의 방이었던 곳과 그 옆방이 객실로 배정된 곳이었다. 데일이 방문을 열자 스퓨~ 스퓨~ 하고 귀에 익은 평온한 숨소리가 들려왔다.

"으음…… 뭐…… 이제 내 방도 아니고……."

기분 좋게 자는 라티나의 얼굴을 들여다보고 중얼거렸다. 자연스럽게 표정이 풀어져 버렸다.

원래 자신의 방이었으니까 자신이 쓸 생각이었지만 이렇게 기분 좋게 자는 라티나를 이동시키는 것도 가여웠다. 자신이 옆방을 쓰면 될 것이다.

데일은 그렇게 생각하면서 소리가 나지 않도록 살며시 방을 나왔다.

—그때는 그렇게 하는 것이 옳다고 생각했다.

한밤중, 데일은 문득 눈을 떴다.

어둠 속에 누운 채 왜 잠이 깼을까 자문했다. 일의 성격상 그는 잠에서 막 깨어났다고 해서 멍하니 있지는 않았다.

"……?"

누가 자신을 부른 것 같았다.

"윽! 라티나?!"

벌떡 일어나 방을 뛰쳐나갔다. 복도로 나왔다고 생각한 순간 곧장 옆방 문을 열었다.

옆방 안으로 뛰어든 데일이 본 것은 텅 빈 침대였다. 얼굴에서 핏기가 싹 가셨다.

그래도 그는 이성을 전부 잃지는 않았다. 남아 있던 냉정한 부분이 기척을 알아챘다.

방 한구석.

침대에서 떨어진 그곳에 짐으로 정리해뒀을 터인 모포가 부풀어 있었다.

"라티나?"

데일이 말을 걸자 모포 덩어리는 살짝 떨렸다.

"……데일?"

"왜 그래?"

거듭 말을 거니 모포에서 얼굴이 삐죽 나왔다.

"데일!"

모포에서 라티나가 휙 튀어나와 데일에게 안겼다. 당황하는 데일의 품속에 눈물을 글썽이는 얼굴을 힘껏 눌렀다.

"울고 있었어? 무슨 일이야?"

"잠이, 깼는데, 데일 없어서. 라티나, 무서워져서. 하지만, 데일 어디 있는지, 몰라서."

라티나는 뜨문뜨문 호소하며 작게 코를 훌쩍였다.

"데일, 없어서, 무서웠어."

"……미안."

데일은 다정한 목소리로 사죄의 말을 전하고 살짝 뻗친 라티나의 머리를 쓰다듬었다.

자신이 옆방에 있다는 사실은 자고 있던 라티나에게는 알 수 없는 일이었을 것이다. 그녀는 이 저택에 도착하고서 짐을 푸는 동안에도 줄곧 이 방에 있었으니까.

자신에게 이 저택은 나고 자란 곳이라 방 배치도 잘 알고 있었다. 그러나 라티나에게는 처음 방문한 낯선 장소였다.

불안해지기도 할 것이다. 그런 당연한 사실을 자신은 깜박했던 모양이다.

'오랜만에 고향에 돌아와서 나도 느슨해졌던 걸까.'

"미안해. 무서웠지?"

라티나는 그저 고개를 끄덕이며 데일에게 안길 뿐이었다. 떨어지려 하지 않았다.

"자, 이불 안으로 들어가. 춥잖아? 라티나가 잠들 때까지 옆에 꼭 있을 테니까 안심해."

깊은 산골인 티스로우 땅은 크로이츠보다 계절이 늦게 찾아왔고 기온도 낮았다. 이런 야심한 시간에는 초봄이라고 생각할 수 없을 만큼 추워졌다. 라티나의 가느다란 어깨가 싸늘하게 식은 것을 느끼고 데일은 눈썹을 찌푸리며 달래듯이 말했다.

"……데일. 가버리는 거 싫어."

그러나 라티나는 싫다고 도리질 치면서 말을 막고 울먹이는 목소리로 호소했다. 꼬옥, 데일을 안은 팔에 더욱 힘이 들어갔다.

"같이 있는 게 좋아…… 가버리는 거 싫어…… 라티나 외톨이, 싫어……."

'라티나가…… 보채고 있어……!'

라티나는 어리광부리는 일은 있어도 떼쓰고 고집부리는 일은 없는 아이였다.

그런 라티나가 울먹이며 『보채고』 있었다.

"어쩔 수 없네……."

데일이 함락될 때까지 필요했던 시간은 불과 몇 초였다.

그것을 세간에서는 즉결이라고 한다.

†

그 결과 맞이한 이튿날 아침. 여기 있는 한 어머니는 매우 곤혹스러워하며 서 있었다.

잠시 후 아침 식사 자리에서 어머니는 아들에게 이렇게 잘라 말했다.

"엄마는 말이다, 사람은 다 제각각이라고 생각하지만. 그래도 라티나는 아직 **어리지** 않니?"

"엄마 머릿속에서 내가 어떻게 그려지고 있는지는 묻지 않겠지만 말이야. 절대 그거 아니니까!"

"도시 생활은 결혼도 늦다고 들었으니까 네가 부인을 찾아서 데려오지 않는 것도 엄마는 그러려니 하고 있었어. 하지만 아무리 그래도 아들이 소녀 취……."

"라티나가 듣고 있으니까 진짜 그만하라고."

마그다가 아침밥 다 됐으니 먹으라는 말을 전하러 방을 찾은 결과, 그녀가 본 것은 어린 소녀와 나란히 잠든 아들의 모습이었다. 객실 하나가 비어 있는 것을 이상히 여겨 옆방을 열어보니 그런 광경이 펼쳐져 있었다.

—다 큰 아들이 어린 소녀를 끌어안고 잠든 모습. 걱정은 되었다. 귀여워한다고는 생각했지만 설마 이 정도일 줄은. 부모로서 도리를 바로잡아야 했다.

폭탄을 투하한 엄마에게 데일은 쏘아보는 눈빛을 보냈다. 그런 모자간을 바라보면서 식사를 하고 있던 아버지는 차를 한 모금 마신 뒤 묵직하게 고개를 끄덕였다.

"그런가. 너…… 그런 취향이었냐."

"아버지도 진지한 얼굴로 그런 소리 필요 없으니까."

그때 시무룩한 모습으로 라티나가 말했다.

"데일…… 라티나가 떼써서…… 잘못했어요……."

"봐! 라티나가 진심으로 받아들여 버렸잖아!"

"어머 어머. 정말 착한 아이네."

"음."

"라티나, 부모님은 나를 놀리고 있을 뿐이야. 걱정하지 마."

그렇게 말하고 데일은 부모님에게 돌아섰다.

"라티나한테는 집 보게 할 때도 있으니까 혼자서 못 자는 건 아니야. 하지만 이번에는 모르는 장소에 덩그러니 남겨져서 불안해졌

던 것 같아. 라티나가 익숙해질 때까지 모습을 지켜볼 거니까 그 부분은 가만히 내버려 둬줘."

"라티나는 아직 어리니까 말이야. 시골 밤은 어두컴컴하고 무섭지."

지금까지 아들에게 보이던 것과는 전혀 다른 태도로 마그다는 라티나에게 웃어 보였다.

"음."

랜돌프도 긍정하며 고개를 끄덕였다.

"일어났더니 모르는 장소인걸. 그야 무서워지지. 정말 못난 아들이야."

"음."

"당신들……."

"부모한테 『당신』이 뭐냐. 『당신』이."

"아침부터…… 피곤해……."

"데일, 괜찮아? 라티니, 떼써서 미안해."

"역시……! 날 치유해주는 건 라티나뿐이야……!"

그런 데일의 목소리에는 진심에서 우러나온 만감이 담겨 있었다.

아침 식사 후, 여전히 풀이 죽은 모습인 라티나와 손을 맞잡고 집을 나섰다.

기온이 낮은 티스로우의 아침 공기는 차분하고 서늘했다. 춥다는 감각과는 다른 청량감이 느껴졌다.

여행 중에 지나쳤던 토지에서는 봄의 절정을 느꼈지만 티스로우는 이제 막 봄을 맞이하는 중이었다. 새순을 매단 나무들은 연둣빛 이파리로 가지를 장식하고 있었다. 길가의 화초도 어딘가 부드러운 색이었다.

늦은 봄을 축하하는 것처럼 일제히 싹이 움트는 것을 고대하고 있었다.

대지의 힘이 강한 이 토지에서는 그런 기운이 숨 막히도록 짙게 느껴졌다.

라티나는 여행 중에 입고 있었던 케이프가 아니라 스톨을 어깨에 걸치고 있었다. 연분홍색 스톨은 기모로 된 두꺼운 것으로 그 감촉마저 따뜻했다. 그것을 꽃 모양 브로치로 고정하고 있었다.

벤 할멈이 저택 어딘가에서 끄집어낸 물건이었다. 도착한 것이 바로 어제인데 행동이 너무 빨랐다. 그렇게 혼자 중얼거리는 데일은 자신도 만만치 않다는 사실 따위 완전히 망각하고 있었다.

"라티나한테는 그런 색이 잘 어울리는구나."

"데일?"

"봄 색깔이야. 예쁘다. 할머니도 뭘 좀 아는군."

그의 말을 이해하고 라티나는 쑥스러워하며 미소 지었다.

"따뜻해."

"다행이네."

데일이 웃자 라티나의 미소도 따라서 더욱 밝아졌다.

그가 맞잡은 손에 살짝 힘을 주니 라티나도 살며시 마주 잡았다.

저택을 나온 후, 시계 방향으로 마을을 돌기로 했다. 저택에서 그리 멀지 않은 구획. 비슷한 건물이 몇 채 늘어선 곳에서 데일은 발을 멈추고 안쪽을 가리켰다.

"이쪽은 공방이야. 마을의 공동 시설이지. 위험한 물건도 잔뜩 있으니까 멋대로 놀러 가지는 마."

"응."

그곳은 마을 사람들이 마도구를 제작하는 시설이었다. 마도구 제작 공정에 관해서는 일족 비전의 기밀 사항도 많았기에 어린 라티나라도 안이하게 들여보낼 수는 없었다.

"이 앞에 있는 게 사무소니까 꼭 필요한 볼일이 있을 때는 여기로 가. 그 옆은 『배송업자』야. 여기서 편지를 보낼 수 있어."

데일이 가리킨 것은 라티나에게도 익숙한 날개 달린 봉투 의장이 들어간 모스그린 깃발이었다. 라티나는 깜짝 놀란 얼굴이 되었다.

"편지 보내는 곳이 있어?"

"우리 마을은 마도구 주문이 여기저기서 들어오니까. 라반드국 입장에서도 필요했던 거지."

데일은 그렇게 말하면서 라티나를 데리고 사무소 안으로 들어갔다. 그는 당주 집안의 사람이었다. 차기 당주 랜돌프의 장남으로서 고향에 돌아온 이상 얼굴은 비쳐야 하는 상대가 여기저기 있었다. 그리고 라티나가 불편을 겪지 않도록 그녀를 마을 사람들에게 소개해두는 것도 보호자로서 신경 써야 할 요건이었다.

공방에서 인사를 마친 후에는 마을 안의 집과 집 사이에 놓인 좁은 길을 나아갔다. 각 집의 모습을 모두 느낄 수 있는 적정한 거리에 만들어진 길이었다. 집에 각기 정원이 있고 작은 텃밭이나 화단이 있는 것도 보였다.

"티스로우 마을은 꽃이 많네."

"그런가? 뭐, 어느 집이든 꽃은 키우고 있으려나…… 매일 바꿔야 하니까."

"바꿔?"

"현관에 있는 거 말이야. 『주황의 신』에게 바치는 꽃이야."

"헤에……."

그렇게 말하면서 시선을 들자 멀리 떨어진 곳에 계단식 밭이 있는 것이 보였다. 마을 주위를 둘러싼 경사면 대부분은 밭이었다.

돌담을 쌓아 만든 그 광경은 라티나가 지금껏 본 적 없는 풍경이었다.

"밭? 계단 같아. 굉장하다."

"그래?"

계단식 밭 말고 마을에서 눈길을 끄는 것은 여기저기로 뻗어 있는 수로의 존재였다. 고이거나 마르는 일 없이 맑고 시원한 물을 풍부하게 계속 흘려보내는 수로가 각 집의 측면, 혹은 밭 근처로 뻗어 있었다.

마을 안쪽 산속에서 샘물을 끌어오고 있는 것이었다. 생활용수로 쓰이고 있는 샘물의 존재도 역시 이 『토지』의 풍요로움을 나타내고 있었다. 이 마을은 대지의 힘뿐만 아니라 생명을 유지하기 위해 필수적인 물의 힘도 충만했다.

때때로 스쳐 지나가는 마을 사람들은 데일을 보고 깜짝 놀란 표정을 지었다가 이내 친근하게 말을 걸어왔다. 데일도 멈춰 서서 인사에 응했다. 그러는 사이 모르는 사람을 보고 주눅이 들었는지 라티나가 데일의 등에 달라붙었다. 옷을 꽉 쥐고 얼굴을 빼꼼 내미는 모습이 너무 사랑스러워서 데일은 자신의 등에 눈이 달려 있지 않은 것이 애석할 정도였다.

자신의 바로 뒤라는 위치는 가장 큰 사각이었다. 이렇게나 가까이 있는데 라티나의 귀여운 동작을 관찰할 수 없다니 고문도 이런 고문이 없었다. 뭐, 귀여우니까 전부 용서할 수 있지만.

집들 사이를 빠져나가 도착한 곳은 어제도 통과했던 마을 입구였다.

"우리 마을의 입구는 이 터널뿐이야. 일단 명목상으로는 말이지."

주위를 에워싼 험한 산을 넘는 루트도 존재하고는 있었다. 그것은 대대로 당주 가문이 관리하고 있는 긴급 시를 위한 길이기도 했다. 일족의 일원조차 전부 알고 있는 자는 적었다.

마을의 중심 도로는 가도에서 이어지는 넓은 길이었다. 그곳을 횡단하여 반대쪽으로 건너고서 데일은 산 쪽으로 살짝 방향을 틀었다.

"코르넬리오 사부의 집은 이쪽이니까 기억해둬."

"『노랑의 신(아스파르)』 학교?"

"사부는 자택 일부를 개방하고 있거든. 그러니까 그렇게도 말할 수 있겠네."

경사진 길은 도중부터 계단이 되었다. 계단을 다 오르자 집 한 채가 세워져 있었다.

마을의 다른 집보다는 살짝 컸다. 『학교』를 겸하고 있기 때문일 것이다. 하지만 그것을 제외하면 다른 건물과 다르지 않았다. 현관에 꽃 한 송이가 장식되어 있는 것도 똑같았다.

"학교?"

"일단은."

어떻게 봐도 민가로밖에 안 보이는 모습에 라티나가 고개를 갸웃했으나 데일은 신경 쓰지 않고 문으로 다가갔다. 데일이 노크도 하지 않고 갑자기 문을 열자 라티나가 깜짝 놀란 얼굴이 되었다.

"사부(선생님) 계세요~?"

"데, 데일? 멋대로 남의 집에 들어가도 괜찮아?"

허둥대는 라티나를 보고 데일은 그제야 깨닫고서 「아.」 하고 중얼거렸다.

"우리 마을 집에 노커 같은 건 없으니까. 잠겨 있는 집도 없으니 안에 들어가서 부르는 게 보통이야."

"흐응…… 크로이츠랑은 다르구나."

"나는 여기서 태어났으니 말이지. 크로이츠의 복잡한 모습을 보고 깜짝 놀랐다고."

"라티나도 크로이츠에 처음 왔을 때 깜짝 놀랐어. 사람, 엄청 잔뜩이라!"

그런 대화를 하는 사이에 안쪽에서 사람의 기척이 났다.

얼굴을 내민 것은 갈색 머리카락을 하나로 묶은 여성이었다. 느긋하게 현관까지 걸어오더니 데일을 확인하고 천천히 입을 열었다.

"어머, 데일?"

"응. 클라리사 누나, 오랜만이야."

"돌아와 있었어?"

"어제 왔지. 사부는 계셔?"

"그래. 안으로 들어와. 옆에 있는 귀여운 아가씨도."

"후아……! 처음 뵙겠습니다. 실례할게요."

클라리사라고 불린 느긋한 여성은 데일보다 몇 살 연상으로 보이는 젊은 여자였다. 짙은 갈색 눈동자에는 그 성격을 나타내는 것처럼 온화한 빛이 깃들어 있었다.

"아빠한테 볼일 있어?"

"한동안 여기 있을 거라서. 라티나…… 이 아이 말인데. 사부한테 부탁하려고."

"어머? 내가 아니라 아빠를 지명하는 거야?"

신발을 휙휙 벗어 던진 데일에 비해 라티나는 예의 바르게 다소곳이 앉아서 신발을 벗고 가지런히 정리하고 있었다.

그런 라티나를 기다리며 데일은 연상의 소꿉친구와 이야기를 계속했다.

"사부 같은 신관은 도시 신전에는 없으니까 말이야."

"그러네. 그건 부정할 수 없어."

신발을 벗은 라티나를 데리고 안쪽으로 이끌면서 클라리사는 미소 지었다.

"라티나 양, 이라고 부르면 될까?"

"네!"

클라리사의 부름에 대답하는 라티나는 긴장하고 있는지 점잖은 얼굴로 살짝 새침한 태도를 보이고 있었다.

"데일이랑 같이 왔니?"

"응. 라티나, 데일이랑 같이 크로이츠에서 살고 있어."

"어머. 데일도 참, 어느새 이런 귀여운 아이를 찾았어?"

"라티나가 귀여운 건 부정하지 않겠어."

데일이 매우 진지하게 그리 대답하자 클라리사는 태평하게 웃는 얼굴로 아무렇지도 않게 응했다.

"귀여운 아이니까."

바보와 마이페이스 사이에 태클은 존재하지 않았다.

클라리사가 두 사람을 안내한 곳은 도서관처럼 죽 늘어선 책장들 속에 방대한 서적이 넘쳐나는 장소였다.

라티나가 깜짝 놀라서 방 안을 둘러보았다. 압도적이라고 해도 좋을 광경이었다. 개인이 소유하는 양이라고는 생각할 수 없었다. 크로이츠에 있는 『노랑의 신(아스파르)』 학교라면 이곳보다도 많은 장서를 가지고 있을 것이다. 하지만 그곳은 라반드국에서도 손꼽히는 큰 도시의 시설이었다. 비교해도 좋을 대상이 아니었다.

책장 사이를 빠져나가 안쪽으로 가자 커다란 창문이 시야에 들어왔다.

그 앞에는 창문에 지지 않을 정도로 큰 책상이 자리 잡고 있었다. 정연하게 정리된 서가와는 달리 책상 위에는 자료와 서류가 산더미처럼 쌓인 모습이었다. 그래도 그것은 어쩐지 있어야 할 장소에 정리되어 있는 듯한 절묘한 균형을 느끼게 했다.

그 속에 파묻혀서 한 노인이 작업을 하고 있었다.

"코르넬리오 사부."

데일이 부르고 나서야 겨우 알아챘는지 얼굴을 들었다.

백발노인은 둥근 테 안경 안쪽의 눈이 클라리사와 닮아 있었다. 이윽고 주름이 깊게 새겨진 얼굴을 놀란 표정으로 바꾸었다.

"오오. 희한한 일도 다 있군."

"오랫동안 연락을 못 드렸습니다."

데일은 단정하게 고개를 숙여 인사했다. 그 상대야말로 코르넬리오 카카체. 이 티스로우에 사는 유일한『노랑의 신』신관이었다.

코르넬리오는 온화하게 미소 지었다. 그 모습은 클라리사와도 많이 닮아 있었다. 역시 부녀지간이었다.

"도시에서 활약하고 있는 모양이더구나."

방 입구에서는 보이지 않는 위치에 있던 조촐한 응접세트는 이 마을에서는 보기 힘든 낮은 테이블에 소파 스타일이었다. 코르넬리오에게 권유받아 털썩 앉은 데일 옆에 라티나가 얌전히 앉았다.

"사부는 이 마을에 계시면서 그런 일까지 잘도 아시네요."

"연줄은 있으니 말이다."

그대로 두 사람이 도시나 왕도의 소문 이야기를 하는 사이에도 라티나는 살짝 긴장한 모습이었다.

그것이 종료된 것은 클라리사가 다기와 다과를 가져왔을 때였다.

"우와아."

무심코 감탄의 한숨을 흘리며 넋을 잃고 바라보았다가 예의 바르게 행동하는 것을 잊어버리고 만 자신을 깨달았다.

퍼뜩 놀라 주위를 살펴보니 주변 사람들이 흐뭇한 눈길로 자신을 보고 있었다. 라티나는 부끄러운지 고개를 숙였다.

그런 동작도 역시 주위 어른들의 마음을 온화하게 했다.

"귀엽네. 마을 아이들도 이 정도로 얌전히 굴어준다면 좀 살겠는데."

그렇게 말하며 차를 준비하는 클라리사는 라티나가 한순간에 마음을 빼앗긴 설탕 용기를 잘 보이도록 그녀 앞에 놓았다. 각설탕 위에 여러 가지 꽃장식이 얹어져 있었다.

"우와아…… 설탕에 꽃이 붙어 있어…… 귀엽다……."

'그러는 라티나 네가 귀여워.'

아무리 딸바보인 데일이더라도 은사 앞에서는 그 중얼거림을 마음속에만 담아두는 자중이 가능한 모양이었다.

"이거, 어떻게 하는 거야? 만들 수 있는 거야?"

"어머. 그럼 다음에 가르쳐줄까? 시간은 있지?"

클라리사가 그렇게 말하고 차 안에 설탕을 떨어뜨리자 꽃장식이 수면에 둥실 떠올랐다. 그 모습을 보고 라티나는 더더욱 마음을 빼앗겨버린 것 같았다. 다기 안을 들여다보는 라티나는 희미하게 뺨을 붉히고 양손을 가슴 앞에서 꼭 쥐며 환희의 표정으로 중얼거렸다.

"우와아아! 대단해…… 귀여워……!"

"라티나는 정말 귀엽구나아……."

자중이 종료된 순간이었다.

다기를 입으로 가져가 입술을 적신 뒤 코르넬리오는 이렇게 입을 뗐다.

"그러고 보니. 도시에서 한바탕 소동을 일으킨 것 같더구나."

"네?"

은사의 갑작스러운 말에 데일이 되물었으나 코르넬리오는 표정을 바꾸지 않았다.

"그 아이 관련인가. 마인족 아이가 얽혀 있다고 들었다만."

코르넬리오가 무슨 소리를 하는 것인지 깨달은 데일은 쓰게 웃을 수밖에 없었다.

"정말로 사부는 귀가 밝으시네요. 어디서 그런 이야기를 듣고 계시는 겁니까."

"『신전』이란 곳은 좁은 세계야. 그런 곳에서 숨기려 할수록 불상사는 퍼지게 되어 있어."

차 향기를 느긋하게 즐기면서 코르넬리오는 이야기를 계속했다.

"게다가 일에 관련된 자가 **특징적**이었으니 말이다. 너라는 걸 바로 알았지."

"……소란을 일으켜 죄송합니다."

"아니다. 네가 한 일을 책망할 생각은 없어. 가끔은 『은둔자』들도 밖으로 눈을 돌리는 편이 좋지."

별일 아닌 것처럼 말하는 코르넬리오를 보고 데일 쪽이 송구스러워졌다. 그도 자신이 한 일은 조금도 후회하지 않았지만 은사에게 이런 식으로 알려진 것은 민망했다.

데일은 크로이츠에 있는 『노랑의 신』 신관들을 그 누구도 겁내지 않았으나 사부 상대로는 그럴 수도 없었다. 다른 신을 섬기는 자이기는 해도 한 명의 신관으로서 경의를 표해야 할 사람이었다.

"사부처럼 『밖』으로 나오는 『노랑의 신 신관』 쪽이 소수파겠지요."

"그렇지도 않아. 『노랑의 신』에 속한 자는 양극화되어 있어. 『신전』에 틀어박혀 수학(修學)을 고집하는 자와 새로운 지식을 얻기 위해 스스로 『밖』으로 나가는 자로 말이야."

코르넬리오는 그렇게 말하고 차를 한 모금 마셨다.

"뭐, 『신전』 안밖에 모르는 주제에 자기가 세상 학문을 다 아는 줄 아는 소인배는 『신전』에서 쫓겨나면 살아갈 방법조차 모르겠지만 말이다. 직접 손쓰지 않았다뿐이지 상당히 잔혹한 심판을 내렸어."

말의 내용에 반해 코르넬리오는 재밌어하는 기색이었다. 코르넬리오는 온화하며 상냥한 인물이지만 동시에 자신에게도 타인에게도 엄격한 면이 있었다. 자신과 똑같이 『노랑의 신』을 섬기는 자들의 불상사에 그도 분개하고 있는 것이다.

『노랑의 신』의 가호를 지닌 자는 『지식을 얻기 위해 스스로 떠나는 자』와 『신전 안에서 평생 학문에 몰두하는 자』로 양극화되는 경향이 있었다.

후자는 『신전』이라는 좁은 세계밖에 모른다. 유소년기부터 신전에서 학문 외길을 보내는 자도 많았기에 『세상』 그 자체를 몰랐다.

그래도 『신전』 안에서라면 살아갈 수 있을 것이다.

그렇기에 지금껏 당연하게 사용해왔던 『가호』라는 힘을 잃은 데다가 신전에서 추방된 『신관』이 『바깥』 세계에서 살아갈 수 있는가 하면, 거기에는 큰 곤란이 수반되었다. 노동이라는 것을 해본 적 없이 살아왔기 때문이다.

그렇다고 교육 관련 일자리를 얻을 수 있는가 하면 그것도 어려웠다. 신전에서 추방될 정도의 불상사를 일으킨 자를 기꺼이 고용하는 자는 없었다.

데일이 『그 사건』이 일어났을 때 행했던 보복은 이러한 조건에 부합하는 상대에게는 육체적인 처벌보다도 훨씬 잔인한 것이었다.

"데일?"

"……읏, 코르넬리오 사부. 오늘은 그냥 인사만 드리러 온 게 아닙니다. 이쪽에서 체재하는 동안 이 아이를 부탁드리고자 찾아뵈었습니다."

살짝 불안한 표정으로 자신을 올려다보는 라티나가 알아채지 못하도록 데일은 진지한 얼굴로 은사에게 고개를 숙였다.

『그 사건』을 그녀가 떠올리지 않기를 바랐다. 그리고 데일은 자신이 스스로의 권한을 이용하여 상대에게 보복했다는 것도 그녀에게 알리지 않은 상태였다.

마음씨 착한 라티나는 자신을 상처 입힌 상대라 하더라도 자신 때문에 그 사람을 해치는 결과가 되었다면 깊이 슬퍼할 것이다. 그렇게 만들고 싶지는 않았다.

데일에게는 무엇보다도 라티나의 안녕이 제일이니까.

똑똑한 라티나는 데일이 자신에게 자세히 말할 생각이 없다는 것을 헤아린 모양이었다. 납득한 모습은 아니었지만 얌전히 입을 다물고 시선을 내렸다.

"클라리사 누나는 마을에서도 손꼽히는 제과 실력을 가지고 있으니까 배우는 것도 괜찮을 거야. 요리는 그저 그렇지만 말이지."

"그저 그렇다니 너무하네."

"실력이 좋아졌다면 사과하겠지만."

"으음……."

"클라리사 누나보다 아마 라티나 쪽이 요리 더 잘할걸?"

"흐에?"

갑자기 데일이 자랑스럽게 단언하자 라티나는 깜짝 놀라서 얼굴을 들었다.

"데일, 데일! 라티나, 아직 멀었어."

"보세요, 이 아이는 이 나이에 겸허함도 지니고 있다고요! 예쁘기만 한 게 아니라 엄청 착하지 않나요?! 사부 앞에 내놔도 전혀 부끄럽지 않을 자랑스러운 아이랍니다! 라티나는 똑똑하니까 사부에게 배우면서 견문을 넓히는 건 큰 밑거름이 될 거예요. 그러니까 사부, 귀찮으시겠지만 부디 잘 부탁드립니다."

대사 자체는 유감스러운 느낌이었으나 그의 표정과 태도는 확실히 『보호자』의 것이었다. 이 몇 년 동안 그도 그럴듯한 『보호자』가 되어 있었다.

코르넬리오는 데일의 그런 모습을 보며 슬며시 미소 지었다. 스승이라 불리는 자로서 제자의 성장을 보는 것은 기뻤다. 그것이 행복해 보인다면 더 바랄 나위가 없었다.

†

카카체가에서 물러나 데일이 인사를 다 돌았을 무렵. 라티나는 어째선지 수북한 짐을 껴안고 있었다.

"다들 왜 주는 걸까……."

"라티나가 예뻐서 그래."

"응응?"

갸웃, 고개를 기울인 라티나는 자신의 『매력』을 깨닫지 못한 것일지도 모른다.

그녀는 크로이츠라는 대도시에서도 빼어나게 사랑스러운 외모의 소녀였다. 이런 시골 마을에서는『본 적이 없을』정도의 미소녀인 것이다.

성격도 순수하고 예의 발라서 호감을 얻기 쉬웠다.

그리고 행복하게 먹는 아이였다.

마구 잘해주고 싶다는 마음, 먹을 것으로 환심을 사고 싶다는 마음이 무심코 드는 것도 어쩔 수 없는 일일지도 모른다.

아무래도 그렇게 생각한 것은 한두 사람이 아닌 모양인지 가는 곳곳마다 라티나는 과자나 과실 등을 선물로 받았다.

"한동안은 간식 걱정 없겠네……."

"이렇게 잔뜩 받아도 되는 걸까……?"

"괜찮아."

그런 대화를 나누면서 걷는 두 사람은 마을을 일주한 후 데일의 집 뒤쪽에 와 있었다.

산속으로 뻗은 길은 작아도 꼼꼼하게 손질된 모습이었다. 나뭇잎 사이로 비쳐든 햇빛이 길에 그리는 복잡한 문양 위를 느긋하게 걸어나갔다.

그러는 사이 귓가에 물소리가 닿았다.

길 끝에 도착해 시야가 트였을 때, 멀리까지 소리가 전해진 이유를 이해했다.

폭포였다.

길 끝은 반원 형태로 펼쳐진 공간이었다. 그 주위에 자리 잡은 암반에서 무수한 맑은 물이 가늘게 흘러 떨어지고 있었다. 낙차는 그렇게 크지 않았지만 풍부한 수량의 맑고 깊은 웅덩이로 수많은 폭포가 떨어지는 풍경은 신비한 인상조차 주었다.

"우와아아……!"

라티나가 감탄하여 외치자 데일은 만족스럽게 미소 지었다.

폭포가 떨어지는 웅덩이 옆으로 갈 때 데일이 라티나의 손을 잡아준 것은 그곳이 젖은 돌바닥이라 매우 미끄러웠기 때문이었다.

"대단해! 예뻐."

폭포 옆으로 온 라티나는 기쁘게 물속으로 손을 넣었다가 그 차가움에 움찔 놀랐다. 이 물은 전부 샘물이었기에 계절에 따라 미지근해지는 일은 없었다.

"차가워!"

그래도 라티나는 기뻐하며 다시 한 번 맑은 물에 양손을 담갔다.

"깨끗해! 여기, 『신전』 같아."

라티나의 그 감상을 듣고 데일은 살짝 놀랐다.

폭포 옆에는 『주황의 신(코르모제이)』의 사당이 세워져 있지만 외관상은 검소하고 소박했다. 그런데도 라티나는 『신의 힘이 짙은 장소』라는 것을 쉽게 간파했다.

"……아는 거야? 라티나한테는 『가호』 없지?"

"응. 없어. 라티나, 『신전』이랑 닮았다고 생각한 거야. 왠지 크로이츠에 있는 『신전』보다도 『신전』 같다는 생각이 들었어."

"도시 안에 있는 『신전』은 신을 받드는 『사람을 위한』 시설이니까. ……여기처럼 『힘』이 강하진 않아."

"아……."

"『왠지』 감으로 알 수 있다니 라티나는 신기하네……."

데일은 그렇게 말하며 미소 지었다.

"라티나는 『신』에게도 사랑받고 있는 걸지도 모르겠다……."

그 대사 후에 「이렇게 예쁘니 말이지! 어쩔 수 없어!」라고 이어지고 말아서 『왠지 좋은 분위기』는 다 깨져버렸다.

그의 행동 구조는 언제나처럼 유감스러웠다.

6. 어린 소녀, 시골생활을 만끽하다.

티스로우에서는 대략 두 달 정도 체재할 예정이었다. 그 동안 라티나가 가만히 있을 리도 없어서 며칠 후에는 데일의 모친인 마그다를 돕는 형태로 일을 시작했다.

그래서 그녀는 기본적으로 일찍 일어났다.

가끔 밤늦게 잠들었을 때나 피곤할 때는 늦게 일어나고 말 때도 있었지만 이 나이 때 아이치고는 착실한 편일 것이다.

저택의 안살림을 맡고 있는 마그다가 보기에도 이미 집안일의 기초가 잡혀 있는 라티나는 충분한 일꾼이었다.

"티스로우에서는 빵을 별로 안 먹네."

밀가루에 기름과 달걀을 넣어 만든 반죽을 마그다가 밀대를 이용해 균일한 두께로 펴는 것을 여러 각도에서 보려고 빙글빙글 돌며 라티나는 말했다.

"라티나는 역시 도시 같은 식사가 좋니?"

"아니. 라티나, 이런저런 곳에서 여러 가지 음식을 먹는 거 즐거워."

그렇게 편 반죽으로 고기와 향미 채소를 감쌌다. 오늘 아침은 이것이 재료로 들어가는 수프였다. 티스로우에서는 전형적인 아침 식사 메뉴였다.

눈 깜짝할 사이에 만들어가는 마그다에 비해 라티나의 손놀림은 어설펐다. 그러나 순서는 확실하게 외운 모양이었다.

"라티나는 있지. 마그다 씨한테 잔뜩 배워서, 크로이츠에서 데일한테 밥해줄 거야!"

"어머나. 그럼 데일이 좋아하는 걸 많이 알려줘야겠네."

"응!"

"우리 집 남자들은 단순하니까 말이야. 집밥으로 꽉 틀어잡고 있으면 말을 잘 듣거든."

"응?"

"라티나는 몇 살이었지?"

"응? 라티나 이제 곧 열 살이야."

"그렇구나. 열 살이구나. 그렇구나, 그렇구나."

"응?"

"아이는 금방 자라니까."

"응?"

혼자 납득하고 있는 마그다 옆에서 라티나는 고개를 갸웃하며 완성된 파스타를 냄비에 넣었다.

아침 식사를 마치고 남성진이 일하러 나가는 것을 배웅한 뒤에도 라티나는 마그다를 도왔다.

데일도 아버지나 동생을 돕거나 사냥에 나가는 자들의 조력자 일을 하고 있었다. 그래서 낮에는 집에 별로 없었다. 그 대신 시골의 긴 밤을 두 사람은 느긋하게 함께 보냈다.

당주 가문인 이 집에서는 생업으로 농사를 짓지는 않았다. 그래도 집에서 쓸 반찬을 마련할 정도의 밭은 가지고 있었다.

그 관리도 마그다의 일이었다.

라티나에게는 첫 밭일이었다. 부드러운 새싹이 달린 작물을 재미있다는 얼굴로 들여다보고 있었다.

"우와아! 쪼끄맣다."

"그건 아직 어려서 못 먹어."

마그다는 웃으며 해충을 휙휙 집어 올렸다. 그것을 보고 라티나는 따라 하기 시작했다. 마수 상대로도 겁먹지 않는 그녀는 벌레 정도야 무서워하지 않았기에 움직임에 주저는 없었다.

"꿈틀꿈틀해."

뒤집어서 관찰하고 고개를 끄덕였다. 다른 벌레로도 손을 뻗었다.

"아, 그 녀석은 만지면 가려워져."

"그래? 알았어. 조심할게."

깜짝 놀란 모습으로 손을 휙 빼고 라티나는 진지한 얼굴로 수긍했다.

그 뒤에는 코르넬리오 사부의 집에 가서 공부를 했다.

그는 이 『티스로우』라는 일족에 흥미를 느껴 이주한 학자였다. 라티나는 티스로우나 도시에 관한 것, 크로이츠의 『학교』에서는 배울 수 없는 여러 가지 것들을 배웠다.

코르넬리오가 가지고 있는 지식 중에는 『타종족』에 관한 것도 있었다.

그녀는 『마인족』이라는 자신의 종족을 지식으로써 배울 기회를 얻었다.

"조금 있으면 점심이네."

"그런 것 같네."

그 말이 나오면 라티나는 귀갓길에 오른다.

클라리사가 만든 점심을 대접받고 오후까지 독서하는 날도 있었다. 라티나는 책을 읽으며 조용하게 보내는 것도 좋아했다.

카카체가에서 책을 빌려 돌아오는 날도 있다.

그때 라티나가 독서하는 곳은 벤 할멈의 방이었다.

따끈따끈한 햇빛의 유혹에 져서 그대로 꾸벅꾸벅 졸 때도 많았다. 두꺼운 깔개가 깔린 티스로우의 가옥은 어디서든 낮잠 자기 편하다는 점에서 사람을 타락시키는 무서운 유혹의 집이었다.

독서 등으로 오후를 보내지 않는 날은 벤 할멈과 함께 산책했다.

벤델가르드는 꽤 고령이지만 종일 집 안에 틀어박혀 있지는 않았다. 오히려 일족은 그녀를 『신출귀몰』하다고 인식하고 있었다.

마을 어디서나 나타나며 일족의 누구보다도 마을을 잘 아는 존재였다.

—사냥 나간 젊은이들이 말하길, 벤 할멈이 산속에서 새를 잡아 술병을 옆에 두고 구워 먹는 것을 보았다.

—아낙네들이 말하길, 아이의 장난이 상당히 치밀하다 싶더니 벤 할멈이 엮여 있었다.

—마을 노인들이 말하길, 옛날 이 마을에 몰려왔던 마수 무리를

혼자서 거의 괴멸시켰다.

등등 일화는 무궁무진했다.

그런 벤 할멈과 함께 가는 라티나가 평범한 산책길을 갈 리도 없어서 그녀는 매일매일 『길이 아닌 길』을 배우고 있었다.

라티나 자신은 그런 자각이 전혀 없었지만.

티스로우에서 『스나』라는 역할명으로 불리는 곳에 라티나를 데려온 것도 벤 할멈이었다.

"개다!"

"그렇단다. 여기 같은 산속은 마수도 그렇지만 짐승도 많으니 말이다. **이 녀석들**이 수고해주고 있지."

오두막 안에 있는 활발한 개들을 앞에 두고 라티나의 눈은 반짝이고 있었다.

"사냥할 때도 활약하고 있어. 『스나』는 이 녀석들을 돌보며 훈련하고 있단다."

"『중앙』 마법이 아니야?"

"우리 일족은 『땅』 속성은 많지만 『중앙』 속성이 태어날 거라고는 장담할 수 없으니까. 마력에 기대지 않고 돌봐야 하지."

벤 할멈의 설명을 듣고 라티나는 이해하여 고개를 끄덕였다.

일명 『지배』 속성이라 불리는 『중앙』 속성 마법은 대상과 의사소통하거나 의식을 조작하는 마법이었다. 테이머라고 불리는 직종에 종사하는 자는 대다수가 『중앙』 속성을 지니고 있었다.

“만져봐도 돼?”

“그렇구나…… 자비네, 어떠냐?”

벤 할멈이 『스나』 여성에게 말을 걸자 자비네라 불린 여자는 강아지를 한 마리 데려왔다.

“그럼 이 아이라면 괜찮겠죠.”

“우와아! 귀여워.”

라티나는 기뻐하며 갈색 강아지를 안았다. 강아지는 동그란 눈으로 라티나를 흥미롭게 보고 있었다.

“빗질해주면 좋아할 거야.”

“알겠어.”

라티나는 진지한 얼굴로 자비네에게 빗질 방법을 배웠다.

그리고 그로부터 열흘도 채 지나지 않아.

그녀는 티스로우의 개들을 손안에 넣었다.

갓핸드라는 특수 능력을 가진 라티나가 티스로우에 구전되는 기술 하나를 마스터한 결과, 땅을 기는 짐승 따위가 저항하는 것은 불가능했다.

―는 식의 어마어마한 이야기는 전혀 아니었고, 라티나는 쓰다듬기와 빗질을 유난히 잘했다. 그뿐이었다.

털갈이 시기였다는 것도 한 가지 이유이리라. 간지러운 곳을 절묘한 세기로 긁어주는 존재라고 개들에게 인식된 것이다.

그렇다고 해도.

"이건 대단하구나……."

그렇게 벤 할멈조차 감탄 반, 기막힘 반으로 중얼거릴 만큼 그 광경은 일종의 이변이었다.

"라티나를 잘 따라줘!"

"그렇구나…… 그렇게 말할 수밖에 없겠어……."

개집에 몇 번 드나들면서 받은 마이 브러시를 한 손에 쥔 라티나는 득의양양하고 만족스러운 얼굴이었다.

그런 그녀 앞에는 대형견이 편히 드러누워 있었다. 행복해 보이는 그 검은 개는 이 오두막의 리더 격인 녀석 중 한 마리였다.

"이 개가 친해지는 데 제일 오래 걸렸어!"

그도 그럴 것이다. 누구에게나 간단히 꼬리를 흔드는 개여서야 쓸 수 없었다.

그리고 배를 보이며 편히 있는 것은 그 한 마리뿐만이 아니었다. 현재 오두막 안에 있는 개들은 전멸이라고 해도 좋았다. 몇 마리는 어지간히 편했는지 졸고 있는 것 같았다.

"라티나는 대단하구나……."

"라티나, 대단해? 부끄러워……."

칭찬밖에 할 수밖에 없게 된 벤 할멈이 쓰다듬자 라티나는 쑥스러워하며 수줍어했다.

자비네와 같은 본직 『스나』가 이 『사건』을 마주하고 라티나의 스카우트를 제법 진심으로 생각했다는 것은 후일 『데일』이 일련의 사건을 들었을 때 알게 된 사실이었다.

†

라티나가 티스로우에서 시골 생활을 만끽하고 있을 때, 데일은 데일대로 오랜만에 보내는 고향 생활을 즐기고 있었다. 도시와는 다른 여유로운 시간이었다. 옛 친구와의 막역한 관계는 나고 자란 이 땅에서밖에 맛볼 수 없었다.

오늘 데일은 사냥 멤버에 가담해 있었다. 오랜만에 자신의 손으로 활을 당기며 목표를 겨냥하여 한 줄기 화살을 쏘았다.

"……좋아."

쏜 순간, 맞을 것을 확신하고 만족스러운 소리를 흘렸다.

그의 화살이 멋지게 산새를 떨어뜨리자 그의 등 뒤에 있던 동행자들도 제각기 칭찬의 말을 건넸다.

"실력은 녹슬지 않았나 보네, 데일!"

이런 식이었다.

티스로우에는 사냥을 전문으로 하는 『사냥꾼』은 없었다. 중요한 식량이며 소재도 될 수 있는 금수와 마수를 사냥하는 것은 일족 전원이 맡은 소임 중 하나였다.

젊은이 몇 명과 경험 풍부한 연장자, 사냥개를 다루는 『스나』로 그룹을 구성하여 거의 매일 누군가가 사냥을 나섰다.

그 행동 자체가 마을 주변의 경계 행동을 겸하고 있었다.

사냥 중에 강력한 마수를 발견했을 때는 마을에 지원을 부탁하여 복수 그룹이 파상공격으로 무난히 잡았다.

그들 일족은 우수한 사냥꾼 집단이기도 했다.

그런 중요한 일인 사냥의 『책임자』는 일족의 차기 당주 역할이었다.

"형이 지휘를 맡는 편이 안정감 있지 않아?"

"바보 같은 소리 하지 마. 네 일이잖아."

뒤에서 모습을 보고 있던 요르크의 중얼거림을 듣고 데일은 어이없다는 목소리로 받아쳤다.

마을을 나가기 전까지 사냥을 지휘하는 것은 데일의 역할이었다. 그것은 분명했다. 아직 어렸기에 연장자의 보좌가 필요했지만, 당주로서 사람을 움직이는 법을 배우며 연구를 거듭했었다.

하지만 그것도 데일이 『레키』의 역할을 지고 마을을 나올 때까지의 이야기였다.

"당주를 잇는 건 네 역할이야."

데일이 말하자 요르크는 복잡해 보이는 모습으로 입을 다물었다.

아직 받아들이지 못한 동생의 모습을 보고 형도 역시 복잡한 얼굴로 쓰게 웃었다.

티스로우 주변 산은 『풍요로운』 토지였다.

다종다양한 많은 생명을 떠받칠 힘이 있다고도 바꿔 말할 수 있었다.

사냥을 나가도 수렵물을 얻는 것은 어렵지 않았다. 티스로우 사람들이 우수한 사냥꾼이라는 점도 있었지만 그들에게는 그것이 『보통』이었다. 그들은 자신들의 실력이 특별히 뛰어나다고는 생각하지 않았다.

하지만 바깥 세계로 나간 지금의 데일은 알고 있었다. 활 실력으로는 일족의 연장자들에게도 칭찬받았던 자신의 궁술이 자랑할 만한 기량이었다는 사실도 바깥 세계에서 자각한 것이었다.

『레키』라는 이름을 받은 자는 바깥세상으로 나가 『싸우는 자』.

그것은 좁은 세계로 시야가 한정되기 쉬운 일족을 위해 바깥세상에서 일족을 지키는 자였다.

사냥 성과는 충분하고도 넘칠 정도였다. 자신이 잡은 새의 그릴 구이를 보며 입맛을 다시는 라티나의 모습에 눈꼬리를 한계까지 내리고 있는 데일에게서 번민은 전혀 느낄 수 없었다.

밤이 되는 것을 기다려 데일은 아버지의 서재를 방문했다.

실질적인 당주 역할을 맡는 랜돌프의 일은 마을 잡일부터 외부 상인과의 교섭까지 광범위했다. 야간까지 일할 때도 드물지 않았다.

티스로우 일족의 당주는 그들 전부를 지배하는 자가 아니라 일족을 유지하고 번영시키기 위해 운영을 담당하는 자였다.

"……요르크는 아직도 나한테 부담을 느끼고 있는 거야?"

데일의 말을 듣고 랜돌프는 쓴웃음을 지었다.

“너한테도 보이는 건가.”

“그래. 신부를 맞이하는 것도 그 녀석을 밀어주기 위해서잖아.”

데일도 아버지와 닮은 쓴웃음으로 대답했다.

“당주를 잇는 건 너라고…… 주위도 너희도 당연하게 그리 여기고 있었지.”

“아아.”

“당주 명령으로 네가 『레키』 역할을 맡게 되었을 때, 일족 안에서도 의문의 목소리가 나왔었어.”

아버지는 그렇게 말하며 아들을 보았다.

“『레키』를 짊어진다고 하면 그건 요르크 쪽이라고들 여겼으니까.”

“……통상의 『레키』라면 그래도 괜찮았겠지만 말이지. 공작 상대로 교섭할 기회는 내 『희귀인』으로서의 능력이 없었다면 얻지 못했을걸. 할머니는 옳아.”

데일의 쓴웃음은 동생을 향한 마음과 지나간 날을 떠올려서 나온 것이었다.

『형』인 큰아들은 자신의 역할을 완전히 받아들이고 앞으로 나아가는 것에 대한 망설임을 떨쳤다는 표정을 하고 있었다.

이 몇 년 동안 그는 크게 성장했다고 아버지는 가슴속으로 생각했다.

그것을 입 밖으로 꺼내는 멋없는 짓은 이 부자지간에서는 없었지만.

“공작도 네 『일』은 어느 정도 높이 평가하고 있다고 얘기하더군. 비공식적이지만 티스로우는 왕가의 뒷배를 얻었다는 게 유력자들 사이에서는 공공연한 비밀이라며 각지의 『레키』로부터 보고도 올라오고 있어.”

“……그치? 난 내 일을 하고 있을 뿐이야. 요르크도 이제 그렇게 생각하면 될 텐데…….”

말하면서도 데일은 과거 자신의 상태가 동생을 고뇌하게 만들었다는 것을 깨닫고 있었기에 다시 쓰게 웃었다.

“……이제 나는 괜찮아.”

“그 아가씨는 네 위안이 되어준 건가.”

아버지의 말에 아들은 미소 지었다.

작고 예쁜 딸(그녀)을 생각할 때, 자신의 마음은 언제나 따뜻한 기분으로 가득 찼다. 표정으로도 그것이 자연스럽게 흘러나와 버렸다.

“라티나는 내 『치유제』야. 그 아이는 언제나 내가 원하는 말을 해주거든.”

방으로 돌아오자 라티나는 자신의 노트를 다시 읽는 중이었다. 티스로우의 밤은 차가웠기에 복슬복슬한 카디건을 빌려서 걸치고 있었다. 소매가 긴지라 손끝만 나와 있는 모습이었다.

실내복인 원피스는 벤 할멈이 그녀를 위해 빨리도 준비한 옷이었다. 이 약 두 달간의 체재 중, 라티나에게 필요한 물건은 데일이 준비하기 전에 벤 할멈이 선수를 치는 상태가 되어 있었다. 왠지 묘하게 분했다.

"……있지, 라티나."

"응?"

"라티나는 지금 행복해?"

"데일?"

라티나가 어리둥절한 표정을 지었다. 역시 너무 느닷없었을지도 모른다. 어떻게 설명할까 생각에 잠긴 그를 향해 라티나는 웃어 보였다.

"라티나, 행복해. 데일이랑 함께 있는걸."

신뢰로 가득한 눈길이, 자신의 전부를 긍정해주는 말이, 무엇과도 바꿀 수 없는 것이라는 사실을 이 아이는 알지 못하리라.

"데일은 행복해?"

"……그래. 라티나가 행복하게 있어준다면 나는 무척 행복해."

데일이 대답하자 라티나는 기뻐하며 더욱 진하게 미소 지었다.

자신이 자신답게 있도록 지탱해주고 있는 것은 이 작은 아이였다.

어느새 둘도 없는 소중한 존재가 되어 있는 이 아이였다.

"라티나는 그 노트 자주 보네…… 일기지?"

"응."

그녀는 일기장을 소중하게 품에 안았다.

"라티나 있지. 지금 잔뜩 행복하니까 잊어버리지 않게 써두는 거야."

어른스러운 표정— 자신의 운명을 받아들였기에 가능한 달관과도 닮은 표정이었다.

"언젠가 데일이나 다른 사람들과 『이별』해도, 데일이 라티나를 싫어하게 돼도. 라티나, 지금 잔뜩 행복하니까. 그걸 잊어버리지 않으려고."

그 말의 의미를 이해하고— 그러나 그것을 긍정할 마음은 들지 않아서 데일은 일부러 말을 얼버무렸다.

뒤집히지 않는 이치 — 타고난 시간의 길이 차이 — 를 부정하는 것에 의미는 없었다.

"내가 라티나를 싫어하게 되는 일은 없을걸."

"라티나가 어른이 되면 또 몰라."

아주 살짝 괴로운 목소리로 말했다.

"그치만. 라티나, 어른이 됐을 때 『나쁜 아이』가 되어버린다면, 데일이 확실하게 그럼 안 된다고 말해줬으면 좋겠어."

그녀는 역시 조금씩 『어른』이 되고 있었다.

데일에게 자신의 『죄』조차 긍정 받고 그것을 똑바로 응시하며 받아들일 수 있게 된 것이다.

"데일이 안 된다고 말해주는 건 라티나를 위해서라고. 라티나, 알고 있으니까."

"……나는 라티나가 생각하는 것만큼 잘난 어른이 아닐지도 몰라."

나약한 말을 흘리고서 당황하여 수습할 말을 찾았다. 그래도 라티나는 그의 그 말조차 인정해주었다.

"그래도. 데일은 라티나의 제일이야."

—정말로 이 아이가 행복하길 바란다.

그것은 누굴 위해서도 아닌 자신의 이기심이었다. 자기 자신을 위해서였다.

그녀의 행복을 지키는 것이 지금 자신을 지탱하며 앞으로 나아가게 하는 가장 큰 원동력이었다.

"나보다…… 라티나 네가 더 대단해……."

듣지 못할 만큼 작은 소리로 중얼거린 것은 보호자로서의 사소한 프라이드 때문이었고, 중얼거리지 않을 수 없었던 것은 작고 예쁜 딸을 향한 경외의 마음 때문이었다.

†

오늘도 『스나』의 개집을 방문한 라티나는 부지런히 빗질 작업에 힘쓰고 있었다. 그런 그녀를 보며 벤 할멈은 말했다.

"라티나는 정말로 개를 좋아하는구나."

"응! 귀여워!"

라티나는 이마에 맺힌 땀을 주먹으로 쓱 닦으면서 멋진 웃음으로 대답했다. 그 말에는 조금도 망설임이 없었다.

"다른 짐승도 좋아하니?"

"크로이츠에는 그다지 동물 없어. 개 키우는 사람은 서민 동네엔 별로 없고. 고양이는 좋아! 『범고양이』는 음식을 다루는 가게라서 쥐는 『전력으로 제거해야』 해."

그것은 스승인 케니스의 가르침이었다.

"개들도 라티나는 잘 따르고 있는 것 같으니 말이다……."

그렇게 중얼거리면서 무언가를 묵고한 벤델가르드는 잠시 후 혼자 고개를 끄덕였다.

"그럼 내일은 라티나가 좋아할 만한 녀석이 있는 곳에 데려가 주기로 할까."

"라티나가 좋아할 만한?"

"그래. 다른 녀석들에게는 비밀이다."

"……데일한테도?"

"그 녀석이 알면 『가면 안 돼.』라고 말할지도 몰라."

"위험한 곳?"

"내가 귀여운 라티나를 위험에 빠지게 할 리 없잖니."

"역시 할머니는 데일이랑 판박이네."

그것이 라티나의 감상이었다.

다음 날, 벤 할멈은 선언한 대로 도시락을 지참하여 라티나를 데리고 외출했다.

주위를 산이 에워싸고 있는 티스로우에서 『외출』한다고 하면 산속이었다. 마수도 생식하고 있는 그런 곳이었으나 벤 할멈을 걱정하는 자는 아무도 없었다.

그리고 그날 이후. 라티나는 다른 사람의 눈을 피해 혼자서 몰래 밖에 나가는 일이 잦아졌다.

벤 할멈은 라티나의 그 행동을 바로 눈치챘지만 히죽히죽 웃을 뿐 아무 말도 하지 않았다.

데일은 낮에 외출해 있을 때가 많았다. 그래서 라티나가 그런 행동을 하고 있다는 것을 알아채지 못했다.

결과적으로 라티나의 행동을 수상히 여긴 사람은 데일의 엄마인 마그다였다.

"데일."

"왜?"

"최근 라티나가 말이다."

의아한 표정으로 마그다는 고개를 갸우뚱했다.

"간식은 할머니 방에서 먹고 있는 것 같은데 가끔 말린 고기를 꺼내 가는 것 같아."

"말린 고기?"

엄마의 말을 듣고 데일도 고개를 갸우뚱했다.

라티나는 편식하지 않는 아이지만 작은 체격에 알맞은 양밖에 먹지 않았다. 달콤한 것을 좋아하기는 해도 간식을 과식하는 일 역시 없었다.

그런 라티나가 『훔쳐 먹다니』 생각할 수 없는 일이었다.

"『스나』에 드나들고 있잖아. 개한테 주고 있는 거 아니야?"

"하지만 그곳 개들은 『스나』가 아닌 사람이 주는 먹이를 받아먹지 않도록 훈련받고 있으니 말이지."

"……그러네."

모자는 그렇게 말하고 똑같은 각도로 고개를 기울였다.

벤 할멈을 추궁한다는 선택지는 이 모자에게는 없었다. 그 『할머니』는 기본적으로 재밌어하고 있을 때는 입을 열지 않았다. 위험한 일이라면 이미 손은 써놓았을 것이다. 그렇게 조건 없는 신뢰를 보낼 수 있는 상대라는 경외의 마음도 있었지만.

"……다음에 내가 확인해둘게."

데일은 그렇게 말하고 실행에 옮겼다.

라티나는 오전 중을 일하고 공부하는 시간으로 정해두고 있었다. 무언가를 한다면 오후라고 짐작한 데일은 점심시간에 맞춰서 몰래 귀가했다. 저택에는 들어가지 않고 망보기 시작했다.

어렸을 적 놀던 장소 중에는 숨기 위한 곳도 많았다. 그가 몸을 숨긴 곳은 그런 장소 중 한 곳이었다.

티스로우에서 『숨바꼭질』이라고 불리는 놀이는 외부와 살짝 달랐다. 어른이 지도하며 행하는 본격적인 잠입술이었다. 『놀이』 형태를 띠고 있으나 산속 사냥이나 마을 경비를 위한 훈련의 시작이었다. 기척에 예민한 라티나라도 진짜 실력을 발휘한 데일이 상대라면 알아채기 어려울 것이다.

얼마 지나지 않아 라티나가 저택에서 나왔다.

두리번거리며 과하게 주위를 신경 쓰고 있는 것을 보면 무언가 떳떳하지 못한 일을 하고 있다는 자각이 있는 모양이었다.

분홍색 스톨의 등 부분이 부풀어 있었다. 배낭을 메고 있는 것 같았다. 그것 말고도 한 손에 자루를 들고 있었다. 저기에 말린 고기가 들어 있는 것일까.

라티나는 다시 한 번 저택 쪽을 살펴본 뒤 종종거리며 걸어갔다.

데일은 충분한 거리를 유지하면서 미행을 시작했다.

그녀는 가끔 작은 꽃이나 벌레의 모습에 발을 멈추면서 망설임 없이 나아갔다. 한동안 그렇게 가다가 산 쪽으로 길을 꺾었다.

'……헉! 설마?'

그 시점에 라티나가 『혼자서 산속에 놀러 다니고 있었다』는 사실을 깨달은 데일은 창백해졌다.

라티나가 지닌 『위험을 감지하는 능력』의 대단함은 실제로 목격한 데일도 잘 알고 있었다. 그래도 『절대』는 없었다. 게다가 길을 잃기라도 하면 생명의 위험과 직결했다. 산은 그런 곳이었다.

'이건 단단히 야단쳐야겠어…….'

그렇게 생각하면서 그는 미행을 이어갔다. 여기서 불러 세우면 『목적』을 알 수 없기 때문이었다.

라티나는 산속에서도 망설임이 없었다.

길이라고도 부를 수 없을 듯한 좁은 길을 신중히 주위를 확인하면서 나아갔다. 데일이 따라가며 그녀의 시선이 멈췄던 위치를 살피니 교묘하게 숨겨진 표식을 찾을 수 있었다.

'할머니인가!'

그 물증을 보고 손자는 확신을 얻었다.

어느 것이나 새로 만든 표식이었다. 그렇다는 것은 이 표식은 라티나를 위해 설치했다는 말이었다. 데일 이상으로『대지가 내려준 자』나 다름없는 그 할머니는 산속에서『길을 잃는다』는 현상에 빠지지 않았다.

라티나는 데일도 모르는 방향으로 나아가고 있는 것 같았다.

마을에서 거리 자체는 그리 멀지 않을 것이다. 그러나『이쪽』은 불가침 구획이었다. 불문율로 출입이 금지되어 있었다.

실제로 어째선지 이쪽에서는 마수나 짐승이 모습을 나타내지 않았다. 사냥을 갈 일도 순찰할 필요도 없었다.

산에 먹거리를 채취하러 가는 사람도 출입이 금지되어 있었고, 길과 지형을 알 수 없는 위험한 곳에 굳이 갈 필요성도 없었다. 풍족한 이 토지는 다른 곳에서도 충분한 은혜를 받을 수 있었다.

티스로우 사람들이 어렸을 때부터 당연하게 여기며 가지 않는 땅. 그곳은 그런 장소였다.

한참 걷던 라티나는 발을 멈췄다.

짧은 하초 주위에 수풀이 있었다. 살짝 트인 공간이었다.

그녀는 그곳에서 무언가를 찾는 것처럼 걷고 있었다. 이리저리 둘러보며 수풀 안을 들여다보았다. 무언가를 부르는 듯한 소리가 들렸다.

그 소리에 대답하는 것처럼 부스럭거리며 수풀이 크게 흔들렸고 하초 주변에서 『무언가』가 모습을 드러냈다.

무언가라고 표현한 이유는 데일이 확인하는 것보다도 먼저 라티나가 달려가 버렸기 때문이었다. 그녀의 몸에 가려져서 상대가 무엇인지는 알 수 없었다.

"우와!"

그러나 라티나가 환성을 지르는 모습을 보면 목적이 『그것』이라는 것은 틀림없어 보였다.

"오늘도 말린 고기 가져왔어. 먹을래?"

들고 있던 자루를 부스럭부스럭 뒤적여서 내용물을 꺼냈다.

그녀는 그것을 내민 뒤 웅크려 앉아서 상대를 즐겁게 들여다보는 모습이었다.

"맛있어? 다행이다! 더 먹을래?"

자루 속 내용물을 더 꺼내서 건네고 이번에는 열심히 상대를 쓰다듬고 있는 것 같았다. 그 뒷모습만으로도 라티나가 상대에게 푹 빠져 있다는 것을 알 수 있었다.

평상시 데일이라면 「그렇게 말하는 라티나가 귀여워.」라는 식으로 중얼거렸을 테지만 아무래도 이번에는 그럴 심경이 아니었다.

"라티나!"

숨어 있던 곳에서 일어나 이름을 부르자 역시 잘못했다는 자각이 있던 모양인지 라티나가 등을 돌린 채 움찔! 튀어 올랐다. 실제로 살짝 공중에 떠올랐다. 그 동작은 조금 사랑스러웠다.

"야생동물한테 먹이를 주면 안 돼. 크로이츠에 데려가서 키울 수도 없으니까, 사람에게 필요 이상으로 길들도록 하는 건 상대를 위해서도 좋지 않은 일이야."

"데일……."

당황한 라티나는 짐승을 끌어안으면서 일어나 그를 향해 돌아섰다.

"야생 짐승은 모르는 병을 가지고 있을 때도 있어. 조심성 없이 손을 대는 건……."

"짐승, 아니다."

데일의 설교를 막은 것은 낯선 목소리였다.

"……뭐?"

"화난다. 화난다."

분개한 모습으로 말하고 있는 것은 라티나의 팔 안에 있는 『짐승』이었다.

그 짐승은 중형견 정도의 크기였는데 복슬복슬한 모피와 꼬리를 가졌고 얼굴은 개와 닮아 있었다. 각도에 따라서는 사자 분위기도 나는 짐승이었다. 그리고 그 등에는 날개가 있었다. 영리해 보이는 금색 눈동자가 데일을 똑똑히 응시했다.

"환수……?"

데일이 멍하니 중얼거렸다. 그러자.

"응."

라티나는 그렇게 분명히 대답했다.

『짐승』과 『마수』의 가장 큰 차이는 『마력』을 쓸 수 있는가 없는가였다.

대를 거치면서 마력의 사용법을 배운 『짐승』들은 커다란 힘을 지니기에 이른다. 울음소리를 미묘하게 조절하여 『바람』 마법 현상을 일으키는 것. 마력 강화로 신체 능력을 높이는 것. 통상의 짐승은 비교가 되지 않을 거구를 지탱하는 것. 마법 현상과는 다른 결과가 일어나더라도 원인으로 생각할 수 있는 가능성이 『마력』이기 때문에 『마수』라는 호칭으로 불리게 되었다.

짐승뿐만 아니라 곤충 등에도 『마수』라는 호칭을 썼다. 생물 전반에 이용되는 명칭이기 때문이었다. 생물 이외의 것 — 사령이나 움직이는 시체 등의 언데드 몬스터. 마력을 얻은 무기물이 움직이게 된 것 — 은 『마물』이라는 호칭이 쓰였다.

그리고 『마수』의 상위 존재로 여겨지는 것이 『환수』였다.

환수는 마력뿐만 아니라 높은 지능을 지닌 『짐승』들이었다.

자신들의 언어와 문화를 가졌으며 독자적인 사회조차 형성한다고 알려져 있다. 그중에는 인간의 말조차 이해하는 존재도 있다고 한다.

데일은 과거에 『환수』와 맞붙은 적이 있었다.

환수는 그 높은 지능으로 『마족』이 되는 일도 있다. 사역되는 것이 아니라『한 명』의 부하로서 마왕의 권속이 되는 존재였다.
그 능력은 같은 계통의 마수보다 훨씬 뛰어났다.

데일은『환수』를 앞에 두고 무의식중에 허리에 찬 검으로 손을 뻗고 있었다.
상대도 데일의 그 반응을 알아챈 모양이었다. 털을 곤두세우고 위협 상태로 들어갔다. 서로를 노려보며 긴박한 분위기가 흘렀고—.
"부풀었어?"
곤두선 털에 얼굴을 푹 묻은 라티나의 행동으로 그 분위기는 간단히 깨졌다.
"왜 그래? 화났어? 데일이 뭔가 했어? 미안해."
"화…… 안 낸다."
퐁 하는 소리가 난 것 같은 기세로 위협 상태와 긴박한 분위기는 무산되었다.
참고로 지금까지 그런 기운이 오가고 정리되는 동안 환수는 라티나의 품속에 있었다.
"……라티나?"
"……멋대로 놀러 와서 미안해…… 할머니가 **이 장소**는 비밀이라고 해서, 그치만 라티나 오고 싶어서. 참을 수 없어서…… 잘못했어요……."
라티나가 풀이 죽어 고개를 숙이자 환수는 언짢은지 꼬리를 흔들었다.

"괴롭힌다? 때려준다?"

"데일, 라티나를 걱정하고 있는 거야. 괴롭히는 거랑 달라."

"……역시 할머니 짓인가……."

데일은 깊이 한숨을 쉬고서 새삼 라티나의 팔 안에 있는 환수에게 시선을 주었다.

"이런 마을 가까운 곳에 환수가 있었다니……."

"드문 일이야?"

라티나는 갸웃, 고개를 기울였다.

"보통 환수는 사람 사는 마을 근처엔 안 내려오니까……."

"그래?"

라티나는 더더욱 이상하다는 표정으로 고개를 갸웃했다.

환수와 사람은 살기 편한 환경이 달랐고, 사람과 엮여서 괜한 말썽이 생기는 것을 환수 쪽이 싫어했다. 그래서 환수는 사람의 생활 구역에서 벗어난 곳에서 사는 일이 많았다.

즉, 라티나의 이어진 발언은 상식을 벗어난 더없이 비상식적인 것이었다.

"근처에 이 애의 가족도 사는데?"

"뭐?!"

데일은 말문이 막혔다. 그럴 수밖에 없었다.

그리고 속으로 노성을 내질렀다. 물론 상대는 자신의 할머니였다.

데일이 마음속 동요를 가라앉힌 후 라티나에게 이야기를 들으니 그녀는 벤 할멈에게 환수의 거처로 안내받았다는 모양이었다.

"『천상랑(天翔狼)』이라고 한대. 무리 지어 산다고 해."

그때 벤 할멈에게 들었던 이야기를 데일에게 펼쳐 보이면서 라티나는 그와 나란히 걷고 있었다. 두 사람의 몇 걸음 앞에는 새끼 늑대가 앞장서서 걷는 중이었다. 그 모습은 잘 훈련된 개처럼 보이기도 했다.

"이런 마을 근처에…… 환수 무리가……."

"대대로 당주의 비밀이라고 할머니가 그랬어. 랜돌프 아빠는 알고 있대."

"아버지……."

"요르크 씨는 아직 수습의 수습 당주니까 안 알려줬대."

그 뒤 이어진 라티나의 이야기를 듣고 상황은 파악되었다.

대대로 티스로우 당주와 환수『천상랑』은 공존 관계를 구축하고자 계약을 맺고 있는 것 같았다. 그중 가장 두드러진 것이 서로의 영역 불가침이었다.

천상랑들은 마을 사람을 공격하지 않을 것이고 내부에 들어가지도 않는다. 그리고 티스로우도 천상랑의 영역인 산에는 출입하지 않는다.

천상랑들은 마수나 짐승을 잡아먹으며 살고 있었다. 풍요로운 산이 뒷받침되어 먹이의 수는 많았다. 천상랑이라는 포식자가 있으니 당연히 그 전체 수는 줄어든다. 티스로우 쪽에서는 마수가 마을을 습격하는 위험을 피할 유효한 수단이라고 생각했을 것이다.

데일의 그 추측을 **상대**는 긍정했다.

라티나는 『아이』라고 말했었는데 그것은 올바른 표현이었다.

데일 앞에 있는 『천상랑』은 그 거구를 편히 누이고 있었다. 거대한 육식 동물이 내뿜는 기백은 심약한 자라면 눈앞에 설 수조차 없게 할 만한 것이었다. 사자나 호랑이처럼 유연하며 강인한 짐승이었다. 접혀 있는 날개를 펼친다면 얼마나 클 것인가.

“그래. 우리 천상랑은 티스로우와 아득한 과거부터 계약을 맺고 있지. 어느 한쪽이 어기지 않는 한 그것은 유효하다.”

묵직하고 위엄 있는 목소리가 매끄럽게 사람의 말을 자아냈다.

과거 티스로우 사람은 어떤 교섭을 했던 걸까. ―데일은 자신의 선조에 관해 생각하고 복잡한 심경이 되었다. 환수와 교섭하여 이웃이 되기로 계약했다는 이야기는 들은 적이 없었다.

데일이 현실에서 눈을 돌려 생각에 잠겨 있는 원인은 그 사실 말고도 또 있었다.

“여기?”

“……흐음.”

“이쪽?”

“그렇군, 나쁘진 않다.”

거대하고 강력한 능력을 가진, 흔치 않은 존재인 환수 『천상랑』이.

몸을 축 늘어뜨리고 무방비하게 배를 보이고 있는 모습.

물론 처음에는 초면인 데일을 경계하여 이런 자세가 아니었다.

그러나 라티나가 배낭에서 빗을 몇 개 꺼내 전신 브러싱을 시작하자 그 모습은 점점 변화했다.

'어? 아니, 환수가 다른 이에게 간단히 몸을 만지게 한다는 것부터 보통이 아니라고! 이상하다고!'

데일의 지적은 자신의 마음속에서 그칠 수 있었다.

갯과인 늑대(狼)의 이름을 가진 생물이기 때문인지 라티나의 빗질을 견디지 못하겠다는 모습으로 파닥파닥 꼬리를 흔들었고 그녀가 빗질하기 쉽도록 점점 자세를 바꿔갔다.

그 최종 단계가 이것이었다.

'꼬리를 흔드는 천상랑…… 배를 보이는 천상랑…….'

완·전·정·복이라는 분위기였다. 하지만 당사자들에게는 그런 자각이 없을 것이다. 게다가 라티나는 이것을 『중앙』 마법 없이 해내고 있었다. 순전히 자신의 기술뿐이었다.

"라티나는…… 대단하구나……."

"응?"

이마에 맺힌 땀방울을 빛내며 라티나는 데일의 중얼거림을 듣고 이상하다는 얼굴로 돌아보았다.

게다가 라티나가 길들인 『그』는 천상랑들의 리더 격 존재인 모양이었다.

어느새 이 작은 소녀는 도시 하나를 함락할 수 있을 만한 세력을 자신의 편으로 만든 것이었다.

“이 아이랑 제일 친해!”

빗질을 마치고 폭신폭신해진 천상랑 새끼를 끌어안은 라티나는 활짝 웃고 있었다. 그런 라티나의 미소를 앞에 두고 데일이 무언가를 말할 수 있을 리 없었다.

이 새끼 늑대는 데일이 처음 봤던 천상랑이었는데『리더』의 새끼라고 한다. 귀와 꼬리, 발끝에 검은색이 섞여 있다는 것 말고는『리더』의 회색 털과 판박이였다.

“있지. 배가 제일 푹신푹신해!”

새끼 늑대를 끌어안은 채 거대한 육식 동물의 배에 무방비하게도 주저 없이 몸을 가까이 가져가 보였다.『천상랑』의 우두머리인『그』는 작은 인족 소녀가 대담히 저지르는 그 행동을 완전히 용인하고 있었다. 기뻐하는 기색조차 보였다.

데일이 아득한 눈으로 현실에서 도피하는 것은 지극히 평범한 반응일지도 몰랐다.

그리고 그 할머니가 이 광경을 꾸민 장본인인 이상, 상정했던 것보다도 더한 결과를 낸 라티나를 보며 배를 잡고 껄껄대고 있으리라. 간단히 상상이 갔다. 그렇게 뇌리에 떠오른 제 할머니의 모습에 데일은 욕을 내뱉었다.

“라티나, 동물 좋아하지만 고양이랑은 별로 안 친해.”

마을로 돌아가는 길에 그녀는 그렇게 말하고 데일을 올려다보았다.

"친해지고 싶어서 가까이 가는데 도망가 버려."

"그렇구나……."

"쓰다듬는 거 좋아! 복슬복슬해서 기분 좋아."

"……그렇구나……."

동물과 함께 노는 소녀라는 흐뭇한 상황일 텐데 순순히 그렇게 여길 수 없는 것은 『규격에서 벗어났기』 때문이리라. 「무슨 일이든 과하면 좋지 않구나.」라고 여전히 반쯤 현실도피 중인 데일은 생각했다.

"티스로우 개들이랑도 다 친해졌고."

"……그렇구나."

지금까지 그 이야기는 듣고 있었지만 자신이 생각했던 상황과는 **상당히** 다를지도 모르겠다며 그는 크게 숨을 내쉬었다.

'라티나는 아직도 더 성장하겠지…….'

자신의 상상을 벗어난 범위에서도 그녀의 성장 가능성은 있는 모양이었다.

7. 어린 소녀. 동생의 결혼식과 청년,

데일의 동생인 요르크의 혼례가 가까워지자 티스로우 전체가 어딘지 들뜬 분위기에 휩싸였다.

시골인 이 지역에서는 오락이 한정되어 있었다. 역시 평소와는 다른 큰 이벤트는 마을 사람들에게 특별한 『경사』였다. 게다가 이번 주역은 당주 가문이었다. 성대해지리라는 것은 충분히 알고 있었다. 기대감은 더더욱 높아지는 중이었다.

마을의 각 집에서는 햇빛 아래 예복을 널어놓거나 축하 선물을 준비하기 시작하며 여기저기서 화사한 기운이 감돌았다.

라티나의 예복은 데일의 집에 있던 옷을 수선한 것이었다.

원래부터 빈번히 다시 만들지 않고 체형의 변화나 성장에 따라 조절할 수 있는 구조였다. 블라우스는 상당히 정성 들여 고쳤으나 그것 말고는 기장을 줄였을 뿐이었다.

한 땀 한 땀 무심히 바늘을 놀리는 라티나는 오늘도 벤 할멈의 방에 있었다.

그녀는 밤에는 데일과 같은 방이나 거실에서 보내지만 낮 동안에는 부엌이나 이 방에 있을 때가 많았다. 참고로 라티나는 이제 확실하게 데일과 다른 방에서 자고 있었다. 졸려질 때까지는 데일 방에 있다가 「안녕히 주무세요.」를 말하고 옆방으로 이동한 뒤 침대로 들어가 3초 만에 취침. 이것이 기본적인 패턴이었다.

"다 됐다!"

"어디 어디……."

라티나는 밝은 얼굴로 완성된 치마를 벤 할멈에게 내밀었다. 벤 할멈은 라티나의 바느질을 확인하고서 합격 판정을 내렸다.

"제법이구나."

"정말?"

"그래. 누구한테 배웠니? 우리 바보 손자는 못 할 거 아니냐?"

"친구네 엄마한테 배웠어."

쓱쓱 머리를 쓰다듬는 손길을 느끼며 라티나는 자랑스럽게 웃었다.

벤 할멈은 라티나를 귀여워하고 소중히 여겼다. 어떤 의미로는 데일보다도 관대했다. 하지만 그것으로 끝나는 것이 아니라 다잡을 부분은 다잡는 인간이기도 했다.

데일은 라티나를 기본적으로 칭찬했다. 마구 치켜세웠다. 그것은 그것대로 기쁜 일이었으나 향상심이 충만한 라티나에게는 그런 데일의 칭찬보다도 케니스나 벤 할멈처럼 합격 기준이 엄격한 사람에게 칭찬받는 편이 기쁘다고 느꼈다.

그녀는 우쭐해 하지 않고 분명하게 냉정한 판단도 할 줄 아는 아이였다.

"신부, 어떻게 와?"

"아랫마을에서 올라온 다음, 마을 입구 근처의 집을 빌려서 준비한단다. 우리한테는 우리 방식이 있으니 말이다. 일족의 일원이 되려면 우리 방식에 맞춰줘야지."

"그렇구나. 라티나, 크로이츠에 있는 『주황의 신』 신전에서 결혼하는 거 본 적 있어."

라반드국의 주신은 『빨강의 신』이지만 『주황의 신』은 풍요를 관장하는 신이라는 점에서 자손의 번영을 기원하는 신이기도 했다. 그것에서 파생해 결혼을 관장하는 신으로도 여겨지고 있었다.

가호를 지닌 신관이 없어도 마을이라면 대부분 『주황의 신』을 모시는 곳이 마련되어 있는 것은 이 때문이기도 했다. 결혼 의식을 거행하는 시설이기도 한 것이다.

"도시 방식과도 조금 다르려나."

"기대돼!"

라티나는 기뻐하며 합격 판정을 받은 치마를 가슴에 안았다.

티스로우의 문화는 독자적이었다. 그것은 풍습뿐만이 아니라 복식에서도 나타났다.

두꺼운 천으로 만든 스커트는 치맛자락에 자수로 꾸며진 리본 장식이 꿰매져 있었다. 의례 때가 아니라면 그 위에 앞치마를 걸칠 때가 많았다.

남녀 모두 블라우스나 셔츠 위에 베스트를 입고 정교한 자수가 들어간 띠를 매는 것이 정장이었다.

대지의 신을 모시는 민족이기에 정장으로 입는 의복의 자수 도안은 화초 의장으로 정해져 있었다. 하루아침에 만드는 것이 불가능한 세세한 바느질의 결정과도 같은 그 옷들은 각 가정에서 물려 내려오거나 오랜 시간을 걸쳐 엄마가 제 자식을 위해 완성해가기도 했다.

낯선 옷을 입을 수 있다는 것도 라티나는 매우 기대되었다. 그녀도 꾸미는 데 관심 있는『여자아이』였다.

"라티나, 어울릴까? 이상하지 않을까?"

"라티나는 사랑스러우니 잘 어울릴 게야."

그 코멘트는 조모나 손자나 큰 차이가 없었다.

"라티나는 정말로 예쁘구나."

"음."

"우리 일족 옷도 라티나가 입으니 다른 물건 같아."

"음."

"신부보다 더 주역 같단 말이지."

"음."

"거기 바보 형. 할머니도 적당히 해."

그런 닮은 꼴 동지인 손자와 할머니에게 요르크가 태클을 건 것은 드디어 신부가 시집오는 당일이었다.

데일 앞에서 진정되지 않는 모습으로 빙글빙글 도는 라티나는 티스로우의 옷 일식을 입은 모습이었다. 그리고 정장의 규칙에 따라 가슴에는 커다란 보석 브로치를 달고 있었다. 공예가 일족인 티스로우 사람들에게 보석 장식품도 역시 가까운 존재였다. 라티나가 달고 있는 것은 물론 빌린 물건이었지만 당주 가문의 격에 맞는 훌륭한 일품이었다.

정장에 더해 미혼 남녀는 생화를 장식한다. 여자는 머리에 꽂고 남자는 모자에 꽂았다. 미혼과 기혼의 차이는 허리에 맨 띠에서도 나타나는데 미혼자는 꽃 의장, 기혼자는 열매 의장이라고 정해져 있었다.

오늘의 주역인 요르크도 의상의 형식 자체는 다른 남자들과 다르지 않았다. 스톨을 보석 장식으로 고정한 것이나 허리에 칼을 차고 있는 것도 티스로우의 양식을 따른 모습이었다.

그가 주역이라는 것을 알 수 있는 유일한 부분은 띠의 문양이었다. 신랑만은 꽃과 열매 양쪽 의장이 수놓아져 있었다.

"너는 아직도『꽃』을 달고 있는 건가. 동생한테 추월당했구나."

그것이 주역의 형인 데일이 오늘 받는 축사였다.

딸바보 대사가 나와 버리는 것도 어떤 의미에서 어쩔 수 없을 정도로 오늘 라티나는 한층 더 사랑스러웠다.

백금색 머리카락에 꽂힌 선명한 생화는 아름답게 빛났다. 티스로우의 민족의상을 입은 낯선 모습이라는 점도 신선한 놀람을 주었다.

"데일도 멋있어."

"『꽃』을 달고 있다는 게 한심하지만 말이지."

가볍게 농을 주고받을 수 있었던 것은 의식이 시작되기 전까지였고, 멀리서 예고자가 울리는 방울 소리가 들려오자 어딘지 긴박한 분위기로 싹 바뀌었다.

예고자로서 방울을 울리며 걷는 것은 신부의 친족이었다.

티스로우의 격식에 익숙지 않은 그 사람이 매우 긴장한 모습으로 어색하게 울리는 방울 소리에 화답하여 길 좌우에서 그들을 맞이하는 티스로우 사람들은 길에 꽃잎을 뿌렸다.

결혼 의식은 깊이 쌓인 눈에 갇히는 겨울을 제외하면 계절을 따지지 않고 행해지지만 역시 봄에 거행되는 것이 가장 화려했다. 본격적으로 봄을 맞이해 흐드러지게 핀 꽃 종류도 많은 이 계절은 축복을 담아 뿌리는 꽃잎도 넉넉했다.

예고자가 신랑의 집에 다다르자 방울 소리를 높이 울렸다. 신랑의 가족이 밖으로 나온 것은 이때였다. 함께 밖으로 나온 라티나는 마을 안에 그려진 다채로운 한 줄기 길을 보고 눈이 휘둥그레졌다.

노랑, 빨강, 분홍, 하양…… 농담(濃淡)까지 포함한다면 그렇게 단순히 표현할 수도 없는 수많은 색채로, 이제부터 신부가 지날 길이 칠해져 있었다.

바람에 꽃잎이 날아오르자 향기도 주위에 감돌았다.

"예쁘다……."

감탄의 한숨을 흘리는 라티나의 시선이 빨려 들어가듯이 한 점으로 향했다.

티스로우 남자들이 짊어진 봉 위에 장식된 좌석이 달려 있고 그곳에 화려하게 차려입은 신부가 앉아 있었다.

복잡하게 짜인 천에 정교한 자수가 아름답게 수놓인 의상을 입고 호화로운 보석 장식품으로 치장한 신부는 주황색 모자를 머리에 쓰고 있는 모습이었다. 『주황의 신』의 색이었다. 그곳에도 생화가 듬뿍 장식되어 있었다.

신부를 태운 가마는 천천히 꽃길을 나아왔다.

그 뒤에는 티스로우 의상과는 다른 복장을 한 몇 명이 따라오고 있었다. 신부의 친족일 것이다.

"신부다…… 예뻐……."

라티나는 뺨을 장밋빛으로 물들이고 선망의 눈길로 그 모습을 보고 있었다.

데일은 어쩌고 있었냐면 그 신부 뒤편에 있는, 티스로우와의 혼례라는 경사를 촌장이라는 입장에서 기뻐하고 있는 것은 분명하지만 그래도 복잡한 심경을 다 숨기지 못한 『신부의 아버지』에게 가볍게 자신을 투영하고 있었다.

라티나가 『신부』를 동경하게 되면 어쩌지. 「이 사람과 결혼할게요.」라면서 어디서 굴러먹던 개뼈다귀인지 알 수도 없는 녀석을 데리고 온다면 문자 그대로 뼈다귀로 만들어도 괜찮을까. 불 속성 마법은 쓸 수 없지만 한 줌의 재로 만들고 싶은 기세였다. 뭐, 적어도 자신보다 뛰어난 녀석이 아니라면 허락하지 않을 것이다. 자신에게 뼈도 못 추리는 녀석이라면 처음부터 논외였다. ……그러나 반대하면 그건 그것대로 라티나에게 미움받지 않을까.

어쩌지. 울 것 같다.

"왜 네가 그런 얼굴을 하고 있어."

랜돌프의 정확한 지적은 가슴이 먹먹해진 아들에게는 닿지 않았다.

예고자가 가져온 방울을 랜돌프가 받고 서로 인사를 나눴다. 대문은 활짝 열렸고 신부를 태운 가마는 신랑 가족의 선도를 따라 안으로 들어갔다.

저택 안에 발을 들이는 신부가 신은 헝겊신에는 흙이라고는 조금도 묻어 있지 않았다. 티스로우 일족에게 대지는 경외하는 신 그 자체였다. 이 일련의 의식은 신부를 신에게 뺏기는 일 없이 신랑의 집까지 보낸다는 의미가 있었다.

그 후에는 축하연이 시작되었다.

단 위에 나란히 자리한 신랑 신부에게 마을 사람들이 쉴 새 없이 축복을 전하러 찾아왔다. 어른들은 축하 선물을 가져왔고 그 밖에도 모든 사람이 꽃을 한 송이씩 지참하고 있었다.

라티나도 연분홍빛 꽃을 품에 안은 채 수줍게 인사했다.

"축하해요."

라티나가 내민 꽃을 받은 신부는 긴장한 미소로 대답하고서 등 뒤에 마련된 다리 달린 받침대 위에 그것을 놓았다. 수많은 사람이 찾아왔다는 것을 증명하듯이 이미 흘러넘칠 만큼 꽃이 산을 이루고 있었다.

마지막으로 이 꽃 — 주위 사람들에게 받은 축복의 증표 — 을 『주황의 신』 앞에 바치면 의식은 종료된다. 티스로우의 문화에서는 꽃이 무척 중요시되었다.

의식이 끝난 뒤의 축하연은 문자 그대로 연회로 변해갔다.

남녀노소 불문하고 푸짐한 진수성찬에 입맛을 다시며 때는 지금뿐이라는 것처럼 당주 비장의 술병을 비워 나갔다.

이미 마그다나 여자들 몇 명은 앞치마를 두르고 바쁘게 일하고 있었다. 그런 활기 넘치는 사람들 속에서 벤델가르드 할멈 옆에 다소곳이 앉아 나눠 받은 민물고기 파이를 우물우물 먹고 있던 라티나는 데일의 모습이 없다는 것을 깨달았다.

오른쪽을 보았다. 벤 할멈이 허브 고기구이를 뜯으면서 술잔을 죽죽 비우고 있었다. 그 안쪽에서는 술에 취했는지 휘청거리고 있는 신부 프리다를 요르크가 보살피는 모습이 보였다.

왼쪽을 보았다. 술이 들어가면서 마을 사람들과의 토론에 열을 올리고 있는 랜돌프가 있었다. 하지만 토론 내용은 「첫 손주는 남자가 좋은지 여자가 좋은지」라는 의론하기에는 바보 같은 내용이었다.

앞을 보았다. 많은 사람이 잔치를 즐기고 있었다. 지금 마그다가 가져온 큰 접시 요리는 만들 때 라티나도 도운 것이었다. 자신이 만든 요리를 맛있게 먹어주는 것은 그녀도 무척 기뻤다.

"데일……?"

그러나 그곳에 그의 모습이 없다는 사실이 너무나도 외롭게 느껴졌다.

라티나가 이리저리 주위를 둘러보는 이유를 벤 할멈은 곧장 헤아린 모양이었다.

"라티나."

"흐아?"

"바보 손자라면 밖일 게다. 쫓아갈 거라면 단단히 입고 가려무나."

벤 할멈은 근처에 있던 스톨을 건네면서 말했다. 라티나는 잠시 생각하다가 꾸벅 고개를 숙이고 스톨을 두른 뒤 수많은 인파 사이를 누비며 밖으로 나갔다.

저택 밖으로 한 발자국 나오자 사람들의 열기 때문에 달아올라 있던 얼굴로 밤바람이 닿아 기분 좋았다. 안쪽의 떠들썩함이 거짓말이었던 것처럼 정적이 감돌고 있었다.

그는 그곳에 있었다.

라티나는 안심하면서 다가갔다가 왠지 평소와는 다른 그의 모습을 보고 당황했다.

"……데일?"

그 중얼거림을 알아채고 얼굴을 든 그는 평소와 똑같이 웃어 보였다.

"……."

"왜 그래? 라티나. 밖은 추우니까 안에 들어가 있어."

"데일, 가르쳐줬어…… 웃고 싶지 않을 때는 안 웃어도 돼."

그녀의 말에 깜짝 놀란 표정을 지은 후, 그는 쓴맛이 섞인 것으로 미소를 바꾸었다.

"……괜찮아, 라티나. 걱정 끼쳐서 미안해."

"……데일…… 쓸쓸해?"

"오늘은 축하하는 날이야…… 그럴 리가 없잖아?"

부정하는 데일에게 라티나는 꼭 안겼다.

'……라티나가 좀 더 어른이었다면 좋았을까? 그러면 데일을 좀 더 도와줄 수 있는 걸까.'

아주 살짝 슬퍼져서 라티나는 글썽이는 눈을 깜빡였다.

언제나 그가 자신에게 해주는 것처럼 자신도 그의 위안이 될 수는 없을까, 그렇게 바랐다.

자신이 좀 더 어른이었다면 분명 이렇게 괴로운 미소를 보지 않아도 됐을 것이다. 그래도, 적어도 그가 안아줘서 자신이 『구원받은』 것처럼 그를 안아주자고 생각했다.

"라티나…… 얼른 어른이 되면 좋을 텐데……."

그렇게 중얼거리자 데일은 이번에야말로 『평소처럼』 쓰게 웃었다.

"라티나는 좀 더 천천히 어른이 되는 게 좋다고 생각해. 너무 애쓰지 마."

평상시처럼 그녀의 머리를 쓰다듬고자 손을 뻗은 데일은 그녀가 울 것 같은 얼굴을 하고 있다는 사실을 깨달았다.

머리를 쓰다듬은 손바닥을 살며시 뺨으로 미끄러뜨렸다.

"정말로…… 라티나는 다정한 아이구나……."

라티나에게 이런 식으로 『간파당할』 줄은 몰랐다.

『쓸쓸하냐』는 질문을 받고 자신의 감정이 그에 가까운 것이라고 자각했다.

남동생의 혼례. 차례차례 축하의 말을 건네는 수많은 마을 사람들. 일족의 더 큰 번영을 바라는 목소리.

그 중심에 있는 것은 자신이 아니었다. 자신이 모르는 시간을 모두가 이야기하고 있었다.

자신이 고향(이곳)에 없는 동안에도 확실하게 시간은 흘렀다. 자신이 없어도, 앞으로도 시간은 흘러갈 것이다.

당연한 일이었다. 받아들이고 있었을 텐데 적막한 마음이 가슴을 메웠다.

철이 들었을 무렵부터 일족의 당주를 잇는 것은 자신이라고 생각했었다. 주위도 자신을 그런 눈으로 보았고 그런 식으로 대우받기도 했다.

일족을 위해 사는 것을 고통이라 여긴 적은 없었다. 아버지도 조부모도, 그리고 그 이전에도…… 대대로 당주들이 지켜온 것을 이어받는 일은 자신의 근간을 이루는 것이었다.

그 당주로 이어지는 자리를 동생에게 양보한 것도 역시 일족을 위해서였다.

일족을, 『티스로우』를 지키기 위해 자신은 고향(이곳)을 떠났다.

『레키』의 이름을 짊어지고, 바깥에서 고향(이곳)을 지키는 길을 택했다.

그래도 생각할 때는 있었다.

이런 『가호(힘)』 따위 없었다면 자신은 줄곧 고향에 머무를 수 있었을지도 모른다고.

『차기 당주(저곳) 자리』에 있는 것은 자신이었을 텐데 하고.

“살짝…… 취했거든. 술이 좀 깨면 산책이라도 할까. 같이 어울려 줄래?”

“……응.”

손을 잡고 걷는 것도 어느새 당연한 행동이 되어 있었다.

이 작은 소녀가 옆에 있어주는 것이 당연하다는 그 사실이 무엇보다도 소중했다.

†

티스로우는 옛날부터 이 주변 땅의 『영주』에게 탐탁지 않은 존재였다.

그들 일족은 독자적인 문화와 규율을 가지고 사는 자들이었다. 본래 의미로는 『라반드국』에조차 속하지 않았다.

그래도 반란 분자로서 진압되거나 제거되지 않은 것은 전적으로 티스로우의 기술이 뛰어나고 독자적이기 때문이었다.

자신들을 『티스로우』라고 칭하는 취락은 라반드국 이외의 타국에도 존재했다. 과거에 그 땅을 권력자들이 요구한 적이 있었다. 그 땅에 사는 티스로우는 철저히 저항하는 것을 택했고, 최후에는 하룻밤 만에 마을에서 한 명도 남김없이 철수했다고 한다.

일족에게 가장 중요한 것은 『일족 그 자체』였다. 그것을 지키기 위해서라면 토지를 버리는 선택도 서슴지 않았다.

티스로우가 떠난 토지는 그 윤택한 『가호』도 잃는다. 비할 바 없이 비옥한 토지도 이내 평범한 것으로 돌아와 버려서 그저 외지고 불편한 땅이 되어버렸다.

입지를 살린 강경한 수비를 깨부수기 위해 소모전을 강요받고, 티스로우 일족이라는 우수한 전사이자 마법사들을 상대로 싸워서 최후에 얻은 것은 버려진 마을 하나였다. 너무나도 수지가 맞지 않았다.

티스로우가 개의치 않고 토지를 버리는 것은 새롭게 땅을 개간하여 마을을 일으키는 일도 걱정거리가 아니기 때문이다. 그들 일족의 대명사인 『대지』의 힘은 그런 작업에도 큰 효과를 발휘했다.

그리고 어디로 흘러들어도 티스로우의 『기술』은 큰 상업 가치를 지니고 있었다. 마도구의 독자 기술은 그야말로 황금알을 낳는 거위 그 자체와도 같은 존재였다.

라반드국에서도 이 지구 주변을 다스리는 영주는 『티스로우』를 탐탁지 않아 했다.

높은 지식과 지혜를 가졌고, 풍요로운 토지가 가져오는 수확이 뒷받침되어 비축된 식량은 비상시에 농성전을 벌일 수 있음과 동시에 긴급 시 주변 취락을 원조할 수 있는 양을 확보하고 있었다. 마법사도 드물지 않았고, 그들의 특기인 『땅 속성 마법』은 회복 계통을 다룰 수 있는 종류였다. 그리고 약초류도 대지의 일족에게는 가까운 존재였다. 결과적으로 변경 시골이라고는 여길 수 없을 정도의 의료 능력을 가지고 있었다.

자신이 다스리는 토지에 인접해 있으면서 자신의 영향력이 미치지 않는 강력한 힘을 가진 특구. 권력자가 싫어하지 않을 턱이 없었다. 게다가 영주에게는 벽지인지라 영향력이 작아지기 쉬운 주변 지역의 자기 영민(領民)들이 자신보다도 『티스로우』를 의지하고 있다는 것이 훤히 보였다.

그러나 나라의 중추 관리에게 『티스로우』는 자치라는 예외를 인정하기에 충분한 존재였다. 국외로 퇴거하는 상황만큼은 피해야만 했다.

귀중한 마도구 제조원을 잃고 국내 마도구가 부족해지는 사태가 벌어지기라도 한다면 국책에도 영향이 있었다. 『티스로우의 마도구』가 라반드국에 가져오고 있는 이익도 역시 무시할 수 없었다. 많은 유통업과 판매업에 밀접히 연관되어 있는 것이다.

토지를 버리고 티스로우가 타국으로 이주한다면 이렇게나 이익을 낳는 『티스로우의 마도구』도 함께 타국에 흘러가게 된다.

그런 점들을 아울러 고려하면 중추 권력자들에게 『최선』은 현상 유지였다.

『티스로우』와 『라반드국』과 『지방 영주』는 오랫동안 그런 관계를 이어왔으나 영주의 대가 바뀌고 새롭게 이 주변 땅을 다스리게 된 자가 티스로우를 향한 반발을 숨기지 않게 되면서 균형은 흔들리기 시작했다.

한 가지 수를 쓴 것은 티스로우의 당주인 벤델가르드였다.

벤델가르드는 각지에 존재하는 『레키』 — 티스로우를 나와 바깥 세상에서 일족과 연관된 자들 — 를 거쳐 『노랑의 신』의 고위 신관인 코르넬리오 카카체를 마을로 초대했다.

그는 문화 인류학 분야에서는 권위자였다. 독자적인 문화를 지닌 티스로우에 흥미를 가지고 있다는 정보를 토대로 벤델가르드가 내린 판단이 그를 초청하는 것이었다. 본래 티스로우는 『일족』 안에 타인을 들이지 않는다. — 새롭게 일족의 일원으로 맞이하는 것은 문제 삼지 않는다. 마을 안에 이주자를 받아들이지 않는 것이다 — 그렇기에 이례적인 결단이었다.

코르넬리오는 왕도에 있는 신전 중추에도 발언력을 지닌 신관이었다.

벤델가르드는 그와 『노랑의 신』 신전을 경유해 최종적으로는 에르디슈테트 공작이라는, 라반드국에서도 최고 수준의 권력자와 접촉하기에 이른다.

그때 『티스로우』가 제시한 것이 당주 가문의 적자인 데일의 존재였다.

권력자들과의 교섭 재료로 쓸 수 있을 만큼 가치 있는 존재. 『신의 총애를 지닌 자』라고 불리는, 한 가지 가호가 아니라 여러 신의 가호를 지니는 형태로 나타나는 『희귀인』.

『마왕』을 해할 수 있는 『대(對)존재』— 즉 『용사』라고 칭해지는 능력을 지닌 그를.

『희귀인』이라 불릴 만큼 드물기는 하지만 『용사』는 유일무이한 존재가 아니었다. 그러나 『용사』라고 불리는 능력을 지닌 자가 반드시 전장에 익숙한 전사이지는 않았다.

호전적이고 위험한 사고를 지닌 『일곱째 마왕』이나 『둘째 마왕』의 영향력 증대를 염려하여 그것에 대항하고픈 라반드국에게는 데일처럼 『싸우는 힘을 지닌』 용사야말로 무엇과 바꾸더라도 필요한 존재였다.

확실히 데일은 『싸우는 힘』을 가졌다.

그의 『가호』는 싸움에 유리하게 작용하는 특성이 있었다. 일족에게도 깊은 은총을 가져오고 있는 『주황의 신』에게 그가 부여받은 가호는 『대지와 관련된 마법에서의 수호』였다. 데일은 땅 속성 마법에 한해서라면 거의 마력을 소비하지 않았다.

그리고 우수한 사냥꾼이었던 그는 무기를 다루는 솜씨도 뛰어났다.

코르넬리오를 스승으로 섬기며 학술도 도시인에게 뒤처지지 않을 만큼 익혔고, 젊고 우수한 모험가 밑에서 모험가로서 경험을 쌓았다.

데일은 전사로서의 자질도 환경도, 더할 나위 없을 만큼 갖추고 있었다.

†

데일이 라티나를 데리고 산책에 나선 곳은 집 뒤편의 폭포 쪽이었다.

라티나가 주문을 외우자 빛 구슬이 둥실 떠올랐다. 그녀의 성격을 나타내는 것처럼 부드럽고 상냥한 인상의 빛이었다. 그 빛이 비추는 길을 나란히 걸었다.

폭포에 도착하니 등롱 몇 개가 주변을 밝히고 있었다.

수면에 반사하여 허실이 뒤섞인 수많은 빛이 흔들리며 주위를 에워쌌다. 원래 신비한 공간이라는 점도 합쳐져서 현세의 광경이 아닌 것 같았다.

"우와아……."

"아까 요르크랑 프리다가 의식을 위해 왔었으니까."

마지막 의식은 신랑과 신부의 역할이었다. 라티나는 저택에서 기다리고 있었기에 이곳에는 오지 않았다. 보여줄 수 있게 되어서 다행이라고 생각했다.

『주황의 신』을 모시는 사당 앞에는 수북이 쌓인 꽃이 봉납되어 있었다. 그 꽃의 수만큼 축복받았다는 증표였다.

"……요르크는 분명 좋은 당주가 되겠지."

"……."

데일을 올려다보는 라티나는 흔들리는 등롱 빛을 받아 복잡한 그림자를 표정에 드리우며 무언가를 생각하고 있는 것 같았다. 단번에 어른이 되어버릴 듯한 분위기를 느끼고 데일은 그녀의 머리를 쓱쓱— 쓰다듬으려다가 모처럼 예쁘게 다듬은 머리가 망가지지 않도록 살짝 만졌다.

확실히 데일은『싸울 수』있었다.

그러나 그가 그때까지 무기를 잡았던 것은 사냥할 때와 외적으로부터 고향을 지킬 때뿐이었다.

『사람』의 목숨을 빼앗은 적은 없었다.

마족이 전부 짐승의 모습을 하고 있었다면 이렇게나 괴로워하지는 않았을 것이다. 마왕의 권속이 되어 원래 종족을 아득히 뛰어넘은 능력을 지녔다고 해도 외관상의 변화는 없었다.『마족』대다수를 차지하는 마인족은 뿔의 유무 말고는 인간족(자신들)과 모습이 거의 다르지 않았다.

인간족 내에 혼란을 초래하기 위해 쳐들어왔던『일곱째 마왕』의 권속과 싸운 것에 후회는 없었다.

살아 있는 존재라고는 여겨지지 않는 이형으로 변한『둘째 마왕』의 권속이 내지르는 원망과 간원 — 말을 이해할 수 없어도 그렇게 생각할 수밖에 없는 신음 — 을 듣고서 그 목숨을 빼앗은 것은 상대에게는 구원이었을지도 모른다.

그래도『사람』을 죽이는 것이— 빼앗을 뿐인 행위가, 그의 정신(마음)을 마모시켜갔다.

데일의 본질은『티스로우의 당주』— 일족을 지키기 위해 그 힘을 다하는 자 — 였다. 그는『지켜야 할 것』을 위해 힘을 발휘할 수 있는 성질을 지닌 자였다.

지켜야 할 고향으로부터 멀리 떨어진 땅에서 그저 나라를 위해, 사람들을 위한 일이라고는 해도 하는 일은『죽이는 것』뿐. 고향은 너무나도 멀어서 지킨다는 실감을 느끼지 못한 채, 그래도『지키고 싶으니까』도망칠 수는 없었다.

명예도, 높은 보수도, 그의『위안』은 되지 못했다. 그는 그것들을 마음의 안식처로 삼을 수 없었다.

감정을 죽이고『일』이라고 단정 지으며『죽이는 것』에 익숙해질 방법을 찾았다. 그러나 그것은 그의 그다운 마음을 죽이는 선택이었다.

그러던 때, 그는 작은 소녀와 만났다.

그가『목숨을 구한』소녀였다.

당장에라도 부러질 듯했던 가냘프고 연약한 존재가 자신의 비호 아래서 날이 갈수록 튼튼하게 성장하는 모습을 지켜보았다. 자신의 품 안에서 안도한 표정을 짓고 행복하게 웃어주었다.

—이 아이는 자신이『지켜야 할 존재』였다.

불특정한 누군가를 위한 일이 그녀를 위해 싸우는 것이 되었다.

낯선 타인이 사는 도시가, 그녀가 마음 편히 지내는 곳이 되었다.

명확하게 『지켜야 할 존재』를 얻은 그는 싸우는 자신을 지탱하기에 충분한 동기를 얻었다.

그녀가 행복하게 있어준다면 자신은 싸울 수 있었다.

그럼에도 마음이 꺾일 것 같을 때, 그때도 이 작은 소녀는 『구원』이 되는 말을 주었다. 그 온기로 치유해주었다.

그가 앞을 보며 『보호자』로서 허세를 부릴 수 있게 될 정도로는, 그녀의 말은 큰 힘을 주었다.

"라티나가 행복한 건 있지, 전부 데일 덕분이야."

—그녀의 그 말은, 자신에게 보내주는 미소는, 그의 동기 그 자체니까.

"괜찮아, 라티나."

이렇게나 작은데 누구보다도 다정한 소녀. 부디 이대로 누구에게도 침범받지 않고 깨끗한 마음을 키워가길 바랐다.

"……나는 라티나에게 구원받고 있어."

그 말에 그녀는 커다란 회색 눈을 이상하다는 듯이 깜빡였다.

가끔은 나약한 말을 해도 괜찮을까. 오랜만에 마신 독한 술을 이유로 들면 된다.

"데일?"

"라티나는 자주 『나랑 만나서 다행이야.』라고 말해주지만 그건 나도 마찬가지야."

그녀와 만나지 않았다면 지금 자신은 어떤 모습이 되어 있었을까. 제대로 웃을 수 있었을까.

동생에게 제대로 「축하해.」라고 말할 수 있었을까.

지키고 싶을 터인 장소를, 그 마음을, 잃지 않을 수 있었을까.

"나는, 라티나와 만나서 다행이야."

"……라티나도 데일이랑 만나서 다행이야."

살포시 미소 지어준 그녀를 끌어안았다. 평소와 똑같이 서로 체온을 나누는 거리인데 아주 살짝 평소와 다르게 느껴졌다.

"라티나…… 데일의 **도움**이 되었다면…… 기뻐."

다정한 목소리를 들으면서 이 아이는 어떤 어른이 될까 생각했다.

언젠가 자신이 아닌 누군가의 옆에서도 이런 식으로 행복하게 웃어주는 걸까.

—분명 그때가 올 때까지 지켜주는 것이 『보호자』의 책무였다.

"하지만 어디서 굴러먹던 놈인지도 모를 녀석에게 라티나를 아내로 줄 생각은 없어."

"음."

"라티나를 원한다면 나를 쓰러뜨려 보라지! 나는 당하지 않아! 누구에게도 지지 않겠어!"

"음."

잔치 자리로 돌아온 데일은 완전히 평소대로 돌아와 있었다. 벤 할멈과 술잔을 주고받는 페이스는 라티나가 본 적도 없을 만큼 빨랐다.

"흐에에…… 괜찮아?"

"걱정해주는 건가! 정말로 라티나는 착하구나!"

붙잡혔다.

명백하게 취해 있었다.

"흐아아?!"

"아~! 라티나는 정말 착하고 귀여워! 안 줄 거야! 아내로 주는 일 따위 없어!"

술주정뱅이 근처에는 얼씬도 하지 않는 것이 상책이니.

데일은 술이 약하지는 않았지만 벤 할멈과 둘이서 술통을 비울 기세로 마셔댄 결과 만취 상태가 되었다.

라티나는 평소 희석한 와인을 마시며 흐트러지는 일도 없는 데일의 모습밖에 몰랐다. 그 탓에 위기관리 의식이 희박했다.

덥석 안겨서 문질문질문질문질문질 뺨이 마구 비벼지는 일은 역시 첫 체험이었다.

"흐냐아아아?!"

라티나에게서 이상한 목소리가 나왔지만 눈앞에 있는 두 주정뱅이는 그것에도 크게 기뻐했다.

"라티나. 시집가고 싶어지면 나한테 말하렴. 이 바보 손자를 때려눕힐 좋은 놈을 찾아주마."

"안 돼! 할머니 인맥이라면 진짜 찾아낼 것 같다고!"

그래도 평소처럼 웃어주니까.

데일은.

라티나는.

서로를 바라보며 웃음을 주고받았다.

†

요르크와 프리다의 혼례가 끝나고 며칠이 지나, 데일의 코트가 완성되었다. 예전 모습에서 그다지 변화는 없었고 디자인도 거의 똑같았다. 몇 가지 요망을 기준으로 개량하기는 했지만 그것은 그다지 겉으로는 드러나지 않았다. 반쯤 자신의 트레이드 마크가 된 이것을 이제 와 바꾸는 것도 뭔가 좀 부끄럽기 때문이었다.

동생의 결혼식도 무사히 지켜보았고 목적했던 물건도 완성됐다.

그것은 즉 슬슬 크로이츠로 돌아갈 때가 왔다는 말이었다.

그렇게 정해지자 갑자기 분주해졌다. 돌아갈 준비가 잽싸게 진행되었다. 크로이츠를 출발했을 때는 초봄이었는데 이미 계절은 바뀌고 있었다. 『원래 생활』도 있다. 목적을 달성한 이상 느긋하게 계속 머물 수는 없었다.

"신세 많이 졌습니다."

코르넬리오에게 배우는 마지막 날. 라티나는 그렇게 말하고 꾸벅 고개를 숙였다.

“아니다. 꽤 즐거웠어. 배울 의욕이 있는 자의 모습을 보면 이쪽도 자세를 바로잡게 되거든.”

코르넬리오는 온화한 얼굴로 작은 제자를 보았다. 데일이 말한 대로 무척 똑똑하고 영리한 소녀였다. 코르넬리오가 봤을 때 무언가 이것저것 속에 간직하고 있는 것 같기는 했지만, 자신의 가르침이 그녀에게 도움이 되었으면 했다.

가혹하고 무거운 짐을 짊어진 제자(데일)의 도움이 되었으면 좋겠다고도 생각했다.

한편 이 소녀가 코르넬리오에게 바란 것은『데일을 이해하는 것』이었다. 「언젠가 데일 본인에게 들으렴.」이라고 말하면서 데일의『능력』에 관해서는 이야기하지 않았으나, 그 대신 데일의 뿌리인 티스로우에 관해서는 여러 가지 것들을 가르쳤다.

코르넬리오가 가르치기 시작한 지 얼마 지나지 않아 이 소녀는 티스로우가 영주와 반목하고 있다는 사실까지 추측해 보였다.

코르넬리오도 역시 놀랐다.

“라티나가 영주님이라면 있지…… 티스로우는 아주『무서운』곳이라고 생각할 테니까.”

그렇게 말한 그녀에게 시험 삼아 몇 가지 물어보자 난처한 얼굴로 대답을 찾았다. 전부 올바른 해답에 도달했다고는 할 수 없었지만 어린 소녀의『시점』이 아닌 대답도 많았다. 다른 사람 위에 서는 자로서의 소질조차 느껴졌다. 그것도 이 소녀의 비밀과 관련 있는 것일까.

"……그치만 라티나, 싸우지 않는 편이 좋다고 생각해."

"싸우고 싶지 않지만 공격해 오는 일도 있지. 그때 유린당하는 것을 가만히 받아들이라는 말이니?"

"……라티나는 상대방이 다치는 것도 싫어. ……하지만 소중한 사람은 지키고 싶어. 모든 사람은 무리지만, 소중한 주변 사람은 지킬 수 있다면 좋겠다고 생각해."

그렇게 대답한 후 소녀는 자신의 가슴을 누르며 기도하듯이 말했다.

"라티나 때문에 모두가 심한 일을 겪게 되는 건 절대로 싫으니까."

—똑똑한 그녀치고는 살짝 위화감이 드는 대답이었다. 그러나 일부러 캐묻지는 않았다. 전부터 느꼈던 『무언가』의 일부에 닿은 것 같은 감각이 있었기 때문이다. 그 한마디는 이 상냥한 소녀가 짊어지고 있는 『굴레』로부터 나왔으리라고 코르넬리오는 추측했다.

"라티나는 있지. 데일처럼 다정한 어른이 되고 싶어."

"그러니."

제자가 이 소녀를 아끼는 이유를 알 것 같았다. 외모뿐만이 아니라 마음도 『아름다운』 소녀였다.

완벽한 존재는 아니었다. 깨끗한 성녀는 아니었다. 그래도 불완전하기에 이 소녀는 주위를 강하게 끌어당기며 매료시키는 것이리라.

평소처럼 벤 할멈의 방에 다소곳이 앉아 있던 라티나에게 벤 할멈이 꺼낸 말은 갑작스러웠다.

"돌아가기 전에 라티나한테 선물이라도 주기로 할까."

"뭔데?"

라티나는 갸웃, 고개를 기울이며 벤 할멈을 보았다.

완전히 익숙해진 『평소』 광경이 『평소』가 아니게 되어버릴 때까지는 이제 약간의 시간이 남아 있을 뿐이었다.

"짐이 늘어나는 종류도 아니니까 선물로는 딱 좋겠지. 바보 손자를 불러오렴."

"응?"

이상하다는 표정으로 고개를 갸웃한 채 라티나는 타박타박 작은 발소리를 내며 데일을 부르러 갔다. 그는 돌아가는 여행을 위해 최종적으로 준비를 확인하고 있을 터였다.

머지않아 라티나에게 선도되는 형태로 벤 할멈의 방을 찾아온 데일은 눈썹을 찌푸리고서 입을 열자마자 이렇게 말했다.

"뭐야? 할멈, 라티나를 너무 오냐오냐하지 말라고."

"네가 할 소리냐?"

그런 데일의 말을 웃어넘긴 벤 할멈은 바르게 고쳐 앉았다. 평소와 다른 조모의 모습을 보고 데일도 표정을 바로잡았다.

"티스로우 당주로서 『이름』을 하사하마."

엄숙한 벤 할멈의 말에 데일과 라티나는 놀라서 할 말을 잃었다.

데일뿐만 아니라 라티나 역시 티스로우에서 『역할명을 부여받는 것』의 의미를 알고 있었다.

"티스로우는 언제라도 일족을 받아들이지. 이것으로 라티나는 언제라도 『티스로우(여기)』에 돌아올 수 있어."

"할머니?"

"내가 죽은 뒤에도, 바보 손자가 없어지더라도, 지금 『티스로우(여기)』에 있는 녀석들이 전부 대가 바뀌더라도 말이다. 이곳에서 마을이 없어지고 다른 곳으로 가더라도, 『티스로우』는 『일족』을 무엇보다도 소중히 여긴단다. 언제든 돌아와도 좋아."

벤델가르드는 그렇게 말하고 데일이 자주 하는 것처럼 그녀의 머리를 쓰다듬었다. 그것은 예전에 할머니가 손자에게 하던 행동이었다.

"원래대로라면 『이름』은 어른이 되었을 때 수여하는 것이지. 하지만 그때 내가 라티나 가까이 있을 거라고는 장담 못 해. 그러니 그때까지 이 안에 잘 가지고 있다가 의미는 어른이 되면 데일한테 물어보려무나."

그렇게 말하고 그녀는 라티나의 가슴을 손끝으로 툭 가리켰다.

티스로우에서 『역할명』을 수여하는 것은 일족 당주의 역할이었다. 그리고 이름을 받는 것이야말로 이 일족의 『성인식』, 한 사람의 어른이 되었다는 증거였다.

현재 티스로우 안에서 벤델가르드에게만 인정된 권한이었다.

티스로우에게 『일족』이라는 것은 단순히 혈연을 의미하는 말이 아니었다. 혈연도 포함하면서, 외부인을 『일족』으로 받아들이는 것도 금지되어 있지 않았다.

번영을 관장하는 신의 제사장 일족으로서 많은 지식을 가진 그들은 혈족에 고집하며 좁은 환경에서 대를 거듭하는 것이 끼치는 불이익도 이해하고 있었다. 정체되고 짙어지지 않도록 『일족』에 새로운 혈통을 맞이하는 것도 일족 번영을 위해서는 빼놓을 수 없는 일이었다.

프리다처럼 혼례로 맞이하는 일이 가장 많지만 그것이 전부는 아니었다. 유일하며 절대적이라고도 할 수 있는 최대 규율은 『일족으로서 긍지를 가지고 살아가는 것』이었다. 그것을 받아들일 수 있는 자를 맞이하는 것. 더 나아가 그것이 가능한 자를 판별하는 것 역시 『당주』에게 요구되는 능력이었다.

이름의 의미를 찾지 못하도록 금한 것은 딱히 숨겨야 한다는 관습이 있기 때문은 아니었다. 그녀가 목표하는 길과 마음가짐을 볼 때 『이 이름』을 주는 것에 망설임은 없으나, 그것을 지금 알려버려서 아직 많은 가능성을 가진 어린 소녀의 앞길을 제한하지는 않을까 염려한 것이다. 그것은 벤델가르드가 바라는 바가 아니었다.

데일에게 묻지 못하도록 금한 것도 같은 이유였다.

손자가 그녀의 『이름』에 끌려가서 가능성을 좁히지 않을 것이라는 확증은 없었다. 벤델가르드가 보기에 손자는 아직도 젊고 새파랬다.

그녀가 어른이 되었을 때 『이름』과는 다른 방식으로 살고 있더라도 그것은 그것대로 괜찮을 것이다. 필요한 것은 일족의 일원으로서 역할을 부여받고 인정받고 있다는 사실이었다.

적어도 『티스로우』는 자신의 손자가 품에 받아들인 이 아이를 지키는 존재가 될 수는 있을 것이다. 돌아와도 될 장소는 될 것이다.

태어난 고향으로 돌아갈 수는 없을지라도, 새로운 장소에서 자신이 있을 곳을 만들 수 있다는 사실을 긍정할 수는 있을 것이다.

손자가 원하더라도 당주가 아닌 그는 줄 수 없었던 『그것』을 조모가 그녀에게 주는 것이었다.

무거운 역할에 괴로워 몸부림치면서도, 그래도 일족의 긍지를 갖고 사는 손자에게 할머니로서 줄 수 있는 선물이었다.

"바보 손자가 싫어지면 바로 말하거라. 알았지? 내가 더 좋은 녀석을 찾아줄 테니 말이다."

"데일이, 제일, 이야."

라티나는 울먹이는 목소리로 그렇게 말하며 웃었다.

"데일 덕분에 라티나, 할머니랑도 만날 수 있었어. 데일은 언제나, 라티나가 원하는 걸, 잔뜩, 잔뜩 줘."

눈물을 글썽이는 라티나를 「그래, 그래.」 하고 쓰다듬으면서 벤 할멈은 평소 모습으로 쾌활하게 웃었다.

"라티나는 어른이 되면 분명 좋은 여자가 될 테니 말이지. 반드시."

"라티나, 할머니 같은 할머니가 되고 싶어."

"뭐? 아니, 라티나. 그건 다시 생각해."

라티나의 말에 데일은 진심으로 당황한 표정을 지었다. 전력으로 고개를 가로젓는 데일의 모습을 보고서 벤 할멈은 분명하게 혀를 찼고 라티나는 어리둥절한 얼굴을 했다.

“자, 오늘은 거하게 먹자꾸나. 라티나가 『다음에 돌아올 때까지』 잠시 이별이니 말이지.”

“응.”

우는 얼굴이 아닌 웃는 얼굴로 저녁 식탁에 둘러앉아서, 이렇게 티스로우에서 보내는 마지막 하루는 지나갔다.

형태가 있는 물건뿐만이 아닌 많은 『선물』을 안고 두 사람은 크로이츠를 향한 귀로에 올랐다.

충실했던 어느 하루.
복슬복슬한 어린아이와

수인족이 사는 작은 마을. 그곳 변두리의 분테가에서는 오늘도 평소처럼 부녀의 목소리가 울려 퍼졌다.

“시러!”

“그런 말 하지 말고, 마야. 아빠랑 같이 놀자.”

“시러!”

“마야…….”

사랑하는 딸의 확실한 의사 표시에 아빠 요제프의 뾰족한 귀는 한심한 형태로 추욱 처졌다. 수인족의 귀나 꼬리는 표정 이상으로 분명하게 감정을 나타냈다. 교섭 등으로 포커페이스나 거짓 미소가 필요한 자가 제일 처음 통제하는 법을 배우는 부위이기도 했다.

집 입구를 막은 요제프에게 마야는 매우 화가 난 모습이었다.

마야는 굳이 따지자면 엄마보다 아빠를 잘 따르는 아이였기에 요제프를 싫어하지는 않았다. 그러나 지금은 「그럴 기분」이 아니었다. 지금 그녀는 혼자서 일과로 산책이라는 활동을 즐기고 싶은 심경이었다. 아빠와 **놀아줄** 기분이 아닌 것이다.

“마…….”

그래도 요제프가 포기하지 못하자 마야는 실력 행사에 나섰다.

몸을 휙 구부리더니 낮은 자세를 유지한 채 전속력으로 뛰쳐나갔다.

그녀의 아버지는 그 훌륭한 체형 상 자신의 바로 밑에 큰 사각지대가 있었다. 단적으로 말하자면 배가 방해되었다. 당연한 일이었다.

요제프는 둔중해 보이는 겉모습과 달리 기민하게 움직이지만 토종 수인족이 온 힘을 다했을 때의 기동력은 이길 수 없었다. 수인족은 운동 능력 — 그중에서도 특히 민첩성 — 의 기본치가 높은 종족이었다. 마야는 어려도 그 사실을 잘 알고 있었다.

요제프의 발밑을 빠져나간 마야는 그대로 대굴대굴 굴러갔다. 한참 구른 뒤 벌떡 일어나 가벼운 발걸음으로 산책에 나섰다.

"마, 마야……."

쓸쓸해 보이는 요제프는 돌아보지도 않았다.

이것이 일상이었기에 무리는 아니었다.

마야의 행동 범위이며 『세상』의 전부는 수인족 마을 안이었다. 마을『밖』은 그녀에게『영역』밖이기도 해서 나가자는 생각은 하지 않았다. 이러니저러니 해도 어린 마야가 혼자 돌아다니는 것을 요제프나 엄마 우테가 허용해주고 있는 이유는 그 사실을 알고 있기 때문이기도 했다. 좁은 마을 안은 그들에게는 마당 같은 감각이었다.

종종종 걷는 마야는 그녀의 독자적인 기준을 따라 산책하고 있었다. 산책 코스가 꼭『길』인 것은 아니었다. 어른에게는 판자벽이 갈라져 생긴 틈에 불과한 부분도 작은 마야에게는 훌륭한 터널이었다. 빽빽한 초목 밑을 빠져나가 어른들이 다져둔 발자국 위를 길 대신 나아갔다.

그때 눈앞에서 긴 꼬리를 움직이면서 조르르 나아가는 도마뱀을 발견하고 눈을 빛냈다.

"됴마뱀."

주저 없이 손을 뻗었다. 그러나 상대도 그렇게 쉽게 잡힐 수는 없다는 듯이 슬쩍 몸을 피했다. 꼬리를 자른다는 최종 수단도 온존한 채였다.

"됴마배앰."

도망친 도마뱀을 쫓아 마야는 진로를 변경했다.

†

수인족은 인간족과 거의 비슷한 수명을 지녔고 가치관도 가까운 좋은 이웃이었다. 출산율이 낮지도 않아서 아이의 수도 많았다.

이 마을도 규모는 작았지만 아이들 몇 명이 노는 모습을 볼 수 있었다. 역시 모두 나이가 같을 수는 없어서 아이들의 연령은 고르지 않았으나, 마을 규모를 생각하면 놀이 상대가 있는 것만으로도 좋은 환경임이 틀림없었다.

—그런 식으로 생각하는 것은 『당사자』가 아니기 때문이리라.

하얀 모피가 진흙으로 더러워진 작은 몸집의 소년은 자신을 둘러싼 다른 아이들을 올려다보며 분한 듯이 아랫입술을 깨물고 있었다.

수인족 중에서도 라반드국 주변에 사는 — 모습이 어딘가 개와 닮은 — 그들 일족은 개인의 능력으로 우열을 정한다는 가치관을 지니고 있었다. 집안이나 사회적 지위 등이 아닌 그 개인만을 보며 계급을 판단했다.

그런 그들 일족의 판단에 따르면 소년 중 가장 몸이 작고 연약한 소년은 다른 아이들에게 최하층으로 평가받는 존재라고도 할 수 있었다.

—참고로 요제프는 신체 능력 면에서는 다른 마을 사람들보다 뒤떨어지지만 마을 안에서 그의 서열은 결코 낮지 않았다. 티스로우의 혈연이기도 한 그는 그 외모 때문에 그렇게는 안 보이지만 회복과 보조 계열 마법의 전문가였다. 마법을 쓸 수 있는 자는 그 수가 매우 적었다. 이렇게 작은 마을에서 마법사는 있는 것만으로도 희귀한 존재였다. 유능한 자라면 더더욱 가치 있게 여겨졌다. 마을 사람들 반수 가까이가 마법사인『티스로우』가 이상한 것이었다.

자신을 포위하고 괴롭히다가 결국에는 넘어져서 진흙투성이가 된 자신의 모습을 보며 웃고 있는 연상 소년들의 행태가 아무리 분해도, 체격으로도 힘으로도 그들에게 미치지 못하는 소년은 어떻게 할 수도 없었다.

하얀 모피 소년은 부옇게 시야가 흐려졌으나— 그래도 이 녀석들 앞에서 울 수는 없다며 긍지를 북돋우고 있었다. 그때였다.

까맣고 복슬복슬한 소녀가 옆 수풀에서 불쑥 얼굴을 내밀었다.

"음?"

마야는 자신 앞에 있는 여러 소년을 보고 이상하다는 얼굴로 고개를 갸웃했다.

그녀보다도 살짝 나이 많은 흰 털 소년이 넘어져 진흙투성이가 되어 있었고 그 주위를 더욱 연장인 소년 셋이 에워싼 광경이 눈앞에 펼쳐져 있었다.

“아파 아파?”

“뭐야, 꼬맹이. 저리 가.”

“맞아, 방해돼.”

그런 마야를 향해 연장 소년들은 휘휘 손을 흔들며 쫓아내려고 했다. 소년들의 그 행동에 마야는 욱한 표정을 지었다. 아무래도 자신을 향한 소년들의 대응이 그녀는 무척 마음에 안 드신 모양이었다.

“시러!”

분명히 고하며 복슬복슬한 털을 곤두세우자 소년들은 살짝 놀란 모습이 되었다. 눈앞의 아기나 다름없는 여자아이가 자신들에게 맞설 것이리라고는 전혀 생각지 못했다는 얼굴이었다.

그러나 마야는 소년들의 그런 심정 따위 아랑곳없이 자신이 생각하는 대로 행동했다. 요컨대 느닷없이 돌격했다.

“으억!”

유아의 체중이 좋은 느낌으로 실린 박치기를 전력으로 명치에 먹은 소년 1/3이 주저앉았다. 기습적이고 가차 없는 일격이었다.

“우왓!”

“이 꼬맹이 뭐야!”

소년 2/3과 소년 3/3이 허둥대는 것을 보고 마야는 짧은 꼬리를 휙휙 움직이면서 호박팬티에 감싸인 엉덩이를 살랑였다. 의미 따위 없었다. 그러나 상대를 바보 취급하고 있다는 것은 그 표정에서도 명료했다. 「와보시지, 떨거지들.」이라고 말하는 듯한 느낌이었다.

유아이기에 아무 생각 없을 뿐일지도 모르지만.

도발에 격분한 두 소년이 나이 차도 체격 차도 잊고서 어린 마야를 잡으려고 달려들었다. 그러나 마야는 그것을 아주 간단하게 휙휙 피했다.

—어른이면서 주위로부터도 인정받고 있는 뛰어난 『전사』인 요제프를 마야는 매일 마음대로 농락하고 있었다. 그녀는 그 규격에서 벗어난 일족인 『티스로우』의 혈통을 확실하게 물려받은 아이였다.

같은 수인족 소년조차 경악할 법한 도약으로 공중에 떠올라, 몸을 뒤트는 운동까지 보탠 일격을 가했다. 화려한 돌려차기 같은 것이 아니었다. 소년 2/3을 땅에 눕힌 것은 그녀의 호박팬티에 의한 일격— 필살 힙 어택이었다.

마지막 소년 3/3이 한 발자국 물러났다. 눈앞에 있는 존재가 겉모습 그대로의 어린 소녀가 아니라는 사실을 겨우 깨달은 것이다.

"으아아아아아!"

상대의 전의가 없어지든 말든 그런 것은 마야와 상관없었다. 그녀는 그저 제 분수도 모르고 자신에게 지시를 내린 『하수』에게 천벌을 내릴 뿐이었다.

"대단해……."

자신을 괴롭히던 소년 셋이 전부 땅에 뻗은 모습을 보고 흰 털 소년은 눈을 크게 떴다.

"저렇게 귀엽고 작은 여자애인데……."

중얼거린 자신을 여자아이는 빤히 바라보았다. 서로의 시선이 마주쳤다. 소년이 자신의 뺨에 열이 오르는 것을 느낀 순간.

—그의 시야는 호박팬티로 가득 찼다.

작은 사랑 비슷한 것은 피어나기도 전에 힙 어택으로 제거되었다.

자신의 수렵 본능을 실컷 채우고 기분 좋게 운동도 한 마야는 흡족한 모습으로 귀갓길에 올랐다. 그 뒤에 남겨져 한심하게 가랑이 사이로 꼬리를 말아 넣은 소년 **네 명**은 그녀에게 똑같이 『하수』였고 신경 쓸 가치도 없는 존재였다. 은근히 너무한 판정이었다.

—이후, 그들 넷의 사이는 다소 개선되었다. 아기나 다름없는 여자아이에게 일격 필살로 당한 자들끼리 기묘한 연대감이 생겨난 것이었다.

†

"어머, 마야. 돌아와 있었니?"

"네에!"

"마야?!"

어느새 집 앞에서 나뭇가지를 들고 땅에 동그라미를 잔뜩 그리고 있는 딸을 발견한 우테가 소리를 높이자 축 처져 있던 요제프의 삼각형 귀가 하늘로 쫑긋 섰다.

"다녀왔니? 마야! 아무 일도 없었어?"

"네에!"

요제프가 묻자 마야는 웃으며 즉답했다. 그녀에게는 특필할 만한 일도 없었던 지극히 평범한 활동이었다.

그사이에도 아주 즐겁게 다르륵다르륵 원을 늘리고 있었다.

"마야, 무슨 그림 그리니?"

"아띠아~! 마야!"

아무래도 그 복합형 원은 사람의 얼굴 그림인 모양이었다. 사랑하는 딸이 크고 작게 늘어선 동그라미들 중에 큰 원을 가리키며 『좋아하는 언니』의 이름을 꺼내자 요제프는 미묘한 미소를 만들었다.

"마야. 아빠는?"

"업써 업써."

"아빠는?"

"업써 업써야~."

울 것 같은 얼굴을 한 아빠를 한 번 올려다보기는 했으나 마야는 곧장 동그라미 증산 작업으로 의식을 되돌렸다. 지금 그녀는 정말 좋아하는 『언니』를 떠올리느라 매우 바빴다.

좋은 냄새가 나고, 따뜻하고, 잔뜩 쓰담쓰담 해준다. 다정하고 다정한 『언니』. 마야의 『세계』에 새로 더해진 정말 좋아하는 존재.

좋아하는 그 사람이 자기 집에 다시 올 것이라는 믿음을 마야는 털끝만큼도 의심치 않았다. 이유 따위 없었다. 마야에게 그런 자잘한 것은 불필요했다.

"아띠아야~. 마야, 가치야~."

두 개 늘어선 한층 더 큰 동그라미 — 두 사람분의 웃는 얼굴 —를 그리고 마야는 만족스럽게 방긋 웃었다.

■작가 후기

"벚꽃이 피었으니 유급 휴가를 주십시오."

이런 바보 같은 대사도 매년 반복하여 「아아, 올해는 어디 가?」라는 식으로 주위에게 인지된 저입니다.

많은 분들에게는 안녕하세요, 혹시 어쩌면 처음 뵙겠습니다. CHIROLU라고 합니다. 이번에 이렇게 졸작 『우리 딸을 위해서라면, 나는 마왕도 쓰러뜨릴 수 있을지 몰라.』 2권을 골라주셔서 진심으로 감사합니다.

때때로 멀리 가고 싶어집니다. 몇 번이나 반복하여 가는 장소와 본 적 없는 풍경이 목적인 경우. 그런 식으로 목적은 양극화되어 있습니다만, 그것과는 별개로 각지의 벚꽃 명소를 방문하는 것도 반쯤 라이프워크처럼 하고 있습니다.

원래 나고 자란 곳이 관동 지방에서도 손꼽히는 벚꽃 명소여서 꽃이 피기 시작할 때부터 꽃보라가 날릴 때까지 매년 호강하며 즐겼습니다. 그것이 제 밑바탕에 깔려 있는 것일지도 모릅니다.

혼자서 마음 가는 대로 동북 지방의 벚꽃 명소를 찾아가 멍하니 있습니다. 그런 제 행동도 이제는 주위에서 그다지 놀라지 않는 일이 되었습니다. 다만 당일치기로 다녀오면 체력적으로는 힘듭니다.

야간버스도 연일 잇달아 타고 싶지는 않네요. 그 정도입니다.

저희 부모님은 붐비는 곳을 싫어하는 인종이셔서, 어렸을 적부터 가족 레저 활동이라고 하면 놀이공원 같은 데에 가는 것이 아니라 경치 좋은 곳에서 산책하는 것이었습니다. 혼잡을 피하고자 집에서 출발하는 시간은 오전 세 시, 도착 시간은 일출 직후라는 가혹한 일정이기는 했습니다. 하지만 아침 안개 속에서 숲의 나뭇잎 사이로 비치는 햇빛, 습지 안에서 밟았던 서릿발의 감촉, 전날 내린 큰비로 물이 불어난 폭포의 박력— 등 지금도 선명하게 떠올릴 수 있는 광경이 머릿속에 남아 있습니다.

조금이라도 그런 추억 속 풍경의 단편을 그려냈기를 바란다고 컴퓨터나 스마트폰 앞에서 생각합니다.

힘써 주신 관계자 여러분. 어수선한 경위 속에서 『딸』을 사랑스럽게 그려주신 케이 님. 그리고 무엇보다도 수많은 작품 중에서 이 책을 골라주신 여러분께 마음 깊이 감사드릴 따름입니다.

조금이라도 『우리 딸』을 보며 마음이 따뜻해지셨기를 바랍니다.

또한 끝으로 트뤼프 님께서 하루속히 화업(畫業)에 복귀하시기를 진심으로 기원합니다.

2015년 9월 CHIROLU

우리 딸을 위해서라면, 나는 마왕도 쓰러뜨릴 수 있을지 몰라. 2

1판 1쇄 발행 2016년 12월 10일
1판 9쇄 발행 2023년 1월 16일

지은이_ CHIROLU
일러스트_ Kei
옮긴이_ 송재희

발행인_ 신현호
편집장_ 김승신
편집진행_ 권세라 · 최혁수 · 김경민 · 최정민
편집디자인_ 양우연
관리 · 영업_ 김민원

펴낸곳_ (주)디앤씨미디어
등록_ 2002년 4월 25일 제20-260호
주소_ 서울시 구로구 디지털로 26길 111 JnK디지털타워 503호
전화_ 02-333-2513(대표)
팩시밀리_ 02-333-2514
이메일_ lnovellove@naver.com
L노벨 공식 카페_ http://cafe.naver.com/lnovel11

UCHINO KONO TAMENARABA, OREHA MOSHIKASHITARA MAOUMO TAOSERU KAMOSHIRENAI. 2

ISBN 979-11-278-3859-1 04830
ISBN 979-11-278-2428-0 (세트)

값 9,800원

거미입니다만, 문제라도? 1~2권

바바 오키나 지음 | 키류 츠카사 일러스트 | 김성래 옮김

분명히 여고생이었을 텐데 정신을 차리고 보니
「나」는 본 적도 없는 곳에서 《거미》라는 괴물로 전생해버렸다?!
어미 거미의 동족 포식을 피해 도망쳤지만 방황 끝에 도착한 곳은 괴물들의 소굴.
독개구리, 왕뱀, 거대 늑대, 심지어 용까지 설치고 다니는 최악의 던전.
힘없는 조그만 거미인 「나」는 이곳에서 무사히 살아갈 수 있을 것인가……?
으악, 되도 않는 소리는 작작 하란 말이야!
나를 이런 상황으로 몰아넣은 놈 누구야! 당장 튀어나와!!

수많은 인터넷 독자들이 응원하는
거미양의 서바이벌 생활, 당당히 개막!

BOOKS

라이트노벨의 새로운 빛! L노벨의 신간은 매월 20일에 발매됩니다. http://cafe.naver.com/lnovel11

© Junpei Inuzuka 2015
Illustration Katsumi Enami

이세계 식당 1권

이누즈카 준페이 지음 | 에나미 카츠미 일러스트 | 박정원 옮김

직장가와 인접한 상점가 한구석.
문에 고양이가 그려진 가게「양식당 네코야」.
그곳은 창업한 이래 50년간 직장인들의 배고픔을 달래 온 곳으로,
양식당이라지만 이외의 메뉴도 풍부하다는 점이 특징인 지극히 평범한 식당이다.
그러나「어떤 세계」사람들에게는 특별하고 유일무이한 공간으로 탈바꿈한다.
「네코야」에는 한 가지 비밀이 있다.
정기 휴일인 매주 토요일,「네코야」는『특별한 손님』들로 북적거린다.
딸랑딸랑 방울 소리와 함께 찾아오는, 출신, 배경, 종족조차도 제각각인 손님들.
그들이 원하는 것은 세상 어디에서도 찾아보기 힘든 신기하고 맛있는 음식들.
사실 직장인들에게는 자주 먹어 익숙한 메뉴지만
「토요일의 손님」=「어떤 세계 사람들」에게는 듣도 보도 못한 음식들뿐.
경이롭고 특별한 요리를 내놓는「네코야」는「어떤 세계」사람들에게 이렇게 불린다.
—「이세계 식당」.

그리고 딸랑딸랑 방울 소리는
이번 주에도 변함없이 울려 퍼진다.

라이트노벨의 새로운 빛! L노벨의 신간은 매월 20일에 발매됩니다. http://cafe.naver.com/lnovel11